精神分析以前

無意識の日本近代文学

精神分析以前　無意識の日本近代文学◎目次

第三部　融解するアイデンティティと犯罪小説

はじめに　精神分析以前に向かって

1　無意識という領域

言葉とはどのようなものだろうか。言葉として語られたものばかりでなく、言葉にならなかったものまでも含めて、それを言葉と考えてみたい。そう考えると、言葉が語られ、意味が生み出されるとき、選ばれなかった言葉、意味を結ばなかった可能性は、不在あるいは失敗という形で世界に現れるのではないだろうか。

ソシュール、レヴィ＝ストロースらをはじめとする構造主義においては、言語とは差異の体系、つまり構造のうちに関係付けられているものであるとされ、人間の認識を支える文化的秩序が構造であるという思想が提示された。さらにポスト構造主義の思想は、構造を静的なものとしてではなく動的なものとみなし、言葉を生成過程のなかでとらえようとした。しかし、構造主義にせよポスト構造主義にせよ、言葉が構造とともにあると考える点では同じである。では、言葉が構造のうちにあるものなら、構造が変動し、秩序が再編されるとき、言葉はどのように変化するのだろうか。言葉は構造の変動にどのように作用するのだろうか。

言葉の失敗に大いなる意味を見出したのはフロイトである。すなわち、無意識の発見である。ジャック・ラカンは構造を生成する力に注目した思想家の一人だが、彼はフロイトを参照し、無意識とは構造に揺さぶりをかける力であるとみなして、無意識から意識へ、あるいは意識から無意識へという運動のなかで言葉の生成をとらえてみせた。ラカンの思想は文学理論にも大きな影響を及ぼし、文学研究の領域に精神分析批評という新たな方法をもたらした。ラカン以降の精神分析批評とは、文学テクストの「歪み、曖昧性、不在、省略」に注目し、それらを無意識の「徴候」とみなし、徴候を生じさせる力を捕捉する読解の戦略である。[*1]

精神分析批評は、文学テクストにおいて〈語られていること〉のみならず、〈語られることに失敗したこと〉に焦点を当てた画期的な方法である。しかし、そこでは無意識の作用を捕捉することが目指されつつ、無意識という領域それ自体は「徴候」として対象化されるのみで、無意識を歴史的に形作られているものとして探求する視点は希薄なままに留まっている。

無意識について考える際に歴史的な背景を視野に入れることが重要なのは、たとえばアンリ・エレンベルガー『無意識の発見』から明らかになる。[*2] エレンベルガーは、原始精神医療からフロイト、アドラー、ユングの理論に至るまでの精神医学の流れを通史的に検証することを通して、無意識という領域が言語化され、定位されていく過程を追った。それは無意識をめぐる欲望と誘惑に満ち満ちた知＝権力の歴史であり、無意識とは精神医学という知によって見出され、対象化されることによって浮上するものとして、いわば知の効果として現れるものであることが分かる。

無意識という言葉は人間の身体に内在する力を指し示す。人間に未知の力が備わっていると気づくことと、その力を手中に収めたいという欲望を抱くこととの間にある道のりはごくわずかである。したがって、そのような「力」の誘惑に負けないために、ここで無意識は実体ではないことを確認しておこう。繰り返すが、無意識とは、知という権力によって人間存在をとらえようとしたときに顕在化する対象領域であり、言説の効果として浮上するものである。したがって、無意識を超-歴史的な実体とみなした途端、それを手中に収めたいという誘惑に負け、権力を相対化する契機が失われてしまうことになる。

近代文学研究という領域において、無意識を実体と捉えないためにいまできることは、文学テクストにおいて無意識がどのように描き出されてきたのかを検証することを通して精神分析批評においては十分行われていなかった無意識の歴史性を問い直すことである。それは、フロイトという思想家が登場することになった近代という時代の歴史状況を探求する試みにもなるだろう。

そこで本書では、明治四十年代の文学作品を中心に、明治三十年代後半から大正期前半までを視野に入れ、小説というジャンルが無意識を備えた人間を描くための技術論・方法論的な探求を行っていたことを考察する。従来の文学史において明治四十年代は近代小説の形式が準備された時期とみなされていた。また、その時期にいわゆる近代文学の「古典」となっている漱石や鷗外の作品が発表された。これらを研究し直すことで、この時期の小説には人間の無意識を対象化しようとする欲望が潜在しており、同時に、その欲望によって小説というジャンル自体が影響を受けてきたということが明らかになるだろう。

2　近代的自我の問題

日本近代文学研究において人間の心理が問題にされるとき、これまで近代的自我という概念が用いられてきた。近代的自我とは、自己の意志を貫いて主体的に生きようとする人間、近代的な個人であろうとする人間が抱え込んでしまった内面を指す言葉であり、それは、しばしば、封建的な家に反発する人物のなかに見出されてきた。つまり、近代的自我という概念が前提とするのは、近代化を阻む周囲の状況に対して抵抗する人物なのである。

ところが、この近代的自我の枠組みにうまくあてはめることのできないテクストが存在する。たとえば、夏目漱石『それから』（明治四十二年）には、日露戦後の社会批判を行う主人公代助が登場する。彼は、社会を未だ近代化が完遂されないものと批判するが、しかし、そのような社会に対して彼が行うのは積極的な抵抗の実践ではなく、職に就かないことである。彼は、就労しない理由を尋ねられたとき、「何故働かないつて、そりや僕が悪いんぢやない。つまり世の中が悪いのだ。もつと、大袈裟に云ふと、日本対西洋の関係が駄目だから働かないのだ」（六）と答える。代助は、周囲の状況に積極的に働きかけ、主体的に生きようとしている人物とは言い難いのであり、そのような彼の内面世界もまた、葛藤する自我の状態とはまるで異なっている。

代助の内的世界の特徴は、『それから』の冒頭部において端的に表れている。

誰か慌たゞしく門前を馳けて行く足音がした時、代助の頭の中には、大きな俎下駄が空から、ぶら下がつてゐた。けれども、その俎下駄は、足音の遠退くに従つて、すうと頭から抜け出して消えて仕舞つた。さうして眼が覚めた。

枕元を見ると、八重の椿が一輪畳の上に落ちてゐる。代助は昨夕床の中で慥かに此花の落ちる音を聞いた。彼の耳には、それが護謨毬を天井裏から投げ付けた程に響いた。夜が更けて、四隣が静かな所為かとも思つたが、念のため、右の手を心臓の上に載せて、肋のはづれに正しく中る血の音を確かめながら眠に就いた。（一）

代助の眠りと目覚めを描いたこの二つのパラグラフでは、代助の聴覚刺激と視覚像の結びつきが繰り返し再現されており、その描写から彼は目覚めた後も目覚め以前の状態を辿り直そうとしていることが分かる。彼は、自己を取り巻く外的世界を把握しようとするのではなく、視覚像を媒介にして聴覚刺激を感受した自己身体の内奥をとらえようとする。いわば、代助は、目覚めた後に現れる世界よりも、眠りのなかで体感される世界に惹かれている人物であるといえよう。代助の身体の感覚刺激は、代助の意識が眠りに就いた後も働き続けている。「大きな俎下駄」の視覚像が現れる「頭の中」とは、意識の眠りの後に活動する身体領域であり、したがって、意識によって統御することができない領域である。そのため、椿の花の落ちる音は、「護謨毬を天井裏から投げ付けた程」の予測を超える大きな刺激として代助の身体に感受されてしまう。

このような意識によって統御することのできない領域こそ、無意識の世界ということができる。代助は自己の無意識に直面しており、無意識の震動を体感して、一定不変の刺激音である「正しく中る血の音」としての心臓の鼓動を手がかりに刺激にさらされた無意識の領域を沈静化しようと試みている。

『それから』では、主人公の葛藤する自我や抵抗の意識ではなく、変動する無意識の領域が描かれていくが、それは、主人公自身が、労働者としての主体を確立すること、つまり、自己身体を労働する身体へと再編し、主体化することを拒んでいるからに他ならない。代助は、自身の無意識を探究することで、近代が要請する生とは異なる生存の様態に到達しようとする。

『それから』に近代的自我を読むとき、この代助の戦略を明らかにすることはできない。なぜなら、代助が近代的自我の持ち主であるという解釈は、代助と彼の父との関係に焦点を当て、代助の父への態度を積極的な反抗の行為として意味付けることによって可能になるからである。代助は、父の勧める縁談を断り三千代との愛を選んだ。このように代助を行為の主体とみなすことによって、代助は近代的自我を備えた人物として読み手の前に現れる。つまり、代助に近代的自我を読み込むということは、労働を拒否することで社会が要請する主体となることを拒んでいたはずの代助に対して、読み手が再主体化を行うことに相当するのである。皮肉なことに、代助に近代的自我を見出そうとする読み手は、働かない代助に「三十になつて遊民として、のらくらしてゐるのは、如何にも不体裁だな」(三)と苦言を呈していた代助の父、労働しない「遊民」の代助を〈何かをする者〉にさせようとしていた父と同じポジションに身を置くことになってしまう。

権力への抵抗を見出そうとすると、権力の側に立つことになる。この事態は、近代的自我が、それが抵抗を試みていたはずの権力によって作り出されたものであることから生じている。近代的自我を無条件に前提とするとき、近代的自我それ自体を作り出す権力を問うことができなくなってしまうのである。いわば、近代的自我という概念は、ミシェル・フーコーの述べる「抑圧の仮説」という事態によって生じているといえよう。[*3]「抑圧の仮説」とは、抑圧を被るものとして主体をとらえる認識の枠組みである。フーコーは、この「抑圧の仮説」を批判し、その一方で新たな力の概念を提示してみせた。それが、主体を産出する力であり、抑圧を被る主体という認識それ自体を作り出す力である。ジュディス・バトラーは、このフーコーの論理を、「権力の法システムはまず主体を生産し、のちにそれを表象する」と端的に要約する。[*4]この論理に従えば、抵抗する主体としての近代的自我こそ、自身が抵抗を試みているはずの力によって生み出され、言説化されたものであるということになる。

本書では、近代的自我という言葉において表現されてきた個人ではなく、近代の文化的・歴史的状況のなかで言説化されることによって構成されたものとしての主体＝subject に照準を合わせる。そして、近代的な主体としての個人が生成される様態を考察すると同時に、主体形成を促す力をも対象化することを試みる。その際に浮上するのが身体および無意識という領域なのである。

フーコーは、セクシュアリティを語ることが人間を主体化すると指摘した。[*5]生命に貫かれた身体を言語によって捕捉する語りの装置を洗練させていくことが、主体を生み出す権力の方法なのである。生命体としての個々人が言語によって輪郭付けられようとするとき、言語によって覆い尽くすことができない身体領域が逆説的に浮上する。そして、その領域が近代的権力の争点となってきたのである。フーコーは、セクシュアリティという問題構成からその領域を析出してみせたが、無意識もまた身体を語ることを促す主体化の装置によってもたらされるものである。[*6]すなわち、無意識は、近代的主体を形作ろうとする権力によって表象の残余として見出され、再-言説化が図られてきた領域である。しかし、同時に言説の外部を呼び込むことによって近代的主体と主体化を促す権力に揺さぶりをかける領域ともなっている。このような無意識をめぐる語りと主体化の関係は、『それから』をはじめとする無意識を描いた近代小説において明らかになるだろう。

3　本書の構成

近代小説において無意識が描き出される契機となったのは、明治三十年代以降試みられた「写生」の実践と、「写生」が小説へと組み込まれるという出来事である。「写生」は、絵画におけるスケッチの技法をモデルとして、言語によって〈見たままを描く〉ことを目指した。その「写生」の試みにおいて、〈見える〉ことは万人に均質な状態ではなく、個々人それぞれによって異なっているのだという問題が浮上した。視点の位置、身体の状態によって見える世界は相貌を変えてしまうのである。

「写生」が小説というジャンルへと展開したとき、固有の身体を持ち、独自の視野を備えた観察者としての語り手の視点に基づいた再現が小説世界に現れることになった。語り手の視点は、観察を行う身体に支えられているために偏向を備えている。小説が閉じた世界として自立するに際して、語り手の身体に内在する偏向が言語化され、説明されることになった。[*7] この語りに備えられた身体性は、小説世界のなかで、語り手の、あるいは登場人物の無意識として表象されていく。無意識を描き出す小説は、個々の身体領域を言語によって説明し、意味の内部へと秩序化する形式を備えており、生命体としての身体を主体化する装置として機能する。

第一部では、「写生」の問題構成を提示した。小杉天外、田山花袋らの自然主義文学における小説技法の探求と、雑誌「ホト、ギス」における「写生」実践から小説ジャンルへの展開に注目し、明治三十年代から四十年代の小説ジャンルが、絵画の技法をモデルとした「写生」の方法を取り入れ、心理を備えた人間を再現しようとしていたことについて検討した。

第二部は、主に明治四十年代の小説を取り上げた。まず、「文学者」「画工」といった特権的な観察者が登場する小説に注目し、観察者は彼らの身体性を観察対象である女性に仮託し、彼女の身体を観察することによって、人間身体に備えられた不可視の領域を描き出そうと試みていたこと、また、その試みは女性の無意識を対象化することへ向かったことを検証した。この特権的な心理の観察者は、その後「青年」へと引き継がれていったのである。

第三部では、明治四十年代末から大正期にかけて、心理を表象するための観察対象が〈他者としての女性〉から〈自己としての男性〉へと変わったことを考察した。男性の心理への問いは、一人称的な視点の再現である「写生」の方法が〈狂気の一人称語り〉へと展開したときに顕在化する。〈狂気の一人称語り〉では、語り手自身によって意味付けることのできない語りがなされるため、テクストは〈自己の謎〉を含んでしまう。また、労働を拒む「遊民」を描いた小説においては、「遊民」は自他の境界が曖昧で、状況に応じて自身の輪郭面を変動させてしまう身体、無意識が充満する男性身体として描き出されている。この男性の謎、〈自己の謎〉がプロットに組み込まれたとき、テクストはフロイトの精神分析の枠組みを利用した探偵小説に近づいていく。大正期の犯罪小説は、探偵小説に接近しながら〈自己の謎〉を男性の無意識として語るのである。

大正末期にフロイトの精神分析理論が移入されると、人間の心理を描写する際に精神分析を参照するという方法論が文学において確立されていく。[*8] しかし、フロイトの精神分析が移入される以前、明治三十年代後半から大正期前半の小説は、人間の無意識を対象化しようとすることでフロイトの精神分析に接近しつつも、そこから逸脱する。その時期の小説は、未だ形式化されない無意識の領野を拓くことによって、主体化を促す権力への抵抗を行う言説の形式となっているのである。

このように、本書は無意識と権力との関係を中心に、近代小説を読む試みとなった。近代小説が無意識を捉えようとする過程において、無意識の孕む問題系が鮮やかに姿を現している。

注

＊1　テリー・イーグルトン『文学とは何か』岩波書店、一九八五・一〇。

＊2　上下巻、弘文堂、一九八〇・六、一九八〇・九。

＊3　『性の歴史Ⅰ』新潮社、一九八六・九。

＊4　『ジェンダー・トラブル』青土社、一九九九・三。

＊5　＊3前掲書。

＊6　フロイトとフーコーの問題意識の近接性については、パトリック・H・ハットン「フーコー、フロイト、自己のテクノロジー」（ミシェル・フーコーほか『自己のテクノロジー』岩波書店、一九九九・九所収）で論じられている。

＊7　固有の身体に基づいた個人的な視点が小説世界のなかに組み込まれるとき、個人的な視点によって再現された世界は、プロット化されて因果関係のもとに意味づけられることになる。この問題は、ジェラール・ジュネット『物語のディスクール』（水声社、一九九一・一二）において論じられた「示すこと（showing）」と「語ること（telling）」の関係から考えることができる。一人称的で主観的な視点の再現としての「示すこと」は、小説世界を統合する語り手の語る行為（「語ること」）によってプロットに組み込まれる。その結果、個人的な視点がとらえた世界は、その世界に対して超越的な審級に存在する小説世界全体の一部として位置づけられるのである。

＊8　曾根博義「フロイトの紹介の影響――新心理主義成立の背景――」昭和文学研究会編『昭和文学の諸問題』笠間書院、一九七九・五、一柳廣孝「心理学・精神分析と乱歩ミステリー」『解釈と鑑賞別冊　江戸川乱歩と大衆の二十世紀』至文堂、二〇〇四・八。

※『それから』引用は『漱石全集』第六巻、岩波書店、一九九四・五に拠る。

第一部

まなざしの固有性

第一章　『はやり唄』描写の欲望

1　「生命現象」の認識論

小杉天外の『はやり唄』（明治三十五年一月）は、発表当時、描写の方法をめぐって高い評価と大きな反響をもって迎えられた。ここでは、テクストにおいてどのような描写の方法が試みられているかを検討していく。[*1]

今日までの研究史において、『はやり唄』は、明治四十年代の自然主義文学へと至る道程のなかでの、過渡的な「前期自然主義文学」を代表する作品とみなされてきた。『はやり唄』では、当時の文壇で西欧の新たな文学理論として注目されていたゾライズムの導入、つまり、「遺伝」と「環境」という要因を小説に組み入れることを目指す試みがなされながらも、主人公の円城寺雪江が「遺伝」と「環境」の影響によって〈姦通事件〉を引き起こしてしまう、という小説の筋のレベルでの皮相な受容で終わってしまったと評価されてきたのである。[*2] だが、『はやり唄』というテクストについてあらためて注目すると、西欧近代において普及しつつあった人間をめぐる認識論を共有していたことが分かる。

ゾラは、自身の文学理論を披露した『実験小説論』（Emeile Zola Le Roman Expérimental 1880）のなかで、小説の目的について「人間の中なる諸現象の機構を把むこと、生理学が我々に説明する通りの知的情的発現の歯車仕掛けを、遺伝と四囲の状況との影響の下に示すこと、次には人間自らが元来作り出し、なほ日毎に変化させながら、他方その只中にあつて自らも不断の変化を受けてゐる社会環境の中に生活する人間を示すこと」であると述べている。[*3]ゾラは、この主張を行うに際して、「遺伝」についてはダーウィンを、そして、「環境」に関してはクロード・ベルナールの「生物内環境」という概念を参照している。この概念は、クロード・ベルナール『実験医学序説』（Claude Bernard Introduction À Létude De La Médicine Expérimentale 1865）において、「生命現象」を把握する際に認識しなければならないとされる「生物においては、少なくとも二つの環境を顧慮しなければならない。外界即ち生物外環境と、内界即ち生物内環境がこれである」[*4]という論理を引用したものである。このような「生命現象」の論理、つまり、生命を備えた身体は可視的な外界と不可視の内界が関連しつつ構成されるという考え方を、ゾラは「環境」という問題として小説に組み入れることを試みている。

生理学はいつかは必ず思考や情熱の機構を説明してくれるであらう、人間といふ個別的な機械がいかに作用するか、いかに考へ、いかに愛し、理性から情熱や狂気にいかに移つてゆくかを知ることが出来よう。しかし内環境の影響下に行動する諸器官の機構のこれらの現象やこれらの事実は、外部に孤立して虚空の中に生み出されるものではない。人間は孤独ではなく、一つの社会に、一つの社会環境の中に生活する。従つて、我々小説家にとつてはこの社会環境はたえず現象を変化せしめる。かくて我々の偉大な研究もその点、即ち個人に対する社会、社会に対する個人の相互作用の中にあるのである。[*5]

「環境」とは、「人間といふ個別的な機械」の作用を語るために導き出された概念である。ゾラは、人間を「内環境」と外界とが相互的に運動する「生命現象」とみなした上で、個人と社会との重層決定的な関係として「環境」を描き出そうとする。

そして、『はやり唄』もまた、ゾラの理論と問題意識を共有する。円城寺家という旧家の「血筋」の問題、つまり「遺伝」という問題においてゾラが参照されているのみならず、人間は内界と外界とが関連して運動するという「生命現象」の認識も、『はやり唄』は前提としているのである。しかし、それは「環境」へと結実するのではなく、人間の身体をめぐる可視と不可視の認識論的問題、さらには人間身体をどのように表象するのかという問題へと展開していく。その結果、『はやり唄』では、特異な描写の方法が生み出されることになる。ここでは、『はやり唄』の描写の方法を貫いている人間をめぐる認識論について検討する。

2　〈見ること〉をめぐるメタファーの抗争

明治三十五年前後の文壇では、小杉天外という作家名は、小説の描写の問題とともに取り上げられていた。当時の言説を参照すると、描写の方法の是非が〈写真〉と〈絵画〉というメタファーを用いて問われており、いわば、〈見ること〉をめぐるメタファーの抗争ともいえる様相を呈していたことがうかがえる。

山田俊治は明治十年代の文学状況において、〈写真〉というメディアが受容され〈写真〉をめぐる様々な言説が積み重ねられていたことを分析し、〈写真〉は「対象世界を〈眼〉によって所有するという視覚優位のピクチュアレスクな感性」を当時の人々に浸透させ、「『小説神髄』の模写説を受容する認識論的基盤」をもたらしたと考察している。[*6] しかし、明治三十年代の文壇では、〈写真〉はもはや無条件に受け入れるべきものではなく、むしろ排斥の対象として語られているのである。例えば、平尾不狐「写真の意義を論じて天外君の著『初姿』に及ぶ」（「小天地」明治三十三年十月）には、次のような記述が見られる。

小杉天外君を礫川の幽居に訪ふ、談偶ま写実の意義に渉る。君曰くわれは現今の写実に慊焉たらぬ節多し、見よ或一派の写実といふものを、彼等の描く所は一種の写真術也、文字製造屋也。例へば悲しき点を写さんとする場合に於て、彼等は単にこれに関するあらゆる文字を排列するを以て得意とし、斯の如くにして写実の能

> 事終れりとなせり。文字以外に何等の印象を与えざるは毫も怪しむに足らず。吾所謂写実は書き尽して之を説明せんよりは、多く書かずして、多く思ひ浮ばしむる（写実的《ありのまゝ》に）にあり。例へば画工が晩林に塒を求むる所を描くとせんに、之を一線一線に（即説明的に）描写したるものより、われは却つて一滴の墨汁に落したるものに於て、却つて深き印象を感ず、此意義を実現せんと欲してわれは初姿を著はせり。

この文章では、天外の談話の紹介という体裁を取って、天外の描写論が披露されている。この中で、乗り越えられるべき描写として言及されているのが、硯友社の「写実」である。注意したいのは、批判の対象となる「写実」が「写真術」に喩えられていること、そして天外が目指す描写の方法が〈絵画〉の隠喩で語られていることである。このような描写をめぐる〈写真〉と〈絵画〉のメタファーの抗争は、『はやり唄』の同時代評である烏山「はやり唄合評」（「太平洋」明治三十五年一月十二日）にも顔を出している。

> 一体自分は此写実といふ意義に疑ひを挿んでゐる一人で、彼の写真の人物や風景をレンズの裡にをさめる様に只有の儘に描写してそれでい丶のであらうか。否、表面ばかりを写したのが写実であらうか。自分は天外子の作物に接する毎にいつも那様感が起つてならぬ。

このように、『はやり唄』は、作品における描写法をめぐって〈写真〉というメタファーを呼び寄せてしまう。では、この時期、描写法が語られる際に登場していた〈絵画〉と〈写真〉のメタファーとは、どのような問題構成をはらむものだったと考えられるのだろうか。

ここで、高山樗牛の評論を取り上げてみたい。樗牛は、天外の小説が反響を呼んでいた時期に、美術というジャンルをも視野に入れた上で、天外の描写の技法に批判的見解を発表した一人である。彼は、「風景画と小説」（「太陽」明治二十九年七月）という文章の中で、〈絵画〉と小説の関係について興味深い考察を行っている。

> 風景画に所謂主眼体と、小説に所謂主人公とは殆ど同一の関係的位置を有するものに非ずや。

風景画が主眼体を囲繞せる陪従物を描くに際して、常に是主眼体との距離の比較を勘酌せざるべからざるが如く、小説家は其副人物を写すに当りて、其主人公に対比して常に適当の潤色を与ふることを遺却すべからず。換言すれば所謂注意の経済の為に、主人公の性格動作を説明し明瞭ならしむるに必要なる限界に於て、各人物に各特殊の性格を附与せむことを要す。故に主人公の性格、動作に依倚し来りたる視線を転じて、是を副人物の上に注がば、何れも不完全不明了なるを免れさるべし。烔眼なる批評家は漫に其不全不明を責むることをなさず、退て如何に不全にして、又如何に不明なるかを稽査せむことを要す。

この文章で、樗牛は風景画と小説の共通点として視点の問題を挙げている。樗牛は、「風景画」を構成する遠近法的な視点としての「主眼体」と同様の視点を設定した上で、小説の描写を行うべきであると主張する。遠近法的な視点は一点に固定されているため、近景は明瞭に、遠景はぼんやりと、といったように「主眼体との距離」によって世界の見え方が変化することになる。したがって、小説の場合も、視点を「主人公」のものに固定してしまえば、「主人公」以外の登場人物は「主人公」との距離に応じて「不完全不明了」に見えてくるはずであるというのだ。

樗牛は、描写の対象のすべてを明瞭に描くべきではないと述べる。行われるべきは、特定の視点によって捉えられた世界を再現することであり、ある視点からとらえられた世界が「如何に不全にして、又如何に不明なるか」ということを意識して描写を行わなければならないと主張するのである。

樗牛の天外批判も同様の問題意識から生じている。「悪写実流行の例（天外）」（「太陽」明治三十五年一月）では、天外の描写がすべてを明瞭に描写しすぎる、「其の所謂写実なるものは唯々当面の事物を無意識に描写して遺漏なからむと期するもの、如し、其の当然の結果として、之を外にしては読者の注意を散し、是を内にしては事相の統一を失ひ精緻は煩瑣となり、丁寧は冗漫となる」と批判されているのである。ここで、樗牛は、「遺漏」なき「精緻」な描写を批判的にとらえているのだが、その背景には次のような考え方がある。

仔細に自ら省みて吾人の経験を検覈せよ。而して或刹那に於て吾人に印象を与ふるもの、何物なるかを考へよ。そは所謂写実派の好で表現する如く物象の全形体なるべからず、吾人の注意力は一刹那に於いて爾かく当眼の全現象に通じて精緻なる観察に勝ゆるものに非ざれば也。言ふまでもなく近囲の状況は朧ろげながら吾人の感覚中に入ることを妨げず、而かも一定の刹那に於て吾人が明確に感受する所の印象は極めて単純なるものならざるべからず。而して吾人の所謂経験は念々刹那に於ける是等単純なる印象の連鎖に外ならざるを以て、彼の具存的事物の精緻なる記述を以て写実の本意を達せりとする輩は、取も直さず吾人の経験に反対せる非写実主義を取れるものと言はざるべからず。天外の如きは自ら自己の言語の意味をすら了解せざるものと言ふべし。

この文章から分かるように、樗牛が描写に求めているのは、「吾人の経験」の再現なのである。描写が行われるに際しては、ある人物に備えられた特定の視点に基づいて、その人物の固有の経験が再現される必要があると考えられている。樗牛によれば、写実的描写とは、カメラのような視点によってあらゆる対象がくまなく再現されるものではなく、固有の遠近感覚を備えた視点を前提として、その視点がとらえる外界を描き出すこと、濃淡を伴ったとらえ方を忠実に再現することに他ならない。樗牛にとって、そのような再現が行われる媒体こそ、小説であり絵画なのである。

このことから、明治三十五年前後の文壇における〈絵画〉と〈写真〉というメタファーの抗争の背景がうかがえる。それは、小説の描写に関して、固有の視点に基づいた対象世界の再現が行われているのか、あるいは視点への配慮を欠いた画一的な描写にすぎないのかという表象をめぐる評価の闘争である。この〈絵画〉対〈写真〉というメタファーの対立は、個人の身体によって媒介された視点と、すべてを均質に映し出すレンズとの対立、いわば人間の眼とレンズとの対立に置き換えることができるだろう。ここで問われているのは、どのような描写を人間の固有性を備えた視点による世界の再現とみなすのか、ということなのだ。

3 『はやり唄』の視点構造

『はやり唄』は、発表当時から描写をめぐる〈写真〉と〈絵画〉のメタファーの抗争に巻き込まれ、〈写真〉の隠喩によってその描写法が批判されていた。しかし、実際に作品における描写を検討してみると、視点設定の技術について興味深い点を見出すことができる。

『はやり唄』にさかのぼること二年前、天外は『揚弓場の一時間』（「新小説」明治三十三年七月）という「写生文」的な文章を発表している。

> 鐘がまた鳴つた。戸外は朧月で、其所にも此所にも素見が彷徨いて居る。どん、かちりなど云ふ音も聞える。四ツ角を曲ると、吹く程でも無い夜風に送られてか、大層に好い花の香がした。自分は其れを桐の花だと云ツたら、友人は桐の花に香はあるかと反対らしく云つた。

このように、『揚弓場の一時間』では、「自分」を視点人物に置き、「自分」の目で見た光景が描写されているのみならず、「音」や「香」といった耳や鼻でとらえられた情報までも言及されている。この文章における視点には、「自分」という人物に備えられた視覚・聴覚・嗅覚といった感覚、いわば「自分」の身体の固有性が備えられているのであり、天外は視点を身体の問題としてとらえていることが分かる。ここで行われている描写とは、「自分」という身体がとらえた外界の再現となっている。

このような、固有の身体感覚の再現としての描写は、『はやり唄』にも見ることができる。

> 四五日降続いた卯の花朽も暁方から収つて、この村を肥す夏は今日の南風に乗つて来たかと思はる、卒の暑

さである。

土からは土の香気、草木からは草木の香気が、此の暑い日光に蒸されてぼや〱と立騰つてるが、其の立騰つた香気の凝つたのか、晴渡つた空を煙の様な淡い雲が途切々々に飛んで行く、と、其の雲の上では、雲雀のお饒舌が引切無しに聞えてゐる。地の上は地の上で、何処でも家を空にして働きに出たか、田にも畑にも一面に人影が散ばツて、日光を反射する農具の鉄がぴか〱と動き、温んだ水の中では蛙が唄つて居る。村の地勢は北に進むに連れて次第高になツて、上の方は悉く畑で、折しも鎌を入れる許に実つた麦は、暖かな風に黄色い浪を打つてるが、其の浪の消える際崖に……丘を登詰めた所に、大きな寺の山門が見える。（二）

この『はやり唄』の冒頭部でも、嗅覚・聴覚・視覚といった身体感覚によってとらえられた外界の様子が描写されており、視点は身体の諸感覚の働きを伴う、身体行為の成果として構築されていることが分かる。しかし、『はやり唄』の視点は『揚弓場の一時間』と決定的に異なっている。『はやり唄』の視点では、視点を備えた身体の所有者は誰なのかということが明らかにはならないのである。気温の暑さや土や草木の香りを感じ、雲雀や蛙の声を聞いているのは一体誰なのか。「大きな寺の山門が見える」というのは誰のまなざしがとらえた景色なのか。『はやり唄』の描写は、確かに身体を持ちながらも、それが誰のものなのか明確ではない視点を基盤にして行われている。

このように、身体感覚を備えながらもその身体の所有者が明かされない視点、いわば固有の身体の存在を強固に告げながらも覆面をかぶった視点によって小説世界が再現されていることが、『はやり唄』という小説の特徴である。

ここで、『はやり唄』の特異な視点を、仮に〈非人称の視点〉と呼ぶことにしよう。すると、『はやり唄』という小説で、〈非人称の視点〉が、ときおり実体的な身体と結び付くという場面が現れることに気づく。

仲働女は一目見てはツと思つた。先刻まで人に見らるゝを恐れて居た奥様の、何故に彼様な事を為さるゝのか、何か感じた事でも有つて、急に是までの我儘を謝罪る意に成られたのか、と息を殺して見て居ると、屹然衝立つた常雄と、俯向きになツた雪江と、橋の上と満天星の傍と、互に瞬時は石の如く相対して居たが、頓て女は静に腰を屈めて、体裁悪気に二歩三歩橋の方へと歩寄つた……と見る間に、男は疾くも身を反して、築山の彼方に姿を隠して了つた。

雪江は踉蹌と危くも其処に倒れ様として、漸と樹の枝に攫まツて、さて、夫の見えなくなツた木陰を凝然と眺めて居た。（九）

（傍線は論者）

これは、主人公の雪江が夫常雄の愛人問題のために家を出て後、久しぶりに内密で家に戻って来たという場面である。引用部分での視点が、「仲働女」という特定の人物に託されていることに注目したい。このとき、雪江の姿は、傍線部のように、「仲働女」が行う意味付けと共に提示されていることが分かる。

この引用部分では、〈非人称の視点〉が特定の人物の視点と重なり合ったとき、まなざしがとらえた対象は、まなざしの所有者の身体感覚に加え、その人物が備える解釈の枠組みを通して提示されることが確認できる。したがって、視点が「仲働女」に固定されたまま小説の世界の再現が続いて行けば、『はやり唄』の語りは同年に発表された島崎藤村『旧主人』（「新小説」明治三十五年十一月）に限りなく近づいていくだろう。*7 地方の旧家の女主人公が〈姦通事件〉を引き起こす、という同じ物語の筋を持ちながら、『はやり唄』の語りが「仲働女」の視点を維持しないのはなぜか。

注意したいのは、先に引用した文章において、まなざしを所有しているのは「仲働女」だけではない、ということである。二重傍線部から明らかになるように、雪江もまた「木陰を凝然と眺めて居た」のであり、〈見る〉存在として登場しているのだ。

『はやり唄』では、視点は、まなざしを所有する身体の成果として現れていた。〈見ること〉とは身体行為としてとらえられていたのであり、身体の固有性を抜きにしてはありえないものとなっていたのである。したがって、引用した文章において、「仲働女」と雪江という二人の人物が、ともに〈見る〉存在として描かれるということは、まなざしを所有する二人の人物の身体が拮抗している事態としてとらえることもできるだろう。

しかしこの後すぐ、「仲働女」の身体、つまり事件の傍観者であると同時に、何らかの解釈の枠組みを付与して出来事を探究していく観察者の身体は排除され、雪江の身体が前景化されてしまう。『はやり唄』では「仲働女」の視点は継続せず、再び〈非人称の視点〉へと吸収されてしまうことになるが、この背景には雪江の身体に特権性が与えられているという問題がある。

4　表象される身体

『はやり唄』では、雪江の身体には特権的な意味が付与されている。この問題は、雪江が「医学士」の達と〈姦通事件〉を引き起こすまでを語る語りのなかで明らかになる。

〈姦通事件〉の当事者である達は、事件を引き起こす前に、「虫の身体」と比較する形で自己の身体について次のように語っている。「飛んで火に投る夏の虫……、思慮の無い者の例に引きますが、思慮ぢや無い、虫の性質です。詰り、虫の身体を組織して居る要素が、火と一致する性質を有つて居るのですな。詰り此の性質が虫の羽翼を動かして火の中へ連れて来るのですな」（八）。このように述べた上で、「私の神経を組織して居る要素に導かれて、此様な我儘な行ばかり為るのです、他が見たら嘸可笑いでせう、飛んで火に投る夏の虫の類でせう、併し、此が僕の性質だから詮方が無い、悪く云はれても詮方が無い」（八）と語るのである。

この達の言葉は、結末部の〈姦通事件〉の伏線となる語りといえよう。この言葉に現れている「虫の身体」をめぐる説明図式には、身体を動かす内界である「身体を組織している要素」と、身体を取り巻く外界としての「火」という二つの条件から身体をとらえようとする、「生命現象」の概念と同様の枠組みをうかがうことができる。その上で、この「虫の身体」をめぐる語りに特徴的な点は、身体の内界と外界との関係が極端に単純化されてしまっていることである。「虫の身体」の内界である「火と一致する性質」は、外界としての火とイコールなのであり、身体を動かす不可視の内界は、可視的な外界において直接観察が可能なものとなっているのである。

この達の言葉を参照すると、〈姦通事件〉は、達の身体内部の「神経を組織して居る要素」によって引き起こされたのであり、〈姦通事件〉とは、達の身体の内界が可視的に顕在化されたものということになるだろう。この点だけで見れば、『はやり唄』というテクストは、ゾラの、あるいはクロード・ベルナールの理論の皮相な受容に留まっているといえる。しかし、〈姦通事件〉のもう一人の当事者である雪江については、達と同様に内界と外界とが直接的に連動する身体の所有者とみなされながらも、さらに、彼女の身体は表象をめぐる問題に接合されている。

テクストでは、〈姦通事件〉の引き金となる出来事として、雪江の夫の常雄が愛人をモデルに描いた絵を前にして、雪江がその絵を切り刻むという事態が語られている。この事件を境にして雪江と常雄夫婦は不和となり、雪江はやがて〈姦通事件〉へと追い込まれていくことになる。この絵画破壊という出来事では、雪江の描写をめぐって特異な語りが見られる。

さて雪江の目を注めたのは、就中立派な額縁の、三尺に四尺許の絵で、満幅悉く春草の柔に茂つてる野原の上に、散髪の美しい女が、何処に布片一つ着けず、全くの裸体となツて、翔行く鳥でも招く様な手して、大空を視上げて居る。

雪江は久くは瞬きもせず眺めて居たが、軈て彼の写真を取出して、此方を一目彼方を二目、顔の似て居る処を仔細に較べはじめた。が、其の眼は次第に鋭く輝つて、見る見る顔の色は燃える様になツて、動気が烈しくなツたか、呼吸までも苦し気にする……、と思ふまに、きよろ〳〵と四辺を見廻し、何を索めるのか不意に彼方に据ゑてある卓子の前に駈寄り、荒々敷く其辺を掻廻したが、其物の探当らぬのか、又片隅の絵具箱など置いた棚の前に行くや否や、大きなナイフの、柄に白い絵具の染着いてるものを取上げて、また裸体画の前に駈戻つて、物をも云はず顔を目掛けて斬付けた。布はぱり〳〵と快い音して、美人の身体は真中からは二つに裂けた。

また斬付けた、美人の腕は離れた。また斬付けた、乳から掛けて左の股が前にぶらりと垂がツた。また斬付けた。今度は横に薙つた。次は額椽を刺した。が、最う目が眩くなツて、また振上げたナイフを握つたま、、強い音をさせて雪江の身体は仰向きに床へ倒れて了つた。（四）

この語りでは、まず、絵画を眺める雪江が描写され、続いて、絵画を破壊する雪江の身体の運動が描写されている。このとき雪江の身体を観察する語り手は、「動気が烈しくなツたか」「と思ふまに」「何を索めるのか」「其物の探当らぬのか」といったように、解釈行為を伴うまなざしの主体として、その存在を強く感じさせている。

ところで、この語り手の解釈行為は、雪江に関する情報のある点を空白として提示してしまったことによって生じたものである。雪江は、夫が描いた愛人の絵を眺めたとき、その絵から何を感じ、何を受け取ったのか語られてはいない。「雪江は久くは瞬きもせず眺めて居たが、軈て彼の写真を取出して、此方を一目彼方を二目、顔の似て居る処を仔細に較べはじめた」。このとき雪江は確かに何かを思い、その結果、絵画の破壊という行動を起こしたにもかかわらず、そのときの雪江の内的状態は語られない。その代わり、語り手は雪江に対する解釈を発動するのである。

この空白と解釈という語りの様態を視点の構図として取り出してみると、絵を見つめる雪江、それを見つめる語り手という視線の二重構図によって描写が支えられていることが分かる。このような、対象を眺める雪江と、それを見つめる語り手という視線の二重構図は『はやり唄』において何度もくり返されて現れており、『はやり唄』という小説を特徴付ける描写法となっている。なぜ、語り手の視点は何物かを見つめ続ける雪江の姿を捉えるのか。

この奇妙な構図について考えるとき、先に引用した文章において、雪江が凝視していた対象が絵画であった、ということが重要な手がかりとなるだろう。テクストでは、先の引用部の前に、雪江が夫の愛人の写真を眺める行為が描写されているが、その語りに空白は存在していない。

> 「此様な者がまア……、」と思はずも口に出して云つたが、嘲る様な眼をして、「何処が善いだらう！」で、今度は急に身を起して、三面を出したまゝ四つに折つてある新聞を持つて来て、モデルの小福と題した一段余りの雑報を瞬きもせずに読通した、而して読了ると、美しく莞爾として、新聞も写真も元の処へ置いて、解けかゝツた寝巻帯の端を結直して、静に床の中へ入つたが、手を伸べて夜具の上を叩いて、枕を窮屈で無い様に仕更へると、また莞爾と笑つた。今日墓参の帰途に聞いた時は、其の芸妓は如何なる芸妓で、其の新聞には如何なる事が記いてあるかと、想像は面白からぬ方にのみ馳つたのであるが、今夜見れば芸妓は思ふたより醜く、新聞を思ふた程の事は記いて無いので、是ならば左迄に気に懸ける事は無かツた、竹代にも話し、自分にも然う思うたのである。（四）

ここで語り手は、写真を見る雪江の様子を「嘲る様な眼」として描写し、さらに「今夜見れば芸妓は思ふたより醜く、新聞を思ふた程の事は記いて無いので、是ならば左迄に気に懸ける事は無かツた」「然う思うた」というように、その内面までも語っている。このように、写真を眺める雪江を語る語りには空白はなく、したがって語り手の解釈も存在しない。

このような語りにおける空白の問題から、『はやり唄』というテクストにおいて、写真と絵画では表象をめぐる差異が存在していることが分かる。雪江は、夫の愛人の写真にはとりたてて強い思いを持たず、したがって語り手は彼女の内面を語ることができるのに対して、絵画に描かれた姿には激しい印象を受けてしまう。このことから、『はやり唄』では、女性の身体は、写真ではなく絵画として表象されたとき、より大きな価値を獲得するものとみなされていることが分かるだろう。雪江による絵画破壊は、絵画として表象された身体の価値をめぐって生じている。

ところで、表象された身体の価値という問題は、ゾラの小説『制作』（L'Œuvre 1886）[*8] で展開されているテーマである。この小説では、生身の身体と絵画に描かれた身体との間で価値をめぐる闘争が繰り広げられている。その闘いは、画家のクロードと、彼のモデルで妻のクリスティーヌ、そして彼の作品である絵画に描かれた女性という関係のなかで生じる。

> 彼は、生身の女よりも、自分の芸術の幻影を愛しているのだ。いわば、永久に到達しえない美の追究であり、なにものにも満足することのない狂気じみた欲望なのだ。ああ、彼はどんなにか女性を渇望し、その夢想によって創造しようと願っていることか！ビロードの喉元、琥珀色の腰、処女のやわらかい腹部、それらもただみごとな美しさということだけで愛しているのであり、それらを抱きしめることもできないまま、いつも逃げ去って行くのを感じながらも、飽くことなく追い求めているのだ！クリスティーヌは生身の存在であり、手をのばせば届く対象に過ぎない。だから、彼は、一時期が過ぎれば飽いてしまったのである。（第9章）

このように、『制作』というテクストで画家クロードの欲望の対象となるのは、クリスティーヌの生身の身体ではなく、絵画として表象された女性の身体である。『はやり唄』では、ゾラのテクストにおいて展開されたこのような表象の問題を継承しつつ、絵画にさらなる価値を与えている。

5 視線の二重構図

『はやり唄』には、その巻頭に序文が掲げられている。そこには次のような文章がみられる。

小説また想界の自然である。善悪美醜の孰に対しても、叙す可し、或は叙す可からずと覊絆せらる〻、理屈は無い、た〻゛読者をして読者の官能が自然界の現象に感触するが如く、作中の現象を明瞭に空想し得せしむればそれで沢山なのだ。

読者の感動すると否とは詩人の関する所で無い、詩人は、唯その空想したる物を在のま〻に写す可きのみである、画家、肖像を描くに方り、君の鼻高きに過ぐと云つて顔に鉋を掛けたら何が出来やうぞ。

詩人また其の空想を描写するに臨んでは、其の間に一毫の私をも加へてはならぬのだ。

この文章の中で、「詩人」の仕事は「画家」つまり〈絵画〉の隠喩によって説明されている。小説を書く「詩人」は、「空想」つまり「想界の自然」をあたかも「自然界の現象」のように表象するのであり、内的イメージの世界を外界において絵画のように可視的に出現させるものであると語られる。この「詩人」の仕事は、「在のま〻に写す」という表象の力によって実現されるという。「詩人」が自身のイメージを「在のま〻に写す」とき、内的世界と外界とは直結し、内界は可視的な外界において十全に表象されるとみなされる。

この「詩人」が持つという表象の力には、ある認識の枠組みが存在していることに気づく。それは、反映のイデオロギーとでも言うべき、〈鏡〉の反映がモデルとなる認識である。「在のま〻に写す」という表象行為は、「詩人」の「空想」を、あたかも〈鏡〉に映ったように「読者」の「空想」として受け取らせるための媒体となる。

序文では、このような反映モデルによって支えられた「詩人」の表象行為を語るために〈絵画〉の隠喩が用いられるが、そこで参照される〈絵画〉は「風景画」ではなく「肖像画」であることは重要である。「肖像画」というジャンルは、絵画のなかでも反映のイデオロギーとかかわりが深い。佐藤道信は明治初期において写真が肖像画の描写法の理想的モデルとして受け入れられたことを指摘し、「肖像画というジャンルが、それまでのリアリズムの意を含む『写真』の語と、のちのphotographyの訳語『写真』とをつなぐ媒体として機能した」[*9]と述べている。また、同時期に高橋由一が写真のリアリズムを取り入れた肖像画「花魁」（明治五年）を発表した結果、その描写の迫真性ゆえにモデルが反発したという事件、「画家、肖像を描くに方り、君の鼻高きに過ぐと云つて顔に鉋を掛けたら何が出来やうぞ」という言葉を彷彿とさせるエピソードは周知の通りである。[*10]

つまり、『はやり唄』の序文で述べられている描写の方法とは、〈絵画〉の隠喩によって示されるものであると同時に、〈鏡〉あるいは〈写真〉の隠喩にも連なるものであるといえるのだ。『はやり唄』が発表された時期に、文壇では描写の方法が〈絵画〉と〈写真〉のメタファーの対立によって論じられていたことから、『はやり唄』序文の描写観においては、両者の対立の乗り越えが目指されていると考えられる。

では、〈絵画〉と〈写真〉の対立が止揚されるとき、個々人の身体に基づく視点の再現と、すべてを均質に映し出すレンズによる表象とは、どのように折り合いがつけられることになるのだろうか。この問題については、『はやり唄』の後に発表された天外の文章である「作家たる予の態度」（「文章世界」明治四十一年四月）で具体的に語られている。

物の真に触れるには純粋の官能で行くより外はないのだ。官能を研ぎ澄ませ！鏡の如くせよ！趣味や智や習俗を悉く捨て去れ！生気ある観察といふものは、この途で行くより外決して得られぬものである。

さらば筆を執つて机に向ふ時の用意は何うかといふに、この場合の工夫を自分は「没我」といふ全くもう我を没して了つて、単に鏡に映じた其儘のものだけを写す。

この文章においては、まさしく〈鏡〉の隠喩によって描写の方法が論じられている。「鏡に映じた其儘のものだけを写す」という天外の描写法とは、〈鏡〉のように、あるいは〈写真〉のレンズのように、送り手のイメージがそのまま受け手のイメージとして再現される行為と考えられている。

天外のこの描写観において、視点の問題は消え去っている。「鏡の如く」見るとき、身体の固有性が問われることはない。〈見ること〉は個々の身体に備えられている様々な感覚によって偏向を受ける行為ではなく、身体に伴う偏差に惑わされることのない純化されたまなざしを獲得することとみなされる。この純化されたまなざしは「趣味や智や習俗を悉く捨て去」った超越的な身体、「純粋の官能」という特権性を備えた身体だけが獲得できるものだという。その超越的で特権的な身体は、個人であるがゆえに差異を備えた「我」、差異化されている身体を乗り越えて「没我」という状態に至ることができるために、その視点はレンズの域に到達することが可能となるのだ。

そして、『はやり唄』の序文で〈絵画〉の隠喩によって〈鏡〉の反映モデルが語られていたことを参照すれば、超越的で特権的な身体、「純粋の官能」を備えた身体とは「画家」や「詩人」といった芸術家の身体において実現されるとみなされていることが分かる。天外にとって、〈絵画〉とは、芸術家の官能が表出された媒体であり、芸術家の内的世界が外界において十全に表象されたものとなる。

したがって、先に引用した雪江が絵画を破壊する四章の場面とは、絵画として表出された官能が、雪江自身へと到達する場面としてとらえることができるだろう。雪江には、「悉く春草の柔に茂つてる野原の上に、散髪の美しい女が、何処に布片一つ着けず、全くの裸体となツて、翔行く鳥でも招く様な手して、大空を視上げて居る」という絵画のイメージが伝えられているのである。このとき、絵を見つめる雪江の姿には特権的な意味が与えられている。雪江は、絵画の身体に表出された官能を受容する身体として、また、芸術作品の送り手の官能を〈鏡〉として受け止める官能的な身体として描き出されているのだ。

その一方で、引用部分で語り手は固有の身体を備えた特定の人物としては登場しておらず、語り手の身体の存在は隠されていた。つまり、先の第四章の引用部分では、語り手の身体を隠蔽することによって、〈見る〉という行為に伴っていた観察者の身体的偏向を極力排除し、雪江の身体がイメージを受動する様をとらえ、それを表象しようとする試みが行われているといえよう。

このことを考慮すると、『はやり唄』を特徴づける視線の二重構図、つまり、対象を見つめ続ける雪江と、その姿を見つめる語り手の視点という視線の二重構図は、〈見る〉という行為に伴う身体性を乗り越え、純化されたまなざしを提示するための構図として作り出されたものと考えることができる。[*11] このとき、雪江の身体は、芸術家の「官能」に満ちた身体、超越的で特権的な身体を具現化するものとして描き出されることになる。

6 描写の欲望

『はやり唄』は、〈生命〉を持った身体、つまり、不可視の内部を持つと同時に可視的な外部を備えた身体を俎上に載せ、その仕組みを表象しようとしたテクストとなっている。そのとき選び出されたのが雪江の身体なのである。『はやり唄』が今日において重要な問題を投げかけている点は、小説の中に身体をめぐる新たな認識論を導入したこと、加えて、描写を行うに際し〈見ること〉を身体に基づく行為としてとらえ、身体行為としての〈見ること〉を探究したことにある。

しかし、その新たな描写の試みは、一つの困難に直面している。『はやり唄』では、身体の不可視の内界は可視的な外界に連動するという認識論に基づき、語り手のまなざしは雪江の身体の可視的な外見を執拗に追いかけ続けていた。しかし、語り手は、身体の〈外〉と〈内〉を接続させるための語りを持っていない。雪江が絵を切り裂く場面においても、語り手は雪江の身体を凝視するだけに留まっていた。夫の愛人が描かれた絵を見たとき、雪江は何を受け取り、何を感じたのか。結局、語り手は、雪江の身体が外界に接したときに得た情報が、内界にどのように伝達されたのかを、語ることができないのだ。

『はやり唄』の語り手は、ただひたすら〈窃視〉を行う存在なのである。語り手は、自らの実体的な身体の存在を隠すことによって、あらゆる場面に身体を拡散させ、視点を遍在させた上で雪江の身体を覗き見る。語り手の視点は、雪江の身体の様々な様態を捉え、再現するが、描写された雪江の姿を語りによって統合し、意味付けることはできない。

この問題は、次の文章からも明らかになる。

雪江は煙管を把上げて、何事か想ふ眼に眤と行燈を視詰めながら煙草を詰めて居たが、偶と其の眼を瞬たいて、四辺を見廻して、するりと夜具の中を脱出た。

寝巻の前しどけなく開いて、胸は乳房まで見はれ、褄の間からは褌のちらつくを其のまゝ、行燈の傍に寄つて、手燭に火を点し、彼の小福の写真を取上げて直ぐに部屋を出やうとしたが、夜更けで、見る人の無いとは云へ、流石に襟を掻合はせ帯を結び直して、さて椽側伝ひに行くところは、西洋室の、夫の書斎としてある一室である。（四）

この文章では、行燈の明かりを見つめる雪江の姿が捉えられている。また、語り手は、雪江のまなざしの所在だけでなく、まなざしを備えている彼女の身体までも執拗に凝視していく。語り手は、雪江の〈見る〉という行為を、そして行為を支える身体を観察し、描写する。しかし、語り手は、雪江の眼には何がどのように映し出されているのか、そのとき雪江は何を思っているのかについて語ることができない。ただ語り手は、雪江のまなざしが「何事か想ふ眼」であったとしか語らないのだ。

このように、描写が語りに組み込めない結果、『はやり唄』のプロットは小説世界に遍在する〈声〉としての「噂」に回収されてしまうことになる。語り手は聴覚を働かせ、世界に満ちている「噂」を伝える。『はやり唄』は、円城寺家の「血統」をめぐる噂で始まり、雪江に関する「あさましい噂」で終わるのだ。語り手は、雪江の身体の内界を語ることができないために、この「噂」が雪江の身体の内界をめぐる説明として機能してしまうのである。

『はやり唄』では、〈身体〉の可視的な〈外部〉を描写することによって〈内部〉を伝えようという試みがなされている。しかし、描写同士を関連付け、プロットとして構成するための〈語り〉は未だ準備されていない。語り手は、雪江の身体の〈外部〉と不可視の〈内部〉を接合させようという欲望に憑かれているが、その筋道はまだ確立されていないために、その欲望だけが肥大し、〈窃視〉が行われ続ける。[*12]

この『はやり唄』の描写における欲望は、しかし、『はやり唄』という小説にのみ見られるのではなく、『はやり唄』の読者たちが共有していたものである。既に指摘した通り、『はやり唄』の描写は、発表当時に〈写真〉の隠喩によって批判されていた。この批判によって、『はやり唄』が単に旧弊な描写としてとらえられていたとみなすことはできない。また、『はやり唄』の同時代評は、雪江の心理描写の不足を指摘しているのだ。[*13] このことは、『はやり唄』の描写に直面した読者たちも、語られていない雪江の身体の内奥としての「心理」への言及を求めたという事態を物語っているだろう。読者も語り手と同様、雪江の身体の内奥に何かが存在していることを疑わないのだ。彼らは、未だ言語化されていない、身体の不可視の〈内〉を欲望している。

この欲望が、孤島「『はやり唄』の評の評」（「読売新聞」明治三十五年三月二十三日、三十日、四月六日）という興味深い批評を生み出したといえよう。孤島は、『はやり唄』を読んだ評家たちが、〈姦通事件〉の描かれ方が唐突であり、雪江の「心理」に関する説明が欠如していると述べたことを踏まえ、独自の見解を発表している。孤島は、〈姦通事件〉について、「遺伝其のもの、生理上の影響にあらずして、寧ろ遺伝といふ噂の心理上の影響」を描いたものだとみなす。雪江自身が自らの「血統」をめぐる噂を「無意識」裡に内面化し、「此の一つの意気込みが絶えず其の心の奥に潜ん」だ結果、引き起こされた出来事であると解釈するのである。

ここで行われているのは、『はやり唄』の徴候読解といえるだろう。これは、描写され、言語化されたことではなく、語られていないものを読むという読解の方法なのだ。このような読解が行われてしまうのは、雪江の身体の内奥へ到達したいという『はやり唄』の語り手の欲望を、彼もまた共有しているからに他ならない。

『はやり唄』の描写からは、小説が人間の身体を言語化することを欲望していた時代が浮かび上がる。人間の身体に到達できない内奥が存在するなら、〈見ること〉は既知の行為ではなくなってしまう。まなざしも、観察者の身体に備わっている〈内〉の力に影響されることになるのだ。

まなざしにおいて働く身体の力を顕在化させるために、『はやり唄』は超越的で特権的な身体を備えた存在として雪江を登場させた。しかし、彼女の身体の内奥は、未だ十全な物語として語られないがゆえに、その身体は〈内〉をめぐる語りを吸引し続け、雪江の「無意識」までが呼び込まれてしまう。『はやり唄』は、小説において、身体の力を明るみに曝すために、〈女〉と〈無意識〉が結びつけられ語られる先駆けとなったテクストなのである。

注

＊1　主な同時代評として、桂月・烏山・天渓・秋江・花袋「はやり唄合評」（「太平洋」一九〇二〈明治三五年〉・一・一二）、「近刊妄評」（「読売新聞」一九〇二・一・一三）、芝峯「天外のはやり唄」（「帝国文学」一九〇二・二）、梅沢和軒「天外の『はやり唄』」（「明星」一九〇二・二）、青柳有美「『はやり唄』を読む」（「中央公論」一九〇二・三）、孤島『はやり唄』の評の評（「読売新聞」一九〇二・三・二三、三〇、四・六）などがある。また、木戸雄一は、天外の読者戦略という観点からこの時期の読者について考察している（「小杉天外の『写実小説』と読者」「稿本近代文

学」18、一九九三・一一)。

＊2　吉田精一「小杉天外の写実小説」(『自然主義の研究』上巻、東京堂出版、一九五五・一一)、瀬沼茂樹「前期自然主義――ゾライズムを中心として」(『近代日本文学のなりたち』弘文堂書房、一九七一・四)など。例えば、瀬沼茂樹は、「天外の『はやり唄』は遺伝と環境との理論をもちいたものであるが、この遺伝は『淫乱の血統』と通俗化され、環境は湯上り・葡萄酒・温室と解され、美貌の妻が不義を犯すにいたる顚末を描いたにすぎない」と述べている。

＊3　『実験小説論』白水社、一九三九・五。

＊4　『実験医学序説』岩波文庫、一九三八・一二。このテクストにおいて「生命現象」とは次のように論じられているものである。

我々が高等な生物、即ち複雑な構造を有する生物を研究するとき、またすべての自然現象に一般共通的な外界の影響裡にあって、独りこれらの生物のみが各々異なる作用を営んでいるのを見るとき、これらの生物はある程度まで環境に支配されていないように見える。しかしながら要するにこの外観は、我々が生命現象を誤って単純に考えすぎたためにほかならない。我々がこれらの生物において認める外部に現われた現象は、その実極わめて複雑なものである。即ちこれは生物を構成している細胞の各種の隠微な性質の総合した結果であって、またこれらの性質の発現は、細胞を取巻いている内界の物理化学的条件に結びついている。然るに生命現象の説明にあたり、我々は単に我々の眼に入る外界を考慮するのみであって、この内界をば無視している。しかし生命現象の真の説明は、身体の有機的単位を構成している極わめて微細な微粒子の研究と知識に基づかなければならない。

＊5　＊3前掲書。

＊6　「視覚の制度化――近代文学成立期の〈写真〉をめぐって――(Ⅰ)～(Ⅲ)」「早稲田実業学校研究紀要」22、23、25、一九八八・三、一九八九・三、一九九一・三。

＊7　『旧主人』の語りの方法については、金子明雄「『旧主人』をめぐる物語の〈周辺〉――島崎藤村の小説表現」(「立教大学日本文学」66、一九九一・七)を参照されたい。

＊8　岩波文庫、一九九九・九。
＊9　『明治国家と近代美術』吉川弘文館、一九九九・四。
＊10　この事件については、木下直之『写真画論』（岩波書店、一九九六・四）に詳しい。
＊11　『はやり唄』における視線の二重構図と相同するものが、島崎藤村『破戒』（一九〇六〈明治三九〉・三）の口絵においても描き出されている。主人公丑松が収穫を行う農民たちを眺める姿を描いた口絵について、木股知史は、「口絵は、〈風景〉ではなく、〈風景を見る人〉の画像化を意図している」と分析する。木股論では、『破戒』の小説表現においては、農民の姿をとらえる丑松の視線が描かれているだけで、その丑松自身の視線を外部から相対化することができていないと指摘した上で、口絵では「小説表現では不可能であった、風景を見る丑松の意識を外から対象化すること」が試みられていると考察している（「風景の詩学」『〈イメージ〉の近代日本文学誌』双文社出版、一九八八・五）。同様に、『はやり唄』における視線の二重構図も、絵画の方法をモデルとして〈見る〉という行為を表象することが探究されていた、この時期の小説ジャンルにおける方法論上の試みの一つとして位置付けることができるだろう。
＊12　語り手の〈窃視〉によって場面が展開され、小説内で披露されるゴシップを通じて筋がまとめ上げられるという方法は、『はやり唄』だけに見られるものではない。前田愛によれば、これらの技法は、坪内逍遙が戯作の語りを変革・再生することによって作り上げたものであり、読者に対して「人前では語ることができない心中の秘密を垣間見る特権」を与えることで「作中人物の『人情』、すなわち『内部に含める思想』」を伝えるための方法だという（「明治の表現思想と文体」『近代日本の文学空間』新曜社、一九八三・六）。しかし、『はやり唄』というテクストにおいて注意しなくてはならないのは、語り手によって行われる〈窃視〉が「心中の秘密」の暴露に結びつかないことなのだ。逍遙の小説において描き出された「内部」が、結局は〈覗き〉や〈立聞き〉によって解き明かされてしまうものであるのに対して、『はやり唄』で描かれる「内部」とは、それらの方法では到達できない内奥として現れている。このことは、両者の間において暴露されるべき「内部」の位相が異なっているという事態を告げるだろう。
＊13　「作者の筆客観的描写に過ぎて、心理の描写を軽視した」「描法が余りに客観に傾き過ぎて居るからで、今少し主観

的描法を用ゐたなら、深く人性を解剖する事も出来たであらう」（秋江・花袋「はやり唄合評」）、「心的変化の描写今少しく精細ならましかばと思ふ」（梅沢和軒「天外の『はやり唄』」）など。

※『揚弓場の一時間』『はやり唄』の引用は『明治文学全集』第六五巻、筑摩書房、一九六八・一〇に拠る。

第二章　「文章世界」特集「写生と写生文」と田山花袋の描写への試み

1　心理描写という争点

田山花袋『蒲団』（「新小説」明治四十年九月）は、自然主義文学を代表する作品であり、また、「私小説」の嚆矢として評価されてきた。確かに、『蒲団』は、発表当時から絶大な反響をもって迎えられており、『蒲団』の同時代評のなかでも、作中人物である時雄と、作者花袋とを結びつける読みの枠組みが目立つ。たとえば、「『蒲団』合評」（「早稲田文学」明治四十年十月）では、自然主義文学のイデオローグ的存在である島村抱月（星月夜）の「此の一篇は肉の人、赤裸々の人間の大胆なる懺悔録である」という評価をはじめとして、小栗風葉、徳田秋江らが、「懺悔」、「告白」という解釈コードに基づいて『蒲団』を絶賛している。

その一方で、合評では、心理描写に注目した「作者は寧ろ其れ等の事件結構に重きを置かず、主としてその中年の恋の経路を心理的に描かうとして居る。近来喧ましい自然派の傾向が、或程までは代表的に出て居る」という総評が掲げられていることは注目に値する。さらに、「描写法の主人公の心理生活のみを速進した」（松原至文）という意見もみられることから、合評では、小説の表現をめぐって登場人物の心理の描かれ方が問題になっていたことが分かる。

このように、『蒲団』の同時代批評には、作者に関する情報に結びつけてテクストを解釈する「私小説」的な受容と、テクストの心理描写に注目する読解という二種類の解釈枠組みが存在している。『蒲団』に先駆けること一年前、島崎藤村による『破戒』（明治三十九年三月）の出版が、明治四十年代に隆盛を極めることになる自然主義文学運動の先駆けとなったことは文学史上あまりにも名高い。この出来事について、金子明雄は、『破戒』の受容を通して作者の個人情報にまつわる言説を参照して作品を評価するという解釈枠組みが出来上がったと指摘する。[*1] しかし、『蒲団』に関しては、自然主義文学から「私小説」へという既存の文学史的評価には収まらない作品受容がみられる。それが、『蒲団』の心理描写に着目する読解である。

また、花袋自身も、『蒲団』の執筆意図について、次のような言葉を残している。

作者は無論懺悔などをしたのではない。作者にもしあ、いふ境遇に邂逅したことがあつて、あ、いふ心理の状態に居る事があつたとしても、作者はあれを好い事とも悪いこととも思つて居ない。要するに、現象である。ある事件に逢着してそれから起こつた心理現象である。自然を根本にした心理現象が善悪を超越してゐること は言ふまでもない。（『小説作法』明治四十二年六月）[*2]

島村抱月の『蒲団』評を意識したと思われる花袋のこの言葉からは、『蒲団』の執筆に際して、花袋が「心理現象」という問題について意識的であったことがうかがえる。「心理」に着目するこの発言は、「裏面に複雑な心理を包んだ『現象のあらはれ』それを精細に綿密に描くのが小説の領分である」という、『小説作法』において主張されていた「小説」の定義に連なるものとみなすことができるだろう。

このように、『蒲団』では、テクスト評価の争点として心理描写が問題となっている。ここには、自然主義文学という枠組みには回収されない、当時の文学における歴史的な探求が存在している。『蒲団』発表前夜の文壇で、心理という領域に注目が集まり、心理描写をめぐってさまざまな議論が交わされていたことを検討していきたい。

2　特集「写生と写生文」の意義

田山花袋が編集に携わっていた雑誌「文章世界」の明治四十年三月号では、「写生と写生文」という特集が組まれた。[*3]この特集は、冒頭に次のような文章が掲げられている。

写生と写生文とは、今の文壇を動かしつゝある一問題である。この時に方つて、諸家の意見を聞き得たのは、時事に適切なる記者の努力であると信ずる。なほ、殊に、画家の意見をも加えたのは、畢竟、画家写生の方法が、文章の上に多大の参考となると思つたからである。

そして、二葉亭四迷、島村抱月、柳田国男、長谷川天渓、島崎藤村等に並んで、雑誌「ホト、ギス」を拠点として「写生文」運動を実践していた高浜虚子や、三宅克己、黒田清輝といった画家たちによる「写生」論が披露された。この執筆者の顔ぶれから、当時の文壇では、絵画におけるスケッチの技法をモデルとする「写生」に注目が集まっていたことがうかがえる。

「写生と写生文」において、絵画の方法としての「写生」は、「写す人が座つて居るか、立つて居るか、何れにしても、その位置より花を見たそのまゝを書く」（黒田清輝「写生の方法とその価値」）という行為として、観察者固有の視点を再現することを目指すものと説明される。そのため「写生」では、「其処にあるものを、絶対的にその通りに写すのが主眼ではな」（三宅克己「余が踏める写生の段階」）いことになる。この「写生」の特徴は、「写真」メディアとの比較と差異化によって語られていく。「写生」は、「形は写真よりも遥に実際に遠いが、感じを与へることは到底写真などの及ぶ所ではない」（三宅克己）というのである。

黒田清輝と三宅克己という二人の画家によって提示されるこのような問題、つまり、「写生」を行うにあたって観察者の視点をどのように設定するのかということ、そして「写真」とは異なる表象としての「写生」という問題は、他の論者によっても繰り返し指摘されており、絵画の技法としての「写生」だけではなく、言語による再現の方法としての「写生」においても問われていたテーマであったことがうかがえる。

さらに、「写生と写生文」では「写生」に関して重要な問題が提起されている。高浜虚子のエッセイ「写生文の由来とその意義」では、当時の文壇が「写生文」というジャンルにおいて何を表現することを目指そうとしていたのかが明確に語られている。虚子は、冒頭で「今日の写生文は、吾々の一派が創めたものである」として、「ホトヽギス」が提唱してきた「写生」こそが「写生」の原型であると主張する。「西洋画家――自分等が直接に接したのは中村不折氏である――が、写生といふこと唱へ出し」、「正岡子規を始め、吾々一同がその説を聞いて、ひどく面白いと思つて」その方法を俳句に取り入れた。当時は雑誌「ホトヽギス」を創刊した頃でもあり、「俳句ばかりでは雑誌が出来ぬから、何か文章を載せなければならぬこと、となつた」ために、「鉛筆と手帳とで文章は作らねばならぬと、同人挙つて頻りに写生をやつた」。しかし、まもなく子規が亡くなり、「子規に縋つてゐた吾々も、始めて各自が自識して、研究するやうにやつた」結果、「写生文」というジャンルの存在がひろく認められることになったが、「その時分には、もう吾々は材料に窮して来たのであつた」という。

当時の「写生文」が描写の対象にしたのは「お宮とか、縁日とか、動物園とか、植物園とか、観世物とか」というように、いわゆる盛り場や娯楽場だったのであり、それらの風景を描く「写生文」にはすぐに飽き足らなくなってしまった。そんななかで「写生文」は、転機を迎えつつあると虚子は述べる。

今日の写生文家には先に何が欲しいといつた、写生以外の或るものを深く研究しようとしてゐる傾向が生じた。或る者とは何か、人間である。

虚子は、風景の再現を目指してきた「ホトヽギス」派の「写生」を越えて、「今日」の「写生」では「人間」を描き出すことが求められていると語る。

人間の研究は、鉛筆と手帳とをもつて、街上を歩き廻つて写し取れるほど、表面的で且つ容易ではない。が然し、今日の写生文は、漸く一転化の機運に向かつて、この人間研究に一進路を切り開かうとしてゐる。

このように、「写生文の由来とその意義」では、絵画のスケッチの技法をモデルに風景を再現表象するジャンルとして出発した「写生」が、明治四十年当時、「人間」を再現するジャンルへと変わろうとしていたことが述べられる。加えて、虚子は「写生文」の特徴について次のように語るのである。

写生文は断じて博物学的の叙述ではない。また写真の如きものでもない。極めて客観的に精密に描写する人でも、決して写真の如く、その儘には描しては居らぬ。否、描せるものではない。必ず、作者その人の調子が、その描写の上に現はれなければ止まぬからである。

ここで虚子は、三宅克己と同様に、「写真」との差異によって「写生」を定義している。「写真」が「その儘に」対象を再現するジャンルであるのに対して、「写生」は、「作者その人の調子」が描かれなくてはならないと言う。この「作者その人の調子」とは、対象を観察する者の視点にかかわるものであるだろう。「写生」は絵画の技法をモデルとしているため、観察者固有の視点、つまり、一人称的な視点を再現するものとなる。

以上のように、「写生文の由来とその意義」では、「写生文」のジャンルをめぐる定義が問題となっている。そこで語られる「写生」の対象としての「人間」の発見という事態からは「写生文」が何を描くジャンルなのかということが問われ、また、「写真」と「写生」との差異を語ることを通して「写生文」がどのように対象を描くジャンルなのかが探究されている。

同様に、「写生と写生文」に集まった他の論者たちも、「写生文」のジャンルの特性に言及している。例えば、二葉亭四迷「写生文に就いての工夫」では次のような言葉が見られる。

私は、子規君の文章や、ほと、ぎす一派の写生文や、鷗外君の『有楽門』などを見て、常に面白いとは思ふが、どうも慊ぬ節がある。早くいへば、今の写生文家の主張する、写生文といふことが、よく腹におちいらぬのだ。諸君はいつも天然ばかりをやつてゐるが、何故人間をやらぬのだらう。

二葉亭も、虚子と同様に、「写生」が描くべき対象として「人間」という存在を見出している。さらに二葉亭は、「人間」を「写生」の対象とすることの意義をも語るのだ。

私はかう思ふ。何も写生といつて、狭い範囲に自らを限つて、人物をも自然の景色の一点景としてのみ見ずに、寧ろ、心の景色、即ち人の心理状態を写生的に描き出すのも、また写生文の一体として面白からうと。

この言葉から、「人間」への注目の背景に「人の心理状態を写生的に描き出」したいという心理描写への問題意識が存在していることが分かる。当時、「心理」を備え持った「人間」という存在が「写生」の対象として注目されていたのである。

このような「人間」の「心理状態」を描くことへの興味は、柳川春葉「写生文と小説の接近」でも言及されている。柳川春葉は、夏目漱石の作品が「筋も複雑になり心的描写も加はつて来て居る」ことから、「写生文と小説との接近に力めて居る傾向」が見られると述べ、「今日の写生文は外形に於て殆ど申分なく発達して居るのであるが、其前途には今少し内側に向つて進む余地がありはしないかと考へる」と語っている。

また同時に、島村抱月「今の写生文」では「写生文」には「作者の内生命、即ち感じ」を再現する形式としての「一つの中心点《フォーカス》がなければならない」ということが、また、柳田国男「写生と論文」では、「自分の気をよく養つて、その上は唯だ、見た事、聞いた事、思ふ事、感じた事を有りの儘にさへ書けばよいのである」というように、そして、島崎藤村「写生雑感」では、「こちらに生気のある時でなければ、真に『生』を写すことは出来ません」と述べられており、いずれの論者も、観察者固有の視点に基づいた再現を行うジャンルとして「写生文」をとらえていることが分かる。

長谷川天渓「写生文の妙趣」では、「写生文」の再現の特徴がさらに詳細に論じられている。まず天渓は、「写生」と「写実」の違いを「広狭の差あり」とし、「写実と云へば余程広い意味で、写生は狭い義と定めたい。此の写生が重り合ひ、列び連つて写実となる」と述べる。「写生」とは「原型、形式、或は骨組みを捕へて表はすもの」であり、さらに「衣装つけた所までを書けば写実となる」とされる。また、「写生」は対象を「狭く」再現する、つまり、対象のすべてを描き出そうとするものではないために、そこでは描写の対象の「選択」が行われることになる。その結果、「写生文」では「観察者の思想、感情の如何によりて、其の選択する脈は異つて来る」、「観察者の個性が著るしく顕出される」というのである。

このように、特集「写生と写生文」に集められたいずれの論においても、「人間」の心理を再現するジャンルとしての「写生文」、あるいは、観察者の固有の視点を再現するジャンルとしての「写生文」について言及されていることが分かる。明治四十年当時、「写生」の探求を通して視点と心理という「人間」に固有の領域が問われていたといえよう。

3　『重右衛門の最後』の心理描写

では、花袋自身は「写生」に対してどのような認識を持っていたのだろうか。花袋は同時期に「写生といふこと」(「文章世界」明治四十年七月)という文章を発表している。
写生——単なる写生は何うしても描写式になる、絵で書くやうに、唯見たまゝを平面に写す。だから、作者(観察者)の感情は少しは言へるが、書いてある人物の腹の中は書けない、書くと不自然になるやうな気がする。

書かないでも其場合の態度や何かで顕すことが出来ると思ふに相違ない。ホト、ギス社中の写生文にはかういふ傾向がよく見える、小杉天外君の写実主義は概してかういふ写生で、唯平面に書くことを進んだ書き方と思つて居るらしい。私の考では、これは矢張文章上の一種の技巧に捉はれて居る為ではなからうかと思ふ。

ここで花袋は、雑誌「ホト、ギス」の同人たちの「写生」や、当時「写実主義」の作家として高い評価を得ていた小杉天外の描写法を、「見たま、を平面に写す」「唯平面に書く」という「技巧」にすぎないものとして批判する。花袋は、「見たま、」を描くという方法を、「人物の腹の中は書けない」、つまり、人間の心理を再現することができないという点において否定するのである。「見たま、」を描くという「写生」を目指す者は、人間の心理について「書かないでも其場合の態度や何かで顕すことが出来る」と思っているに相違ないと花袋が述べるとき、花袋自身は、人間の心理という領域について新たな認識を持っていることがうかがえる。花袋にとって心理とは「態度や何か」という「見たま、」の外見からうかがうことのできるものではなく、「腹の中」、つまり身体内部の不可視の領域に潜んでいるものとみなしている。そのため、心理を再現するには、ただ「見たま、」を描けばよいというわけではなく、まず、不可視の対象を見出すための独自の観察方法が必要となるのだ。

諸君は平面の描写が少しは出来るやうになつたら、大に立体の観察を試み給へ。先づ乞食を見るとする、乞食の外形ばかりを見ずに、乞食にも乞食になる動機、遺伝、習俗があるだらうから、それを彼方此方から観察もし洞察もして、其の乞食のどんなことを思つて居るかを正しく知るやうにし給へ。また恋を書くにしても、外形に顕はれた会合のさまとか握手とか会話とかばかり書かずに、その恋する二人が別々に腹の中で思つて居ることをも忌憚なく正しく観察して書き給へ。

花袋は、「平面」「立体」という比喩を用いて心理描写について語る。花袋にとって、「平面」は「平面の描写」、つまり「見たま、」を描くという描写の方法を意味しており、かたや「立体」とは「立体の観察」つまり、「人物」

の「腹の中で思つて居ること」を「忌憚なく正しく観察」するための方法を指す言葉となっている。このような比喩からうかがえるのは、花袋が、視覚によって観察することのできない「人物の腹の中」をどのように観察し再現するのかという困難にぶつかっているらしいことである。彼は、それを具体的な方法として摑んでいるというより、比喩によって漠然とイメージしているにとどまっている。

後に花袋は、『小説作法』（明治四十二年六月）の中で、心理描写の方法を整理して、「人生の表面に現はれた現象だけを描くに留めて置くといふ描写法」を「外面描写」、「行為ばかりでは満足せず、心理までも説いて、その深い処に達しやうとする描写法」を「内面描写」と定義しているが、「写生といふこと」で花袋が述べていた問題とは、作中人物の心理に踏み込んだ「内面描写」をどのように行うのかということになるだろう。

ところで、花袋が「写生といふこと」の中で、「作者（観察者）の感情は少しは言へるが、書いてある人物の腹の中は書けない」と述べていることは重要である。花袋は、心理描写を行う際に、描写の対象となる人物の「腹の中」を描くことは難しいが、心理を観察する観察者の「感情」を描写することは可能であると語るのである。この言葉は、花袋が心理描写を行う際に、観察者の「感情」が描写の対象に混入してしまうという事態を告げているのではないか。

この問題については、花袋が「小杉君の作物」（「中央公論」明治四十一年七月）のなかで小杉天外について述べた言葉にも現れている。

小杉君の芸術は一口にいふと外面芸術といへるだらうが、芸術としては内面芸術よりは或は進んだものか知らんといふ疑問もある。内面芸術で行くと、どうしても自分の影が知らず識らず入つて来る。

この文章でも、花袋は、対象とする人物の「内面」を語る際に、「自分」、つまり観察者の「影」が入り込んでしまうという描写にまつわる困難さが述べられている。

花袋が心理描写を行う際に、描写の対象となる人物の心理に観察者の視点から派生する感情や心理の動きが混入するという奇妙な事態が生じてしまうのはなぜなのだろうか。この問題については、『蒲団』以前に発表された文章である「主観客観の弁」(「太平洋」明治三十四年九月)から考えることができる。その中で、花袋は、小杉天外の作品を「純客観小説」とみなした上で、「客観小説」ばかりを生み出している文壇を批判して「今の文壇の写実は外部をのみ写すやうになつて居る。偶々心理的描写を試みるものがあつても、その主観が明瞭でないから、語を換えればその主観が自然と一致する程に進んで居ないから自然の面影を備へるといふ訳には行かぬ」と批判しているのだ。

この「主観」を重視した花袋の発言について、従来の研究では、花袋が因習に満ちた世界を批判的に描写するために導入したポイントであると解釈されてきた。[*4] そのなかで、花袋の創作技法に注目した和田謹吾の見解は、新たな観点を提示している。和田謹吾によれば、この時期、花袋は、『私』の媒介を経て事件を扱う」という、紀行文を通して培った描写の方法を、「客観描写」に接合させようと試みていたという。[*5] 紀行文における「私」とは、風景を眺める観察者であるだろう。花袋は「主観」に注目することで、「私」という観察者を媒介にした視点の取り方を模索していたと考えることができる。加えて、花袋は、心理描写を行うに際して、観察者の側からの感情的な解釈を排除しつつ、対象に踏み込んだ観察を可能にするような視点を確立しようと試みていたと考えることができるのではないか。

花袋の描写における技術的な取り組みは、「主観客観の弁」の翌年に発表された『重右衛門の最後』(明治三十五年五月)に顕著に現れている。『重右衛門の最後』では、「人間は完全に自然を発展すれば、必ずその最後は悲劇に終る」(十一)という主題の下に、「自然児」(十一)藤田重右衛門の悲劇が語られる。重右衛門を観察する語り手「私」は、観察行為を通じて重右衛門の不可視の心理を解き明かそうとする。

これが即ち自分の始めて見た藤田重右衛門で、その眼を瞋らした赤い顔には、まことに凄じい罪悪と自暴自棄との影が宿つて、其半生の悲惨なる歴史の跡が一々その陰険な皺の中に織り込まれて居るやうに思はれる。自分は平生誰でも顔の中に其人の生涯が顕れて見えると信じて居る一人で、悲惨な歴史の織り込まれた顔を見る程、心を動かす事は無いのであるが、自分はこの重右衛門の顔ほど悲惨極まる顔を見た事は無いとすぐ思つた。（十）

ここで重右衛門の心理を描写するために対象化されるのが、「顔」である。語り手「自分」は、重右衛門の心理を観察する際に、「顔の中に其人の生涯が顕れて見える」という観相学的テーゼを持ち出して「顔」の描写を試みるが、その描写の中に「自分」の視点ははっきりと痕跡を留めている。重右衛門の「陰険な皺」は、彼の心理を無媒介に表象するものではない。「顔」が不可視の心理を表する際には、「悲惨なる歴史の跡が一々其陰険な皺の中に織り込まれて居るやうに思はれる」という観察者である「自分」の解釈が出現し、さらに「悲惨な歴史の織り込まれた顔を見る程心を動かす事は無い」という観察者の感情までも語られてしまうのである。

このように『重右衛門の最後』では、重右衛門の心理描写が行われる際に、観察者である「自分」の視点がはっきりと残ってしまう。しかし、その一方で、それとは異なる心理描写も存在する。放蕩を続けていた重右衛門の結婚という出来事では「血統」と「遺伝」という重右衛門の「先天的不備」をめぐる語りが現れ、そのなかで観察者の視点を介さない心理が語られるのである。

村の人はこれで重右衛門の身が堅まつたと思つて喜んだのである。けれどそれは少なくとも重右衛門のやうな性格と重右衛門のやうな先天的不備なところがある人間には間違つた皮相な観察であつた。一体重右衛門といふ男は負け嫌ひの、横着の、図々しいところがあつて、そして其上に烈しい烈しい熱情を有つて居る。（八）

ここでは重右衛門を見守っていた村人の見解は「間違つた皮相な観察」として退けられている一方で、観察者の観察行為を経由することなく、重右衛門の「負け嫌ひの、横着の、図々しい」性格と「熱情」の存在が語られている。なぜこのとき観察行為がないままに重右衛門の内的な心理が自明のものとなるのだろうか。それは、テクストにおいて、重右衛門の外見上の「先天的不備」は、重右衛門という人間を予め決定づけていると同時に、彼の内面を過不足なく表しているとみなされているからである。この語りにおいて「血統」と「遺伝」が人間のすべてを決定するという認識枠組みが前景化し、重右衛門という人物が備えていたはずの心理が吸収されてしまっている。

したがって、『重右衛門の最後』における心理描写の方法とは、観察者の視点から派生する解釈や感情を、「遺伝」という当時科学的とみなされていたパラダイムに基づく情報と合致させることによって、観察者側の解釈や感情の普遍化を目指した試みとみなすことができるだろう。しかし、この方法は発表当初から否定的な評価を受けた。「帝国文学」（明治三十五年六月）には、「重右衛門が性格の推移は頗る態とらしくて、作者が同情の理由も解し難く」、「此作者は人物を活写し若しくは深酷なる人情を描出するの筆力に乏し」という酷評が掲載されている。

4 『蒲団』における観察の技法

『重右衛門の最後』では、一人称の語り手「自分」が主人公重右衛門を観察するという方法が試みられていたのに対して、『蒲団』では、主人公の「文学者」竹中時雄が、ヒロイン芳子の「年若い女の心理」の観察を行っている。不可視の領域としての心理を再現しようという『重右衛門の最後』における描写の試みは、ここで観察者と観察対象との関係配置の問題へと組み直されることになる。観察技法を確立することによって、描写の限界の乗り越えが図られるのだ。その結果、『蒲団』の心理描写は独自の形態を備えることになる。

興奮した心の状態、奔放な情と悲哀の快感とは、極端まで其の力を発展して、一方痛切に嫉妬の念に駆られながら、一方冷淡に自己の状態を客観した。

初めて恋するやうな熱烈な情は無論なかつた。盲目に其の運命に従ふと言ふよりは、寧ろ冷かに其の運命を批判した。熱い主観の情と冷めたい客観の批判とが絡り合せた糸のやうに固く結び着けられて、一種異様の心の状態を呈した。

悲しい、実に痛切に悲しい。此の悲哀は華やかな青春の悲哀でもなく、単に男女の恋の上の悲哀でもなく、人生の最奥に秘んで居るある大きな悲哀だ。行く水の流、咲く花の凋落、此の自然の底に蟠れる抵抗すべからざる力に触れては、人間ほど儚い情ないものはない。

汪然として涙は時雄の髭面を伝つた。

（四）

ここで語られている情報は、語り手の側からのものと、時雄の視点によって捉えられたものとの二種類に分けられる。引用部の最後の「汪然として涙は時雄の髭面を伝つた」という文章は、語り手が捉えた時雄の姿である。それに対して、冒頭部から「人間ほど儚い情ないものはない」という文章までは、自己の心理を観察する時雄の視点に添った語りである。したがって、この部分では語り手側の感情が混入することはない。「悲しい、実に痛切に悲しい」という感情は、視点人物である時雄自身の感情となる。

このように、『蒲団』では、観察者と観察対象との関係を、心理の観察者である時雄と心理を観察される対象としての時雄として設定する。それによって心理が描写される際に書き込まれる観察者の側の解釈や感情は、観察される側の心理に吸収されていくのである。さらに時雄による芳子の心理観察も、この時雄自身の心理観察に組み込まれている。

文学者だけに、此の男は自から自分の心理を客観するだけの余裕を持つて居た。年若い女の心理は容易に判断し得られるものではない。かの温い嬉しい愛情は、単に女性特有の自然の発展で、美しく見えた眼の表情も、やさしく感じられた態度もすべて無意識で、無意味で、自然の花が見る人に一種の慰謝を与へたやうなものかも知れない。

この語りにおいて「年若い女の心理」が直接的な描写の対象となっていないことに注意したい。ここでは、「此の男は自から自分の心理を客観するだけの余裕を持つて居た」という語りから明らかになる通り、芳子の心理について解釈を行う時雄の心の動きが描かれている。

このように、『蒲団』では、花袋が心理描写を行う際に苦慮していた観察者の感情の混入という問題は、自己自身の心理を観察する観察者をテクストに登場させることによって、かろうじて回避することが可能になっているといえよう。

（二）

同時代評においても、『蒲団』は『重右衛門の最後』とは異なった評価がなされている。「『蒲団』合評」では、「主人公と作者その人との間には殆んど距離がない」（片上天弦）という批判がみられるものの、時雄の心理描写については、「主人公の外的または内的生活を中心として之れに接触せる外界の映象を集めるのを目的としたものとすれば、真に成功の作と云ふべきである」（相馬御風）というように概ね好評で、『重右衛門の最後』で批判されたような、人物を語る際に問題となっていた語り手の側からの「同情」を指摘する声はみられない。

『蒲団』が発表され、自然主義文学の隆盛が始まった明治四十年、文壇では、描写すべき対象として人間の心理という領域に注目が集まっていた。そのなかで、『蒲団』というテクストでは、心理を観察する観察者の視点を媒介にした心理の再現が試みられている。この視点こそ、自己によって自己自身の心理を観察する観察者、「自から自分の心理を客観するだけの余裕を持つて居た」という「文学者」の視点なのである。『蒲団』では、このいわば特権化された「文学者」の視点によって、「人間」の心理が描かれるのであり、[*6]「文学者」時雄が芳子という女性の心理観察を行うことを通して時雄自身の心理を対象化し、それを「人間」の心理として表象するという形が取られている。

このように、観察対象の心理を描くことを目指しながらも、結果的に観察者自身の心理が描写されてしまうという『蒲団』の心理描写のねじれた様相は、絵画的な「写生」の技法をモデルとして、〈どこから見ているのか〉〈誰が見ているのか〉という観察者の視点の所在に関する情報を書き込んだ上で、心理を再現することを目指すという「写生」の方法の一つの帰結とみなすことができるだろう。『蒲団』というテクストは、絵画的な再現技法をモデルとした「写生」を小説というジャンルに組み入れ、固有の視点と心理を備え持った人間を再現表象するために、「文学者」という特権的な観察者と、その観察対象としての女性というジェンダーがらみの権力関係を設定する。その力によって観察者の観察行為を保証し、「人間」が備え持つ不可視の領域としての心理を再現してみせようとするのだ。

しかし、『蒲団』では、このような観察者の超越性は安定的に維持されているわけではなく、破綻の危機に脅かされている。それが端的に現れているのが『蒲団』第十章、芳子が郷里へと連れ帰られる場面である。

時雄の後に、一群の見送人が居た。其の陰に、柱の傍に、いつ来たか、一箇の古い中折帽を冠つた男が立つて居た。芳子は此を認めて胸を轟かした。父親は不快な感を抱いた。けれど、空想に耽つて立尽した時雄は、其の後に其の男が居るのを夢にも知らなかつた。（十）

この場面では、「文学者」時雄の視点は、小説世界を対象化する超越的な審級として機能してはいない。特権的な観察者であったはずの時雄は、ここでは、客観的な観察を行うどころか、単に「空想」に耽溺しているにすぎない人物とされている。『蒲団』にはこのような語りが存在しているため、テクストには「文学者」の心理観察は個人的な「空想」の域を超え出るものではないという可能性が含まれてしまうことになる。『蒲団』の心理観察の方法は、不安定で揺れ続けている。

明治四十年当時、文壇では「写生」の技法を小説へと組み込むための試みが探求されており、独自のまなざしと心理とを備えた人間という存在が脚光を集めつつあった。そのなかで田山花袋は〈見たまま〉を再現するという

「写生」の方法を発展的に継承し、不可視の領域としての心理を再現する方法を模索していたのである。『蒲団』の心理描写には花袋の挑戦がはっきりと刻まれている。

注

＊1　島崎藤村『破戒』の発表以降、作者の個人情報にまつわる言説を参照して作品を評価するという解釈枠組みが出来上がっていたことが、金子明雄によって指摘されている（「小栗風葉『青春』と明治三〇年代の小説受容の〈場〉――『早稲田文学』の批評言説を中心に」（金子明雄、高橋修、吉田司雄編『ディスクールの帝国』新曜社、二〇〇〇・四所収）。

＊2　『定本花袋全集』第二十六巻、臨川書店、一九九五・六。

＊3　「文章世界」の特集「写生と写生文」については、永井聖剛「〈虚子の写生から小説へ〉の意味――『文章世界』の『写生と写生文』特集から」（「日本文学」一九九七・一一、『自然主義のレトリック』双文社出版、二〇〇八・二所収）が、本稿とは異なる観点から光を当てている。

＊4　「主観客観の弁」において、花袋が主張した「大自然の主観」について、吉田精一は、「作者の批判や解釈」を行うための「主観」であると論じ（『自然主義文学の研究』上巻、東京堂出版、一九五五・一一）、相馬庸郎は「世界に対する人間の主体性を確立する」ことを目指すものだと述べている（『日本自然主義論』八木書店、一九七〇・一）。

＊5　『増補自然主義文学』文泉堂、一九六六・一。

＊6　この「文学者」をめぐる一節について、安藤宏は、自然主義の描写の問題との関連から注目する。自然主義文学においては、「ありのまま」に対象を描写しなくてはならないため、『蒲団』は、「事件の当事者でありながらそれを冷静に観察しうる特殊な才能を持った『小説家』」という存在を作中に登場させたと述べている（『自意識の昭和文学――現象としての私』至文堂、一九九四・三）。本稿では、『蒲団』における観察の対象とは、安藤宏の言う「ありのまま」より、さらに具体的なものであると考える。それは、人間の「心理」なのである。

※『重右衛門の最後』の引用は『定本花袋全集』第十四巻、臨川書店、一九九四・五、『蒲団』の引用は『定本花袋全集』第一巻、臨川書店、一九九三・四に拠る。

第三章 「ホトヽギス」の「写生」実践における視点のテクノロジー

1 「ホトヽギス」の転機

「文章世界」明治四十年三月号の特集「写生と写生文」で、絵画の技法をモデルにした「写生」の方法は雑誌「ホト、ギス」において始められたものであると語られていた。ここでは、「ホト、ギス」の「写生」実践とはどのようなものであったのか検討していきたい。

雑誌「ホト、ギス」は、明治期に二度の転機を迎えている。一度目は、「日記」「記事」などの読者投稿欄が大幅に拡大された第四巻（明治三十三年十月以降）であり、次は小説というジャンルが登場し、誌上をにぎわすようになった第八巻（明治三十七年十月以降）である。金井景子は、「ホト、ギス」におけるこの二度の変化に注目し、第四巻以降の読者を巻き込んだメディア実践は「書くに足る材料としての日常の発見、そしてそれを叙述するための文体の創造」をもたらし、その成果が第八巻第四号（明治三十八年一月）における夏目漱石『吾輩は猫である』と『子規遺篇・仰臥漫録』の掲載として結実したと論じている。[*1]

本論では、「ホト、ギス」における第四巻から第八巻への変化を、「写生」の実践・習得という問題に焦点化して考察してみたい。例えば、漱石や子規よりも若い世代の青年であり、「ホト、ギス」の読み手であると同時に投稿者でもあった寺田寅彦は、第四巻第一号（明治三十三年十月）の投稿欄「募集日記」に「牛頓」という名で「窮理日記」

を投稿している。そして、第八巻第七号（明治三十八年四月）に、「小説」と銘打たれた作品『団栗』を発表したのである。「ホト、ギス」第四巻から第八巻へという流れに注目すると、「日記」「記事」の投稿者が、やがて「小説」の執筆者となるという出来事を見出すことができる。第四巻以降の「ホト、ギス」誌上において展開されていた「写生」実践に注目することで、「小説」というジャンルにおいて引き継がれていったものについて明らかにしたい。

2 「写生」における視点

「ホト、ギス」第四巻以降、拡大された投稿欄では「日記」「記事」のほか絵画作品まで読者による投稿の対象となった。「記事」には、「投稿注意」として、「事実ならぬ事を事実の如く記すべからざる事」という文章が添えられている。このことからも、投稿欄において共有されていたのは、正岡子規の「ありのまゝ見たるまゝに其事物を模写する」という「写生」[*2]の理念であることが分かる。

この「写生」という理念は、子規が中村不折・下村為山という二人の画家との交流を通して確立したものであるという指摘がなされている。[*3]「ホト、ギス」第四巻第一号・第二号（明治三十三年十月・十一月）に掲載された中村不折「画談　写景簡易法」「画談　並行法」という記事から、「写生」とはどのようなものとして認識されていたのか、さらに詳細にうかがうことができる。

「画談」では、視点を一点に固定して風景を再現表象する、遠近法的な技術に基づくスケッチの方法が解説されている（資料1）。「画談　写景簡易法」の冒頭部に、次のような言葉が見られる。

> この頃素人で写真を写す人がだん〳〵ふゑて来て、中には黒人《くろうと》も及ばぬやうな旨い人がある。まことによい楽で旅行などした時は殊に愉快であらう。併し写真を採るには是非一人の従者は連れねばならず、簡便な方法

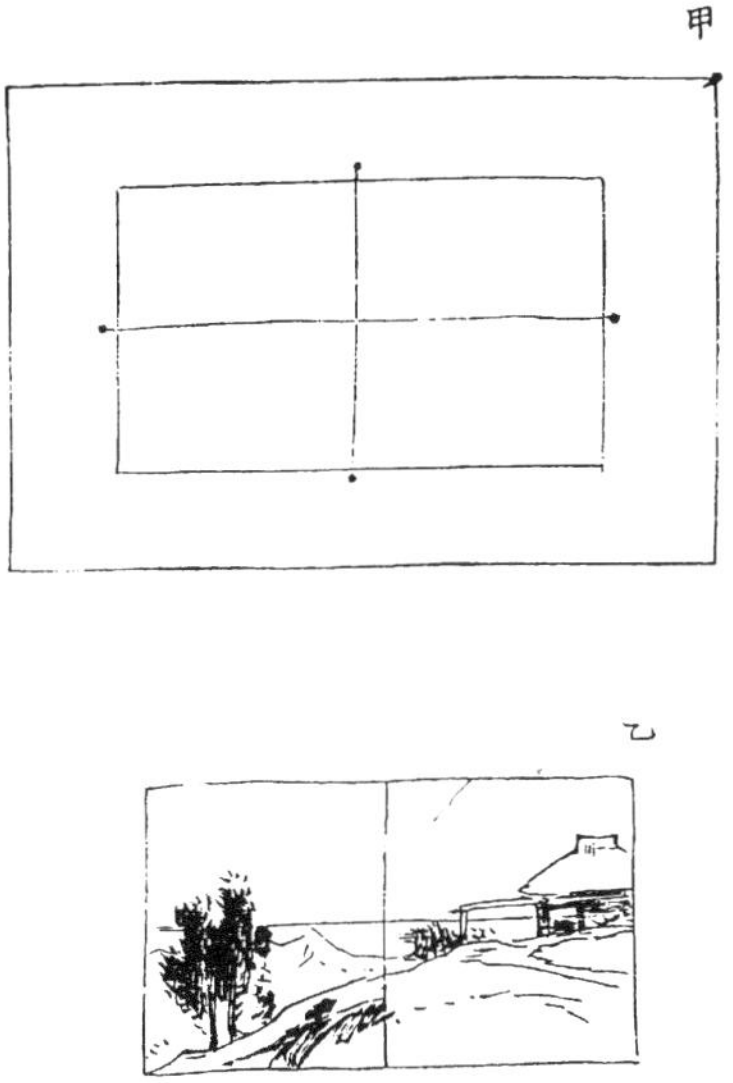

「ホトヽギス」第四巻一号

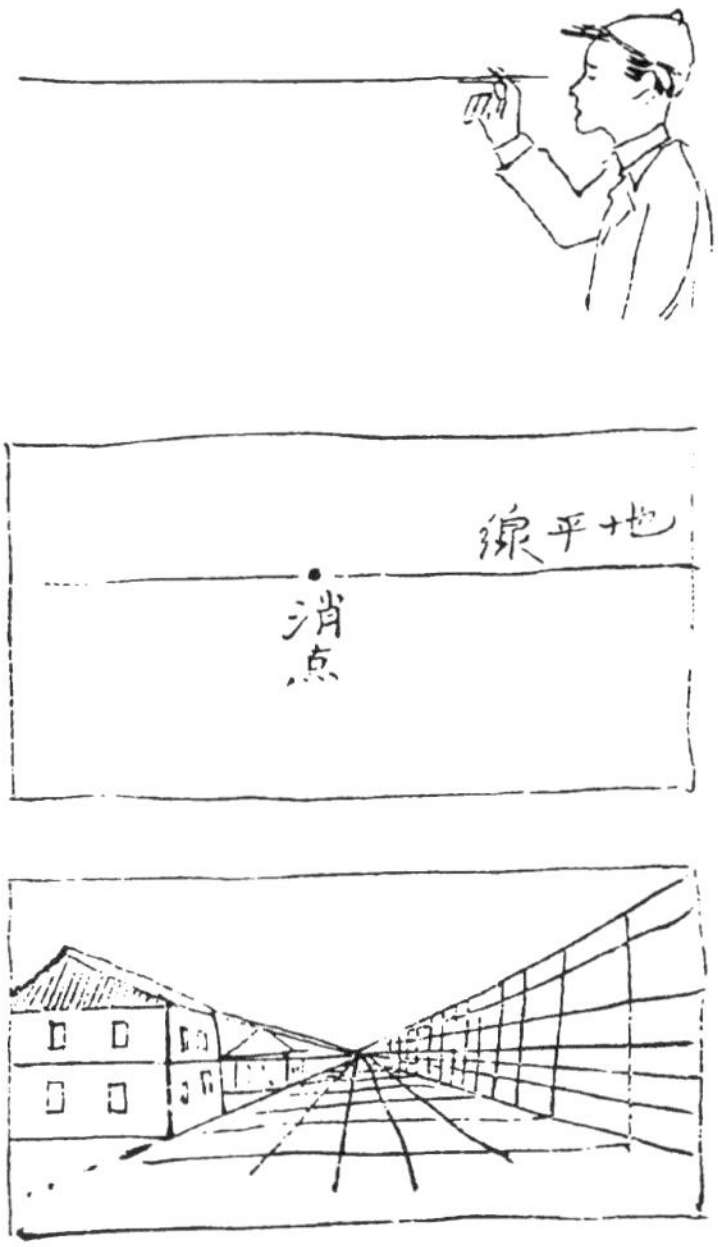

「ホトヽギス」第四巻二号

資料1　中村不折「画談」

でやるにしても兎に角器械を携へねばならず、其等の点に種々の面倒がある。其処でどうであらう、画書きで無い素人諸君も簡便な写真法でもつて実際の景色を写すことを試みては。

この文章では、「画書」と「写真を写す人」とはそれぞれ相矛盾せずに共存している。不折にとって、スケッチとは「簡便な写真法」のことであり、風景を描写することと、写真を撮影することとは質の異なる行為とみなされてはいない。この文章から、「ホトヽギス」の投稿欄を支えていた「写生」には、写真撮影への志向が潜在的に含まれていることが分かる。

風景のスケッチが写真撮影と矛盾しないという中村不折の言葉からは、「写生」をめぐる重要な問題が見えてくる。佐藤道信は、「写真」という言葉の由来について、「幕末に写真術 photography が入ってくると、これが肖像画法の理想的手段と考えられるようになった」ために、「それまで肖像画に対して〝迫真〟の意味で使われていた『写真』の語が、その訳語としてあてられた」と述べている。[*4] 佐藤道信は、明治初期に「写真」は肖像画というジャンルと密接な関連を有していたと指摘する。ところが、「画談」では、「写真」は「景色を写す」ことに重ね合わされているのである。

風景をスケッチすることと写真撮影とを相同的な行為とみなしているのは中村不折に限らない。松井貴子は、フォンタネージから小山正太郎、浅井忠、そして中村不折へ、という西洋美術理論と技法に関する受容の流れを調査し、工部美術学校において西洋美術の教育を行っていたフォンタネージ自身が、ヨーロッパの写真術を視野に入れて美術理論を構築していたことを指摘している。[*5]

また、画塾不同舎で中村不折を指導した浅井忠も、「写真の位置」(「写真新報」三、四、七、明治二十二年四月～八月)で、風景画と写真撮影の共通性について述べている。

画家の画を作るのと写真家の画を作るのとは手続きに違ひのあるのみであります。今此の二者を較べて見ますと、つまり同じ規則の中に働くのであります。写真家の方で画をこしらへるには誠に便利にして早手廻しのかはりには、又非常な不便のことがあります。先づ景色を写しますに、画家の方では邪魔になるものや不都合なるものがあればづん〳〵と省いて色々の釣り合を自分の勝手気儘にすることが出来ます。どうしても天然の景色の儘では、何にかも充分して居て一切完備した物はありません。夫れ故、遠景がよければ遠景丈けを取り、前景がよければ前景丈けを取り、森の工合がよければ森の工合、川の工合がよければ川の工合と、夫れ〳〵よいもの丈けを取り集めて一図の画と為すことが出来ます。然し写真家の方ではどうもそう重宝な訳には参りません。夫れ故茲が一番難義の仕事でございます。

そこで、写真家の方でも面倒を見ねばなりません。夫れはやはり多くの種板を取るのです。そして、雲は雲、前景は前景と合せ写真をこしらへねば、到底好き画は出来ません。[*6]

この浅井忠の文章からは、中村不折の論において言及されてはいなかった問題がうかがえる。中村不折は、単に「写真」と風景のスケッチの相同性を述べたに留まっていたが、浅井忠は、風景画に相当する「写真」とは、「雲は雲、前景は前景」といったように様々な部分を合成した「合せ写真」であると述べている。このような浅井忠の見解は、「よいもの丈けを取り集めて一図の画と為す」という彼の絵画構成法に基づいて生まれているものである。[*7] 浅井忠は、風景を描写する際に構成という問題に意識的であり、「写真」というメディアをも、絵画構成の枠組みにおいて対象化していたといえるだろう。

そもそも、この絵画構成という問題は、浅井忠ほど強烈な意識に支えられているわけではないにせよ、「写生」に付随するものである。例えば、風景をスケッチしようという初心者のためのマニュアル本といった観のある伊藤龍涯編『写生の仕方』（松邑三松堂、明治四十三年九月）では、「写生といへば勿論見た通りの物を画に描き現しさへすれば善のである。併しそれ丈の事にも種々の簡単なる心得が無ければ一寸纏まり悪いものである」、「観る所の物を残さずに片端より写生しやうとするとやゝもすれば纏まりの附かなくなるものである」として、「趣味ある画」を描くために、まず初めに次のことを行わなければならないと述べられている。

写生をなさんとする時に先づ一つの物に就て二個所以上なる見所を変へて然る後に適当なる場所より観て筆を下すのが必要である。

つまり、「写生」では、対象をどのように再現するのかということ以前に、どこから対象を眺めるのか、という「見所」つまり視点の設定が重要になるのである。「写生」を行うとは、同じ対象でも視点が異なれば見え方が変わることを体験することであり、様々に存在する視点の中で、最も「適当なる場所」を見出すということなのだ。浅井忠の「よいもの丈けを取り集めて一図の画と為す」という絵画構成法は、選択可能な様々な視点の存在が前提となって初めて生まれるものだといえよう。

したがって、中村不折「画談」において、遠近法的な視点の設定方法が紹介されていたのも、「写生」における視点設定の問題に配慮したからだといえるだろう。不折の述べる「簡便な写真法」とは、恣意的な場所に視点を置いて風景を切り出すためのテクニックなのである。不折は、「写生」と「写真」の双方を、恣意的な視点に基づく風景の再現を行うものとみなしているのだ。

だが、「画談」では、「写真」と「写生」の同質性が述べられるのみで、最も適当な視点、「適当なる場所」をどうやって見出すのか、という視点選択の問題についてまでは言及がなされていない。不折の論では、最も好ましい画面を構成しようという観点が存在しないのだ。そのため、結果的に、不折の「写生」は、伊藤俊治が指摘する「写真」という表象に内在する特徴が強く現れることになる。

伊藤俊治は、遠近法を完成させたルネサンス絵画と写真とを比較し、写真に特徴的なものは「恣意的な視点」であるとして、「写真は明らかに形式的構造のための遠近法には不向きなメディアであり、世界の断片を切り取ってゆく選択的描写に格好のメディアであった」と述べている。[*8] 画面構成という観点を欠落させた「写生」とは、伊藤の言葉を借りれば「形式的構造」を欠いた「世界の断片」の表象とならざるをえないだろう。

そして、確かに、「ホト、ギス」第四巻には、中心となる唯一の視点を欠いたまま、恣意的な視点が寄せ集められた表象が登場しているのだ。例えば、第四巻四号（明治三十四年一月）には、「募集裏画　雪」の投稿作品を掲載したページが掲載されている（資料2）。雑誌の見開き一ページ分に編集されたこの図像は、不思議な眩惑感に満ちている。六枚の絵によって構成されたこの画面は、それぞれがばらばらのままで、一枚の平坦な絵画につなぎ合わされている。

「募集裏画　雪」の選者下村為山は、六枚の投稿作品を一つの平面へと構成した。六枚の作品は、いずれも対象との間に一定の距離を取り、遠近法的な視点を設定して対象を描き出したものである。しかし、この六枚の作品にお

資料2　「募集裏画　雪」「ホトヽギス」第四巻四号

ける視点が、それぞれ対象への距離の取り方を異にしているために、結果的にこの画面全体を統一的に把握することが可能な視点がどこにも存在しないのである。画面を構成した為山が、統一的な視点の設定について配慮した様子はうかがえない。明らかなのは、雪うさぎの耳や空を飛ぶ鳥のシルエット、雪に覆われた植物の葉といった装飾的な細部を重ね合わせることによって、画面同士を審美的に接続させようという欲望だけなのである。

この図像において、画面を全体として俯瞰するような視点が設定されていないにもかかわらず、六枚の作品は無作為に並べられているわけではなく、強固な美意識に基づいて編集され、一枚の画面として再構成されている。各々の作品の遠近法的な視点は、個別的で断片化された風景を切り取ってしまったために、選者は、集められた断片的な風景を再び統合し、構成し直さなければならなかったのである。そして出来上がったのは、すべての視点の中心となる超越的な視点を欠いた、今日から見ればラディカルな表象となったのである。

このように、第四巻以降の「ホト、ギス」では、投稿欄が拡大された結果、個別的な視点によって切り出された断片的な表象が氾濫し、中心となる視点を欠いたままでページが構成されていく、という事態が生まれている。だが、この恣意的な視点の氾濫は、やがて雑誌の巻数が進んでいくごとに、一つの超越的な視点によって統合されようとするだろう。[*9]誌面において、唯一の超越的な視点が共有され、その視点によってさまざまな表象が意味付けられていくという状態が、「ホト、ギス」第四巻以降の「写生」実践において目指されていくのである。

3　子規という視点

「ホト、ギス」第四巻第六号（明治三十四年三月）には、読者の投稿記事に関して言及した、正岡子規による「一日記事につきて」という文章が掲載されている。

一日記事はある一つの興味ある事を据へてそを成るべく詳細に写すなどは面白くなり易かるべし。極詳にもあらず極略にもあらず善い加減な筋書に止まるは読んで面白からず。

この文章から、子規は、「記事」の投稿者に対して、個々人が体験した出来事に関する一連の「筋書」ではなく、「一部分」を詳細に報告することを求めているのが分かる。

さらに、子規は次のように述べている。

今度の紀元節の記事には学校に行きて拝賀の式を行ひたりといふ者最多かりき。小集小宴を催したりといふも少からず。写真を写したるも三四はありたり。前日よりかけて一泊旅行と出掛けたるもあり。休日を利用して転宅したるもあり。様々あり。

一日記事の記者には小学教員最多かりしが如し。其他学生、銀行員、会社員、税関吏、県会議員、商人、若旦那、婦女子、豪農、画工、技師等枚挙に暇あらず。

子規は、「紀元節」という出来事について、投稿された「記事」の内容の突出性に注目するというより、様々な出来事が記された「記事」を集めることによって、「紀元節」という出来事を広がりとして示すことに興味を抱いているといえるだろう。また、「一日記事」の投稿者が様々な社会的な位置にあることに注目していることから、投稿欄を断片的「写生」の集積からなる広大な地勢図へと作り上げようという子規の編集意図が見てとれる。

では、「ホト、ギス」の「日記」や「記事」の投稿欄とは、実際にはどのようなものだったのだろうか。「募集明治卅三年十月十五日記事」（第四巻二号、明治三十三年十一月）、および「募集日記」（第四巻第三号、明治三十三年十二月）を見てみよう。

「記事」には、次のような文章が並んでいる。

今日は氏神の祭りなり。各町夫々催者がある。山車や。屋台や。小供の剣舞に芸者の手踊。実に賑やかなことである。（由人）

十月十五日午前五時起床。浄水院面殿鐘に整衣し法鼓に出頭す。（松山　天龍山主一宿）

十月十五日月曜日◯晴れ◯今朝寒し前六時三十分寒暖計六十二度弱風雨計風模様あり。（鎌倉　松本翠濤）

十月十五日は我村で正月よりも盆よりも楽しい面白い日だ、其れは村杜八柱神社の祭日であるからだ。（朝倉南汀）

十月十五日　月曜日　好い天気であつた。午飯後谷中へ持ち込むべき画をか、へて内を出た。（東京　月夜亭主人）

また、「日記」は以下のようなものである。

十一日。北風。曇。手洗鉢の水氷る。澁澤男爵へ宮中より賜宴あり。（朝鮮京城　晩霞）

十一日。日曜。大雨。昨日求めたるチユーリツプ、サフラン、竹杯鉢に植う。（下総船橋在　九十生）
十一日。暴雨。新宿へ行く。汽車の煙と踏切の側の米屋の湯殿との煙とがもつれて居た。（麹街　全天）
十一日　時雨。正午寒暖計五十度。店閑なり。笑月君来り筆とノートブック買う。（陸前石巻商店　匏瓜）
十一日朝　豆腐の味噌汁らつきよと菜漬（於某寄宿舎　悟妖星）
十一日　眼か覚めたら雨が降つてゐた。午前　あす大学へ持て行く本を帳面へ附けた。（浅草書肆　拈華）
十一月十一日。日曜。雨。雨を冒して前日の如く水替をなす。正午頃漸く終る。（磨劔生）

これらの文章は、いずれも投稿者が記した「記事」や「日記」の冒頭の一部分にすぎないが、それでも「日記」や「記事」とは、投稿者たちが体験した様々な出来事を記した文章であることが分かる。記述された内容は全くばらばらであり、書き記された出来事には日付が付いているということだけが唯一の共通点となっている。つまり、投稿欄では、様々な視点によって切り取られた個別的な体験としての出来事が、日付を基盤に空間的な広がりとして提示されているといえる。同じ日付を共通の土台として、「松山」「鎌倉」「東京」、あるいは「朝鮮京城」「船橋」「麹街」「石巻」「浅草」といった空間が誌面上で節合されていくのだ。

その上で、投稿欄の最後に掲げられた記事に注目すると、投稿欄の読み方が明確に指示されていることが分かる。投稿欄「明治卅三年十月十五日記事」の最後は、子規自身による次のような「記事」で締めくくられている。

ホトトギス募集の週間日記の手入れに掛る。前日の仕残りなり。日記は長くて面白きあり短くて面白きあり。あれこれと清書して今度は最長の日記を取りて少しつゝ書直す。これは河内の田舎に在りて毎日二里の道を小学校へ通ふといふ人の日記なり。何の珍しき事もなけれど朝から夜迄の普通の出来事を丁寧に書き現したるために其人の境遇の詳細に知らるゝが面白きなり。殊に小学校の先生といふが猶面白く感ぜらる。近頃小学校教員の不足といふ事が新聞に見ゆる度に余は田舎の貧乏村の小学校の先生になりて見たしと思ひ居りし際なれば深く感ぜしならん。只惜しむべきは学校に於ける授業上の記事少なき事なり。土曜日の清書の段の如く他もありたし。此の文長ければ学校外の記事を成るべく簡略にせんとて二三日分を直しかけたけれど寝て書く事故少しも捗取らず、右手しびれて堪へ難ければ手を伸ばして左手にて肘を揉む。やがて右手を頬杖に突きて暫く休む。

これは、子規による「明治卅三年十月十五日記事」の一部分である。この「記事」の中で子規の体験として語られているのは、「ホト、ギス」の投稿文を読むという行為なのだ。ここで子規は、「田舎の貧乏村の小学校の先生になりて見たしと思ひ居りし際なれば深く感ぜしならん」というように、地理的・社会的に離れた書き手に感情移入を行う形で投稿文を読んでいる。

このように、投稿欄の最後には、投稿文を読む子規自身について語られた文章が配置されている。投稿欄を読むことへの自己言及が存在することによって、読み手に対して、子規の読解に倣って遠く隔たった書き手に感情移入しつつ投稿記事を読むと同時に、投稿記事を読む子規自身にも感情移入することを求める誌面構成となっているといえよう。投稿欄「明治卅三年十月十五日記事」の読者は、子規の視点を仮設し、それに同一化しながら、様々な投稿記事を読むことが求められることになる。そのとき、子規の文章のなかで語られていた身体感覚に関する情報が重要な手がかりとなるだろう。

子規による「明治卅三年十月十五日記事」では、投稿日記を読むという出来事が綴られていると同時に、「右手しびれて堪へ難ければ手を伸ばして左手にて肘を揉む。やがて右手を頬杖に突きて暫く休む」といったように、自己の身体感覚について言及がなされている。これは、「募集日記」(第四巻第三号、明治三十三年一二月)の最後に飾られた子規の「病牀読書日記」でも同様である。

十一月十一日　昨夜の夢に緋鯉の半ば龍に化したるを見て恐ろしと思ふ。雨。下痢。今日も元気無し。朝、原稿を書く。午後少し腹痛む。某女に俳句を教ふ。夜、熱無し。

この「日記」でも、時間の経過に沿って出来事が記されると同時に、出来事を行っている子規自身の身体の状態にも言及が行われている。子規の「日記」や「記事」では、出来事の時間的経緯が示されると同時に、書き手自身の身体感覚に関する情報までも提示されているのである。

そのため、子規の文章を前にした読み手は、そこに記録されている出来事について、子規自身の身体感覚に関する情報を参照して読み解くことが可能となる。子規の身体感覚をめぐる語りは、子規の視点を定位するための参照枠組みの機能を果たすことになるのだ。

4 脱-中心化される視点

子規の視点を想定することによって個々の視点を意味付けようという志向は、「日記」や「記事」といった投稿欄において働いているに留まらず、「ホト、ギス」という雑誌自体に見られるものである。「ホト、ギス」第四巻四号（明治三十四年一月）に掲載された河東碧梧桐「俳話　感じの差異」からは、子規を規範とすることを目指して感覚を統御しようとする同人の姿をうかがうことができる。

丁度木枯の題の時であつた。読合せが客半ば位まですゝんだ時、意外にも木枯といふ感じが自分と外の人（主に子規君）と違つて居るといふことを発見した。自分の疎相家であるから、別に驚くほどの事でもあるまいが、兎に角木枯といふありふれた題、別に古実のあるといふでもなければ、土地に依つて期節の違うといふでもない、その普通な俳句では寧ろ陳腐なといつてもよい位の木枯の感じが違うといふのは、どうして意外でなければならぬ。

ここで述べられている碧梧桐の「発見」とは、自身と子規との感覚が異なっていた、というあまりにも当然の出来事である。しかし碧梧桐は、自己と他者との感覚の差異に直面したとき、それを「意外」に思っているだけではない。さらに「俳話　感じの差異」のなかで「其時子規君は、さういふ句を作る人もあれば、又た選ぶ人もあるのであるから強て自分の感じが正当だと主張はしないが、と言はれたけれ共、其誤はいづれにあるかと言へば慥に自分の方である事は明らかである」と述べるのである。碧梧桐は、自己の感覚を否定し子規のそれを正当化するのだ。

このように「ホト、ギス」においては、子規の感覚を手がかりにして子規の視点を定位し、同一化しようという読み手＝書き手の欲望をうかがうことができる。「ホト、ギス」では、子規自身によって自らの病と身体感覚に関する情報がしばしば提示されているのであり、[*10]このような情報の編成によって、「ホト、ギス」という雑誌は、子規を感覚の王者に頂く感覚の共同体を構成しようと目指したといえよう。[*11]「ホト、ギス」第四巻以降において生じたのは、個別的・断片的な視点に基づいた表象の氾濫が、正岡子規という超越的な視点によって意味付けられ、統合されていこうとする出来事である。これは、読み手＝書き手が、風景の中に子規の視点という〈まなざしの起源〉を読み取る訓練を積んでいく過程であったということもできる。

しかし、この〈まなざしの起源〉の探求は、探求が行われると同時に〈起源〉から逸脱していくことに注意しなければならない。超越的な視点が想定されようとするやいなや、視点の場所は脱‐中心化され、ずれていってしまうのだ。このずれと脱‐中心化という運動は、「見たるま、」を再現するという「写生」の方法に潜在する力であり、子規の身体に、さらにはまなざしの主体の身体に潜在する力でもある。この力は、正岡子規「ラムプの影」（第三巻第四号、明治三十二年一月）で顕在化している。

「ラムプの影」は、「病の牀に仰向に寝てつまらなさに天井を睨んで居ると天井板の木目が人の顔に見える」という語りから始まる。このとき、「ありのま、見たるま、に其事物を模写する」という「写生」の方法が、実体として存在しているものを描写するという段階から、実際には存在していないにもかかわらず見えてしまうものを描写するという次元へ、つまり、イメージを再現するという次元へと対象領域を拡大していることに気づく。「ラムプの影」では、病によって熱に侵され横たわった身体の状態において知覚される視覚像が語られていく。そこでは、天井板の木目や襖の模様やしみ、ガラス窓の向こうの森と空の景色が通常の〈あるまま〉の状態から飛躍して、実体から乖離したイメージへと変容していく。

まなざしの主体の瞳に映るものが実体を欠いたイメージでしかないとき、主体が属していたはずの世界は確固たる安定性を失い、現実感が剥離していくことになる。それは、現実世界のなかで明確な視点の位置に身を置き、その場所から見ることによって世界を対象化するという体験とは異なる、幻想と幻覚のなかに身を浸す行為となるのだ。

加えて、「ラムプの影」では、実体を欠いたイメージが描写されるに留まらず、変容し移り変わっていくイメージの運動までもが描き出されていく。イメージを再現する「写生」は、イメージの運動を再現するという、さらなる次元へと推し進められる。「ラムプの影」で、まなざしの主体の瞳に「顔」のイメージが映し出されるが、その「顔」は急激に変容し、あるいはゆっくりと形を変える。「順々に変つて行く時間が非常に早く且つ其顔は思はぬ顔が出て来るので、今度は興に乗つてどこ迄変化するかためして見んと思ひはじめた」、「さう思ふとそれから変わりやうが稍遅くなつた」、このイメージの運動に遭遇したまなざしの主体は、「見せ物でも見るやうな気にな」り、運動が喚起する幻想に耽溺していく。

「ラムプの影」では、このイメージの運動がある技術によって生じていることが記されている。それは、ランプの光のゆらめきがガラスに影として映し出されるということ、つまり、「投射」のテクノロジーである。

熱と草臥とで少しぼんやりとなつて、見るとも無く目を張つて見て居ると、ガラス障子の向ふに、我枕元に

> あるランプの火の影が写つて居る。もつともガラスとランプの距離は一間余りもあるので火の影は揺れて稍大きく見える。それを只見つめて居ると涙が出て来る。すると灯が二つに見える。けれどもガラスの疵の加減であるか、其二つの灯が離れて居ないで不規則に接続して見える。全くの無心で此大きな火の影を見て居ると其火の中に俄に人の顔が現れた。

「投射」によって生じるイメージの運動を描き出すという事態こそ、「見たるまゝ」を再現するという「写生」の方法が提言されたとき潜在的な可能性として生じたものといえよう。「投射」とは、まなざしの主体を脱-中心化するテクノロジーである。「投射」のテクノロジーにおいて、まなざしの主体の視覚を保証する光、つまり、主体の認識の基盤となる光は、まなざしの主体の瞳と共にあるのではなく、まなざしの主体から乖離する。ランプの光は「枕元にある」のだ。まなざしの主体は、乖離した光源を見つめることによって光を自己のものとして取り込もうとはせず、彼方に映し出された光源の影だけを眺めている。影を追い続ける主体にとって、光源は、決して捕捉できない場所にある。そのため、影を眺めている主体の視点の位置は仮のものにすぎなくなり、主体のまなざしがとらえる風景は、主体の予測を裏切るものとなる。*12

このように、まなざしを支える光源が主体から乖離するとき、イメージもまた、主体のコントロールを超えてしまう。風景は、主体の意識を揺さぶるものとして到来するのである。ランプの影の「見せ物」を享受していたはずの主体に断片的に届けられるのは、「口に呼吸器を掛けて居る肺病患者」の「顔」や、さらには「仰向きに寝た人の横顔」「死人の顔」なのである。

> や、暫くすると何やら少し出て来た。段々明らかになつて来ると仰向けに寝た人の横顔らしい。いよ〱さうときまつた。眼は静かに塞いで居る。顔は何となく沈んで居て些の活気もない。たしかにこれは死人の顔であらう。見せ物はこれでおやめにした。

このとき主体は、自身の瞳に映るものをまなざしの対象とすることを拒んでいる。しかし、「死人の顔」はまなざしに届けられてしまう。風景を見ているはずの主体は、風景を見させられる者となり、主体は〈起源なきまなざし〉に襲われることによって脱-中心化される。この「死人の顔」というイメージ、つまり〈起源なきまなざし〉とは、主体の病に犯された身体に内在するものであると同時に、病んだ主体が抑圧・排除しているイメージであるだろう。したがって、まなざしの主体を脱-中心化する「投射」のテクノロジーとは、まなざしの主体、認識の主体たろうとする主体化の過程のなかで抑圧・排除されたものを主体に送り返す技術ということができる。この「投射」のテクノロジーは、子規が自己身体について語る言説において働くものではあるが、しかし、まなざしの主体が身体を備えた存在である以上、あらゆる主体をとらえずにはいないものである。まなざしの主体の視点は、主体に備わる身体の力によって脱-中心化される契機をはらんでいる。[*13]

「見たるまゝ」を再現するという「写生」は、観察者の視点に基づいて世界を遠近法的に再現する方法であり、写真撮影という行為を含むものであると同時に、まなざしの主体を脱-中心化する「投射」のテクノロジーを潜在させてもいるのである。[*14] そのため、各々の視点に基づいて再現された表象群を超越的な視点によって意味付けようという試みは、「投射」によるイメージの回帰において脱臼されることになる。〈まなざしの起源〉の探究は、〈起源なきまなざし〉の幻影のなかを浮遊する行為へと反転していくのだ。

子規の死という出来事に直面した「ホト、ギス」は、「子規追悼号」（第六巻第四号、明治三十五年十二月）を上梓した後、第八巻以降「小説」を誌面に掲載していく。この「小説」というジャンルにおいて、「写生」に潜在していた〈起源なきまなざし〉が対象化されることになる。

「ホト、ギス」の「写生」から「小説」へという道程を体現する人物の一人が、寺田寅彦である。寅彦は、第四巻第一号に、次のような「日記」を発表していた。

十日　動物教室の窓の下を通ると今洗つたらしい色々の骸骨がばら〳〵に笊へ入れて干してある。秋の蝿が二三羽止つて稍寒さうに羽根を動かして居る。

十一日　垣にぶら下つて居た南瓜が何時の間にか垂れ落ちて水引の花へ尻をすゑて居る。（牛頓「窮理日記」）

寅彦の「窮理日記」では、他の投稿記事と同じように、直線的な時間軸に添って流れていく時間が前提となり、その日その日の出来事が断片的に記されている。しかし、彼が第八巻第七号において発表した小説『団栗』で語りの時間は重層化する。

『団栗』では、「暮もおし詰つた廿六日の晩」から語り手「余」の妻の死までの出来事が時系列に従って語られていく。しかし、テクストの後半で「団栗ずきの妻も今は故人となつて」というように「今」という語りの現在時が言及されることによって、語りが構成する時間は、妻が生きていた過去と妻の死後である現在という二つの時間に折り返される。その二つの時間は「投射」によって重なり合い、テクストには重層化された時間が現れるのだ。

争はれぬ母の面影が此無邪気な顔の何処かの隅からチラリとのぞいて。うすれかゝつた昔の記憶を呼び返す。

「余」は、息子が植物園で団栗を拾う現在の風景を眺めている。そのさなか、突然、無き妻にまつわる「昔の記憶」が浮上する。ここでは、現在の「余」が見ている風景としての「無邪気な顔」をスクリーンにして、「母の面影」という「顔」のイメージが「投射」されている。この「投射」によって、まなざしの主体が抑圧していた「うすれかゝつた昔の記憶」が回帰する。この行為を、「余」の〈起源〉としての過去への回帰とみなすことはできない。なぜなら、「余」にとって、過去の風景は現在の風景を意味付けるものとして超越的な意味を備えているのではなく、現在の風景とそれを眺める主体を一瞬攪乱するものとして現れるからなのだ。

「もう何年前になるか一寸思い出せぬが日は覚えている」という語りで始まる『団栗』では、一見、「昔の記憶」を呼び返し、風景のなかに〈まなざしの起源〉を探り当てていくという過去の回想行為がプロット化されているようにみえる。しかし、テクストで実際に描き出される記憶の想起とは、主体の意識の統御を越えた運動としてある。このような想起とは、〈まなざしの起源〉の探究ではなく、意識によって意味付けることのできない〈起源なきまなざし〉が主体へと回帰するという事態といえる。

記憶の想起という主題は、『団栗』のみならず、伊藤左千夫『野菊の墓』(第九巻四号、明治三十九年一月)、鈴木三重吉『千鳥』(第九巻八号、明治三十九年五月)などの「小説」において繰り返し描き出されていく。[*15] このように、記憶の想起が再現されることによって「投射」のテクノロジーが「小説」へと導入されることになる。[*16]「ホトヽギス」における「写生」の実践は、記憶の想起を描く「小説」というジャンルへと展開したのである。「見たるまゝ」を再現するという「写生」は、「小説」に脱-中心化された主体、つまり無意識を備えた主体の様態を再現する道を開いたのだ。

注

＊1 「日記という磁場の力――『ホトトギス』における写生文実践」「日本文学」一九九三・一一。

＊2 「叙事文」「日本附録週報」一九〇〇〈明治三三年〉・一・二九、二・五、三・一二、『子規全集』第十四巻、講談社、一九七六・一。石原千秋は、「叙事文」で提唱された「写生」が、『ホトヽギス』の「事実ならぬ事を事実の如く記すべからざる事」という投稿規定を持つ日記募集を通して実践され、その結果「ありのまゝ見たるまゝに其物事を模写する」ための「一人称的視点」が確立されていったと述べている(「小説の方法の模索」『岩波講座日本文学史 第十一巻 変革期の文学 Ⅲ』(岩波書店、一九九六・一〇)。

＊3 北住敏夫『写生説の研究』角川書店、一九五三・三。

＊4 『明治国家と近代美術』吉川弘文館、一九九九・一一。

＊5 『写生の変容』明治書院、二〇〇二・二。

＊6　「写真新報」三、一八八九〈明治二二年〉・四、青木茂・酒井忠康校注『日本近代思想体系17　美術』岩波書店、一九八九・六所収。

＊7　実際に、浅井忠の「春畝」「収穫」といった作品においては、まず、写真を寄せ集めて全体としての風景が構成され、それを土台に絵画制作が行われたことが指摘されている。浅井忠の絵画構成法については、飯沢耕太郎『日本写真史を歩く』（新潮社、一九九二・一〇、ちくま学芸文庫、一九九九・七）に詳しい。

＊8　『〈写真〉と〈絵画〉のアルケオロジー』（白水社、一九八七・一二）。また、カメラのレンズで切り取られることによって世界が断片化されるという写真における表象の特徴を、パスカル・ボニゼールは「フレーム」という用語を用いて考察している。「フレームは視界の曖昧な限界ではない。それは分節化やフレーム内とフレーム外の非連続を生み出す空間の切断なのである」（『歪形するフレーム』勁草書房、一九九九・一一）。

＊9　この出来事は、柄谷行人の言葉を参照すれば、「風景」が、それを眺める者の内面世界の表象とみなされる「認識論的布置」の確立という事態になるだろう（『日本近代文学の起源』講談社、一九八〇・八）。また、「風景」が知の制度によって支えられていることについては、蓮實重彥の「風景は、感性と思われたものを、想像力や思考とともに『知』の流通の体系に導き入れ、その交換と配分とを統禦する教育装置として着実に機能している」という言葉も参照しておきたい（『表層批評宣言』筑摩書房、一九七九・一一、ちくま文庫、一九八五・一二）。
また「認識論的布置」の確立によって普遍化され共有される視点とは、李孝徳の論を参照すると「われわれの経験として捉える空間に先行し、空間からは無限の彼方にある」ところの「超越（論）的な視点」ということになるだろう（『表象空間の近代』新曜社、一九九六・二）。

＊10　「死後」（第四巻第五号、一九〇一〈明治三四年〉・二）、「病牀苦後」（第五巻第七号、一九〇二〈明治三五年〉・四、第五巻第八号、一九〇二・五）など。

＊11　子規の「病」が、彼の神話的評価を作り出していったことについては、キース・ヴィンセント「正岡子規と病の意味」（『批評空間』Ⅱ―8、一九九六・二）を参照されたい。

＊12　松浦寿輝は、「投射」のテクノロジーについて次のように解説している。「今やわれわれの前にあるものは、光輝く〈面〉である。だがそれは、太陽のようにみずから発光体として輝いているのではない。光源は「他処」にある。〈面〉の上にはただ、「他処」から送り届けられてくる光が照り映えているだけのことなのだ。光の起源は、われわれの視界には絶対入ることのない地点、すなわちわれわれの背後に位置しており、その意味では「他処」の中の「他処」、極めつきの「他処」とでも言うべき場所である。それはいわば、絶対に他なる場所なのだ。視線によっても手指によっても意識によっても、われわれはそこにはどうしても到達できない」（『平面論』岩波書店、一九九四・四）。

＊13　子規の身体感覚と「写生」における再現表象との関係を論じた先行研究としては、「身体的視向性」という概念を提示した亀井秀雄「視ることの差別と危機」（『感性の変革』講談社、一九八三・六）、相馬庸郎『子規・虚子・碧梧桐』（洋々社、一九八六・七）を挙げておきたい。また、渡部直己は、子規の「写生文」について、身体の状態という〈ここ〉と視線の果てにある〈他所〉という〈ここ／他所〉が交互に析出され、その結果「〈ここ〉／〈他所〉の葛藤」が生じていると指摘する（『リアリズムの構造』論創社、一九八八・九）。

＊14　固定された視点から対象を記録するという写真のテクノロジーと「投射」のテクノロジーが並存するという事態は、伊藤俊治が『ジオラマ論』（リブロポート、一九八六・九、ちくま学芸文庫、一九九六・一二）において展開していたテーマでもある。伊藤俊治は、タゲールによって発明された「ジオラマ」というテクノロジーを取り上げ、それがダゲレオタイプ写真の基になったと同時に、映画の前身となるような映像体験をもたらす装置として、「ひとつのフレームのなかですばやく変化」する、「色彩の魅力と明暗の魔術による強い幻覚作用」を伴うイメージを観客に提供したと論じている。

＊15　藤井淑禎は、寺田寅彦『団栗』、伊藤左千夫『野菊の墓』、鈴木三重吉『千鳥』に〈先立つ女〉というテーマの共通性を見出し、そこに結核によって若くして世を去った寅彦の妻のイメージが存在していると論じる（『不如帰の時代』名古屋大学出版会、一九九〇・三）。また、これらの小説に描かれている記憶の想起という主題は、当時の心理学においてで注目されていた人間の記憶をめぐる研究と重なり合うと指摘する（『小説の考古学へ』名古屋大学出版会、二

〇〇一・一二)。

＊16　この「投射」のテクノロジーを最も自覚的に「小説」へと取り入れていったのは寺田寅彦だろう。「投射」のテクノロジーに基づいた記憶の想起は、『竜舌蘭』(「ホトヽギス」第八巻第九号、一九〇五〈明治三八年〉・六)、『森の絵』(同第一〇巻第四号、一九〇七〈明治四〇年〉・一)においても見ることができる。寅彦の「小説」における記憶の想起の問題については次章で論じる。

第四章　寺田寅彦の「小説」におけるプロットの方法

1　新しい「小説」へ

「ありのま、見たるま、に其事物を模写する」[*1]という「写生」の方法は、これまでの研究においては、「小説」というジャンルと相容れないとみなされてきた。[*2]また、それゆえに、「写生文」には、「小説」がなし得なかった可能性の領域が存在するとも論じられてきた。例えば、柄谷行人は、夏目漱石のテクストにおいて「写生」の可能性が探究されたのであり「漱石にとって、写生文が、近代小説の基底となっていくものではなく、そこで抑圧される文とジャンルを解放するのを意味していた」[*3]と述べている。

しかし、漱石は、「ホト、ギス」誌上で盛んに「写生」の試みがなされていた頃、彼に創作の指導を仰いできた青年たちが書き上げた「小説」の原稿を、「ホト、ギス」に送っていたのである。例えば、野村伝四による『垣隣り』という作品もまた、漱石の紹介によって「ホト、ギス」第八巻第十一号（明治三十八年七月）に掲載されることになった。この「小説」は、高浜虚子の評価を得られず、漱石は伝四宛の書簡（明治三十八年六月二十七日）で、「君位の作は現今の文学雑誌に出して別段持て余さる、程のものにあらず然し之を云々するのはホト、ギスであるからである」[*4]という慰めの言葉を贈っている。さらに、漱石は、同じ書簡の中で、次のように記しているのである。

　虚子は今迄の所で小説家でも何でもない然し彼の小説に対する標準で現今の小説に対する考を遠慮なく云は

せると小説らしい小説はないと思つて居る。此点に於て虚子も四方太も碧梧桐も一致して居る。彼等の注文に応ずる小説のないのは当人等自身がか丶ない否かけないのでも分り切つて居る。

「ホト丶ギス」の同人たち、虚子や四方太、碧梧桐は、自分たちが「かけない」でいるにもかかわらず、未だ存在しない「小説らしい小説」が現れるのを望んでいたというのだ。この文章から、漱石は、「ホト丶ギス」が新しい「小説」を求める媒体であったとみていたことが分かる。その上で、漱石は、伝四に対して「君が虚子から小言をいはれるのは君に取つて結構な事だと思ふ。あの連中は無論欠点のある見方をするが。ある点から云ふと僕抔より遥かに見巧者である」と指導しているのである。[*5]

この漱石の書簡を参照すると、新しい「小説」、「小説らしい小説」という「ホト丶ギス」の「標準」によって若者たちの作品を評価してもらいたいという、漱石の教育的な意図が見えてくる。漱石は、若者たちに新しい「小説」を書かせるための指導の一貫として、彼らの「小説」を「ホト丶ギス」に紹介したのではないか。

それらの若者たちによる作品の中で、漱石によって高く評価された「小説」に、寺田寅彦『団栗』（「ホト丶ギス」第八巻第七号、明治三十八年四月）、『竜舌蘭』（「ホト丶ギス」第八巻第九号、明治三十八年六月）がある。野村伝四宛の書簡（明治三十八年三月十四日）は、「寅彦の団栗はちよつと面白く出来て居る」という簡単な言葉で終わっているが、伊藤左千夫『野菊の墓』（「ホト丶ギス」第九巻第四号、明治三十九年一月）に刺激されたという森田草平に対しては、次のような手紙（明治三十九年一月七日）を送っているのである。

「野菊」御読みの由。（略）君は読むまいが矢張り前のホト丶ギスに出た寺田寅彦と云ふ人の「団栗」とか「竜舌蘭」とかいふ作の方が遥かに技倆上の価値がある。[*6]

このように、漱石は、寺田寅彦の「小説」に対して、他の「小説」より抜きんでた評価を与えている。では、寅彦の「小説」は、どのような「技倆上」の工夫がなされているのだろうか。本論では、「ホト丶ギス」に掲載された寺田寅彦の「小説」に光を当て、それらの「小説」の方法について考察することを通して、「写生」が「小説」の新たな領域へと踏み出していったことについて明らかにしたい。

2　「記憶」とプロット——鈴木三重吉の「小説」への試み

寺田寅彦の『団栗』を絶賛していたのは、漱石ひとりではない。鈴木三重吉は、漱石以上に熱心に、『団栗』という「小説」を賞賛する言葉を残している。

例えば、「上京当時の回想」（「文章世界」大正三年二月）では、「私が最初写生文に立脚した小説で自分の好きなものに逢着したのは寺田寅彦氏の『どんぐり』といふホト、ギスに載つた短編であつた。これは今出して読んでも、われ〳〵の現在の作物の中にもつて来て見ても、猶且つ完全な意味で一つの傑作として推奨することが出来る」と述べている。この文章で、三重吉は、『団栗』を「写生文に立脚した小説」とみなしていることに注意したい。

『団栗』と「写生文」との関係は、『千鳥』（「ホト、ギス」第九巻第八号、明治三十九年五月）を執筆した前後の頃を回想した「私の事」（「新潮」明治四十五年三月）の中で、「『団栗』なぞは写生文から出て、写生文が大きな小説を得る一階梯に上つたものと考へた」と述べられている。さらに、「私の事」では、「写生文」の問題について、次のように語られているのである。

その時代に最も私を引き附けたものは、写生文派中の別派たる、寺田寅彦の作物である。「ほと、ぎす」に載つた「団栗」と題する文章であつた。私はそれを読んで、写生文は只いつまでもそれだけでは駄目だといふ考が起つた。（略）写生文の足りないところはその作者の多くが、眼前の現実を再現する能力しかないらしいことだつた。

ここで、三重吉は「写生文」に対して、「眼前の現実を再現する能力しかない」という批判を行っている。では、『団栗』との出会いによって、三重吉は「写生文」に何が必要だと感じたのだろうか。その手がかりは、「筋のある空想の小説」（「文章世界」明治四十五年五月）という評論から見出すことができる。

「筋のある空想の小説」で、三重吉は、文学における「写実」と「ナチユラリズム」への志向が、小説の「プロット」を衰退させたと論じ、「現代の作品には、プロットが亡びてゐる」と述べている。「写実的興味、技能の発達がプロットに反いた」のであり、また、「ナチユラリズム」は「平凡な事実に取材する」ために、「プロットに反く」結果をもたらしたという。その上で、三重吉は、次のような主張を展開する。

私がこゝで言ひたいのは、さうしてプロットを再び小説に用ゐたいものだ、プロットのある小説が再び出て来て欲しいといふことである。

この「プロットのある小説が再び出て来て欲しい」という言葉を参照すると、三重吉は、『団栗』を、「写生」を踏まえつつも、「写生文」にはない「プロット」を持った「小説」であると評価したといえるのではないだろうか。[*7]では、三重吉が『団栗』に見た「プロット」とは、どのようなものだろうか。この問題について考えるに当たり、三重吉が『団栗』との出会いの後に書き上げた「小説」である、『千鳥』を検討してみたい。

『千鳥』には、語り手自身が『千鳥』という物語について自己言及する個所が存在する。

千鳥の話とは唖のお長の手枕にはじまツて、絵にかいた女が自分に近よつて、狐が鼬程になツて、更紗の蒲団の花が淀んで、鮒が沈んで、針が埋まツて、下駄の緒が切れて、女郎蜘蛛が下ツて、机の抽斗から片袖が出た、其二日の記憶である。

この文章は、語り手によって『千鳥』の「プロット」が提示されている部分とみなすことができる。ここで語られている事柄は、さまざまな出来事の羅列という水準に留まるものではなく、出来事についての「記憶」であることに注意したい。語り手は、出来事の経緯をめぐる「記憶」によって、『千鳥』のプロットを構成しようとしている。ところで、プロットとは、因果関係に基づいて構成された〈物語〉のことを指す。[*8]「記憶」は、出来事を〈現在〉と〈過去〉という時間軸において結びつけるものであり、したがって、「記憶」には、因果関係の、いわば萌芽のようなものが存在しているといえよう。[*9]「記憶」が語られることによって、〈現在〉と〈過去〉のエピソード同士がつなぎ合わされ、プロットが生じることになるのだ。

そして、三重吉が『団栗』に見出した「プロット」とは、このような「記憶」に基づいた出来事の編成形式なのではないか。「もう何年前になるか一寸思出せぬが日は覚えて居る」という語りで始まる『団栗』において綴られるのは、語り手「余」の「記憶」なのである。「団栗」を拾う息子の姿を見て、今は亡き妻の「うすれかゝつた昔の記憶」が甦る、その「余」の「記憶」の想起によって、『団栗』では個々のエピソードが繋ぎ合わされている。寅彦と三重吉の両者のテクストに現れる「記憶」をめぐる語りから、三重吉は、寅彦の「小説」において、「記憶」の想起という「プロット」を発見したと考えることができる。

さらに、興味深いことに、三重吉は、寅彦が描き出した「記憶」の想起が、あるメディアによって支えられていることに気が付いているのだ。『千鳥』では、「記憶」が想起される瞬間が、次のように語られている。

> 今でも時々あの袖を出して見る事がある。寝附かれぬ宵なぞには必ず出す。一体此袖を見るには夜に限ると思ふ。夜も更けぬと味が薄い。更けて自分は袖の両方の角を摘まんで腕を斜に挙げて燈し火の前に釣るす。袖の赤きに火影が浸み渡ツて真ン中に焔が曇る時自分は漫ろに千鳥の話の中へ這入ツて藤さんと一所に活動写真の如くに動き出す。

語り手の「記憶」は、ヒロイン「藤さん」が残していった着物の袖を眺めるという行為を媒介にして浮上する。この「記憶」の想起は、引用部において「活動写真の如くに動き出す」と語られているのである。この記述から、

『千鳥』における「記憶」の想起は、「活動写真」というメディアを参照していることが分かる。

その一方で、三重吉が言及していた寺田寅彦の「小説」においては、「記憶」の想起をめぐって「活動写真」というメディアは直接引用されてはいない。『団栗』の「うすれか、つた昔の記憶を呼び返す」という語りは、「活動写真」について全く触れてはいないのだ。しかし、寅彦の「小説」においても、「活動写真」をモデルにして、「記憶」の想起が再現されていることは否定できない。例えば、『竜舌蘭』では、語り手の「記憶」が甦る様子が、次のように語られている。

机の上に肱を突いて、頭をおさへて、何もない壁を見詰めて、あつた昔、ない先きの夢幻の影を追ふ。何だか思出さうとしても、思出せぬ事があつてうつとりして居ると、雷の音が今度は稍近く聞えてふつと思い出すと共に、ありく目の前に浮んだのは、雨に濡れ色の竜舌蘭の一と鉢である。

「何もない壁を見詰めて」、「夢幻の影を追」った結果、一つの映像が意識の焦点に浮かび上がる、という引用部に描かれた「記憶」の想起とは、「活動写真」的な〈投射〉をモデルにしたものとなっている。ここで「記憶」は、「壁」をスクリーンにして投影されているのである。*10

このように、寅彦の「小説」における「記憶」の想起をめぐる語りが「活動写真」と重なり合っていることは、寅彦の随筆を参照すると、さらに明確になる。寺田寅彦は、自らの映画体験を綴った随筆「映画時代」(『思想』昭和五年九月)の中でも、自身の「記憶」を披露しているが、その語り方は「小説」における「記憶」の想起と同様のパターンをとっている。

南国の盛夏の真昼間に土蔵の二階の窓をしめ切つて、満身の汗を浴びながら石油ランプに顔を近寄せて、一生懸命に朦朧たる映像を鮮明に且つ大きくすることに苦心した当時の心持は昨日のことのやうに記憶に新である。青と赤のインキで塗つた下手な鳥の絵のぼやけた映像を今でも思出すことが出来る。其鳥は逆様になつて飛んで居たのである。

自作の幻燈機で映像を作り出したという、幼少期の体験をめぐる「記憶」が語られているこの文章の中で、「記憶」は、幻燈機によってスクリーンに投影された「青と赤のインキで塗つた下手な鳥の絵のぼやけた映像」と共に再現されているのである。

寅彦の文章では、視覚的な映像に付随して「記憶」の想起が語られている。これは、寅彦にとって、「記憶」の想起が〈投射〉の構造を備えたものであることによって生じているだろう。この問題を考えるために、さらに「映画時代」を参照してみよう。

寅彦は、自身の映画体験の原型に、幼いときに見た「影絵」があるとして、次のように述べている。

踊る影絵は其れ自身が目的ではなくて、それによつて暗示される幻想の世界への案内者をつとめるのであらう。

その上で「映画」の本質、「最後に生き残る本然の要素」とは、「結局自分の子供の頃の田舎の原始的な影法師に似たもの」であるだろうと考察するのである。

このことから、寅彦は、「映画」を検討するに当たり、映像それ自体というより、映像を媒介にして浮かび上がってくる「幻想の世界」に注目していることが分かる。寅彦にとって、「影絵」や「活動写真」、「映画」は、闇の中から〈投射〉される映像をただ享受するためだけにあるのではなく、〈投射〉された映像に導かれて、自身の意識の暗がりに潜んでいる「幻想の世界」に到達するための媒体となっているのだ。[*11]

寺田寅彦の「小説」において、「記憶」の想起という行為は、このような〈投射〉の構造によって支えられている。『団栗』では、語り手のまなざしが捉えた息子の「無邪気な顔」が、また、『竜舌蘭』で描写される「雨に濡れ色の竜舌蘭の一と鉢」の視覚的な像が、意識の底に沈んでいた「記憶」を引き出すための媒介となる。これらの「小説」

の基底には、〈投射〉としての映像体験が存在しているといえよう。[*12]

また、〈投射〉に基づく「記憶」の想起を描くことは、新たな段階に「写生」を展開させることにつながっていく。寅彦の「小説」では、語り手の視線によって見出された「無邪気な顔」や「竜舌蘭の一と鉢」が「写生」されることによって、「記憶」の想起という「プロット」が動き出すのだ。ここにおいて、「写生」は、「プロット」を備えた「小説」というジャンルへと移行することになる。「プロットを再び小説に用ゐたい」と意図していた三重吉が、『千鳥』で「活動写真のやうに」という比喩を用いて「記憶」の想起を描いたということから、彼が「記憶」の想起と「プロット」の関係を敏感に察していたことがうかがえる。

しかし、『千鳥』という「小説」では、「記憶」の想起が描かれながら、結果的には、寅彦の「小説」とは全く異なる「記憶」が再現されてしまうのだ。この問題は、「活動写真」より「絵画」というメディアの方が、『千鳥』のプロット展開上重要な役割を担っていることから明らかになる。

先に引用した、『千鳥』の「プロット」について語り手が自己言及した個所では、「絵にかいた女が自分に近よつて」と語られていた。この「絵にかいた女」とは、ヒロイン「藤さん」のことを指している。『千鳥』の語り手「自分」と、「藤さん」との出会いの場面は、次のようなものである。

壁の絵を見つめる。ネーシヨンスピクチユアーから抜いた絵である。女が白衣の胸にはさんだ一輪の花が血のやうに煮染んでゐる。目を細くして見て居ると其女はだん〳〵と絵から抜け出て自分の方へ近寄ツて来るやうに思はれる。いつの間にか年若い婦人が自分の後ろに座ツて居る。

このように、『千鳥』において、語り手は、「藤さん」をあたかも「絵」から抜け出してきた人物のように語っている。「絵」に描かれているのは、「白衣の胸にはさんだ一輪の花が血のやうに煮染んでゐる」という女性の姿である。「血のやうに煮染んでゐる」という女性が身に付けた赤い花の不吉なイメージから、語り手は、「絵」の中に、世紀末美術の類型的パターンである〈宿命の女〉を見出しているといえるだろう。[*13] 語り手は、「藤さん」に、「絵画」というジャンルを通して広く知られていった既存のイメージを重ねているのだ。

この語り手の「藤さん」に対する志向は、『千鳥』のプロット展開に影響を及ぼすことになる。語り手は、「藤さん」が突然姿を消してしまうという事件に遭遇したとき、次のような反応を示すのである。

或西の国の小島の宿りにて名を藤さんといふ若き女に会ツた。女は水よりも淡き二日の語らひに片袖を形見に残して知らぬ間に居なくなツて了ツた。去ツてどうしたのか分らぬ。それで沢山である。何事も二日に現はれた以外に聞かぬ方がい丶。もしや余計な事を聞いたりして千鳥の話の中の彼女に少しでも傷が附いては惜しい訳だ。

『千鳥』のプロットは、あらかじめ語りの現在時において「千鳥の話」として決定付けられており、「藤さん」の失踪という事件は、『千鳥』のプロットに何ら影響を及ぼすものではない。語り手は、「藤さん」という人物が否応なく組み込まれているであろう人間関係の網には全く興味を持たず、彼自身も「藤さん」との関係を構築することを拒んでいる。語り手は、「藤さん」を「千鳥の話の中の彼女」という固定されたイメージで描き出すことだけを望んでおり、〈宿命の女〉との出会いと別れというプロットで「千鳥の話」を語ろうとしているのだ。

このように、『千鳥』では、「記憶」の想起という「プロット」の形式を借りながら、実際には、予め決定付けられた物語に従って、プロットが構築されているのである。『千鳥』における「記憶」の想起とは、語り手の意識の底に沈み込んだイメージをたぐり寄せるものではなく、語りの現在時を強調するために描き出された身振りにすぎない。『千鳥』の「プロット」である「千鳥の話」は、現在という安定した語りの地点から振り返って記述された、一貫した〈筋〉を備えた物語となっている。[*14] つまり、『千鳥』のプロット展開は、「活動写真」というメディア体験に触発された、新たな「プロット」に依拠するものではなく、同時代の「絵画」的な想像力に拘束された、既存の物語の再生産であるといえよう。[*15]

しかし、寺田寅彦の「小説」は、既存の物語の枠内に留まるものではない。寅彦の「小説」は、「記憶」の想起という「プロット」に内在する、プロット化の困難さに直面しているのだ。

3 想起する主体——寺田寅彦の「小説」の方法

寅彦の「小説」において語られる「記憶」の想起は、揺るぎない現在時から過去を振り返るという行為とは性質を異にしている。『団栗』では、「争はれぬ母の面影が此無邪気な顔の何処かの隅からチラリとのぞいて。うすれかゝつた昔の記憶を呼び返す」というように、予期せぬ場面に遭遇した結果浮上してきた「記憶」が語られ、『竜舌蘭』においては、「何だか思出さうとしても、思出せぬ事があつてうつとりして居ると、雷の音が今度は稍近く聞えてふつと思い出す」として、自らのコントロールを超えて「記憶」が不意に甦ってくる様子が描き出されている。

このように、自己の意識を超えて突然に「記憶」が浮かび上がるという事態は、想起する主体の状態の安定性を脅かすことになるだろう。『団栗』や『竜舌蘭』において潜在的に備えられていたこの問題は、『枯菊の影』（「ホトトギス」第十巻第五号、明治四十年二月）で顕在化する。

『枯菊の影』では、語り手「自分」は「肺炎」に冒され、「次第に昇る熱の為めに纏つた意識の力は弱く」なっているという状態にある。そのため、語り手は、自らの意識を統御することができなくなり、「不断はまるで忘れて居た様な」過去の「記憶」に次々と襲われてしまう。

その結果、語り手自身の意識が二つに分裂するという事態を迎えるのだ。

いつの間にか自分と云ふものが二人に別れる。二人ではあるがどちらも自分である。元来一つであるべきものが無理に二つに引きわけられ、それが一処になろう〳〵と悶え苦しむ様でもあり、又別れよう〳〵とするのを恐しい力で一つにしやう〳〵と責め付けられる様でもある。

ここにおいて、『枯菊の影』という「小説」は、プロットの構成をめぐる重大な問題点に直面することになる。出来事を因果関係によってつなぎ合わせ、プロットを作り上げていく主体であるはずの語り手の存在自体が分裂の危機を迎えているために、一貫したプロットの存立が危うくなってしまうのだ。実際、『枯菊の影』において想起される様々な「記憶」の群れは、相互に何の脈絡も持たず、語り手を襲う「熱病の幻影」「恐ろしい夢」へと収斂していく。

『枯菊の影』では、「記憶」の想起という行為によって、想起する主体の意識の壊乱がもたらされたために、テクストに「記憶」の想起とは異なる、新たなプロットが導入されるという事態が生じている。「記憶」の想起は、〈発病と沈静化〉〈意識の混乱と回復〉というプロットに組み込まれているのだ。それによって、語り手の主体の一貫性が保護され、プロットがかろうじて保たれるのである。

このような「記憶」の想起をめぐるプロット化の困難さは、『やもり物語』（「ホトヽギス」第十一巻第一号、明治四十年十月）という「小説」の中で、最も明確になる。『やもり物語』においては、一貫したプロットを抽出することはもはや不可能なのだ。

『やもり物語』は、「闇阪」を歩く語り手の「自分」が「一疋の小ひやもり」を目撃するところから始まる。「やもり」は、語り手の〈見たまま〉に、次のように再現される。

汚れ煤けたガラスに吸ひ付た様に、細長いからだを弓形に曲げた儘身じろきもせぬ。気味悪く真白な腹を照らされてさながら水の様な光の中に浮いて居る。銀の雨は此前をかすめて芭蕉の背をたゝく。立止つて気をつけて見ると、頭に突出た大きな眼は怪しいまなざしに何物かを呪うて居るかと思はれた。

この「やもり」の不吉な像を媒介に、語り手によって「記憶」の想起が行われていく。語り手は、かつて目撃した「女中のお房」の「涼しい眼の中に燃ゆる様な光」を「ありくと思ひ出」すのだ。[*16]

ここまでのプロットの構成は、『竜舌蘭』のプロット展開とほとんど変わらない。だが、『やもり物語』は、後半に入ると、「やもり」をめぐる「記憶」の想起というプロットから逸脱していくことになる。「お房」の「記憶」を語った「自分」は、その後突然、「闇阪を下りつめた角に荒物屋がある」というように、「荒物屋」に関する目撃談を語り始めるのだ。『やもり物語』では、前半は「記憶」の描写、後半は「荒物屋」をめぐる再現が行われているため、「記憶」の想起というプロットは中途で断絶してしまうことになる。

この『やもり物語』におけるプロット上の問題は、漱石によって指摘されるところとなった。漱石は、寅彦宛書簡（明治四十年九月八日）で、次のように述べている。

「やもり」まあ負けて面白いとする。欠点は（一）初めは御房さんが山になる様だ（二）所が荒物屋が主になつて仕舞つた。（三）そこでツギハギ細工の様な心持ちがする（四）始からやもりに関する記憶をツナゲル体で読者に是が中心点だと思はせない様に両者を並列する心得があれば此矛盾は防げたらうに（五）さう云ふ態度で並べた話ならもつと渾然としてくる。如何となればいくつ並べてもやもりで貫いてゐるから。[*17]

この漱石による『やもり物語』への批判は、「記憶」の想起という主題を中心化して『やもり物語』というテクストをとらえた場合、妥当なものといえるだろう。『やもり物語』というタイトルを持つこの「小説」は、「やもり」をめぐる一連の「記憶」の想起という体裁に整えた方が、明瞭なプロットが浮上するのだ。しかし、『やもり物語』は、「記憶」の想起というプロットを超えて、「記憶」を想起する主体の問題に迫ろうとしている。

やもりと荒物屋には何の縁もないが、何物かを呪ふ様な此阪のやもりを行き通りに見、打つゞく荒物屋の不幸を見聞するにつけて恐しい空想が悪夢のやうに心を襲ふ。黒ずんだ血潮の色の幻の中に病女の顔や死んだ娘の顔と昔のお房の顔が呪の息を吹くやもりの姿と一緒に巴のやうにぐる〳〵めぐる。

語り手のこの「言葉」から、『やもり物語』において描き出そうと試みられているのは、「やもり」をめぐる「記憶」の想起というより、「やもり」の姿に不吉さを見出す主体の「空想」の世界であることが分かる。「やもり」は、「記憶」を想起するための媒体に留まらず、「病女の顔や死んだ娘の顔と昔のお房の顔」といった、語り手の意識にまつわりついて離れないイメージに連なるものなのである。『やもり物語』において、語り手は、自らによって合理的な説明を与えることのできない「空想」に「心を襲」われており、また同時に、「脳の工合が悪」い、「何をするのも懶くつまらない」と感じてもいる〈病んだ〉主体として描かれている。[*18]

漱石は、先の書簡において、『やもり物語』について「文章の感じは君の特徴を発揮してゐる。矢張ドングリ感、龍舌蘭感である」と評価している。しかし、『やもり物語』というテクストは、『団栗』や『竜舌蘭』という「小説」が潜在的に抱えていたにもかかわらず、直接俎上に乗せることが出来なかった、「記憶」を想起する主体の存在様態について、「小説」として言語化することを目指しているとみなすことができる。

「記憶」の想起は、「記憶」を想起する主体自身の在り方と連動する。「小説」というジャンルにプロットが備わっている以上、「記憶」の想起をプロットとする小説は、「記憶」を想起する主体自身をもプロットに組み込むことが求められることになる。『枯菊の影』『やもり物語』といった「小説」において、「記憶」を想起する主体は〈病〉のレトリックに回収された。しかし、寅彦が探究していた「記憶」を想起する主体の問題は、〈病〉という問題構成を超えていくものであったことをここで確認しておきたい。

寅彦は、「連句の心理と夢の心理」（「連句雑俎」、「渋柿」第二百七号、昭和六年七月）というエッセイにおいて、「連句」という芸術は、「一つの非常に精巧な器械の二つの部分が複雑極まる隠れた仕掛けで連結して居て、その一方を動かすと他方が動き又鳴り出すやうな関係」を表現することを目指していると述べている。そして、この「一つの非常に精巧な器械」の「複雑極まる隠れた仕掛け」を解明しようと試みたのが、「心理分析学者殊にフロイドの夢の心理に関する考察」であるとして、「顕在的なる『我』のみの心理を学んで安心して居た吾々は、此の夢の現象から潜在的『我』の心を学び知つて、愕然として驚き又恐れなければならなくなつた」と語るのである。

同様の論は、映画の「モンタージュ」について論じた「映画芸術」(『岩波講座　日本文学』第十二巻、岩波書店、昭和八年四月)でも展開されている。「映画芸術」では、「精神分析学者」フロイトの説を引用しながら、「モンタージュ」の目的について、「二つの心象の識閾の下に隠れた潜在意識的な領域の触接作用によつて其処に二つのものの『化合物』にも比較さるべき新しいものを生ずる」ことであると述べているのである。[*19]

このように、寅彦は、後年、フロイトを参照し、「潜在的『我』」、「潜在意識的な領域」を視野に入れた表現について提議している。寅彦による「小説」への試みもまた、これらの論の射程圏に含まれるものだったとみなすことができるのではないか。「ほとゝぎす」に掲載された「小説」群では、主体の意識的な統御を超えて浮上する「記憶」を、そして「記憶」を想起する主体の様態を表現しようという試みがなされていたのであり、因果律の一貫性を突き破って甦る「記憶」群と、イメージの氾濫に襲われて分裂する主体をプロット化することが模索されていた。この点において、寅彦は、フロイトを知る以前からフロイト的な問題構成を探究していたといえるだろう。

寅彦の「小説」からは、「写生」が、「記憶」を想起する主体、無意識を備えた主体という〈近代的〉な主体の様態を描く「小説」へとジャンルの展開を図ろうとしていたことがうかがえる。寅彦は、〈見たまま〉の再現を目指す「写生」を、〈見る〉主体の意識の統御を超えた視覚像を再現する試みへと組み替えたのであり、同時に、そのような視覚像を備えた主体のあり方をプロット化して提示することをも試みたのである。この試みは、寅彦においてのみ見られるものではないだろう。寅彦の『やもり物語』に批判的なコメントを送った漱石もまた、『やもり物語』が書かれた二年後に、『それから』(「東京・大阪朝日新聞」明治四十二年六月〜十月)を発表しているのである。『それから』

において描き出されているのは、自らの意識を超えて襲ってくる過去の「記憶」に脅かされた、「神経衰弱」を病み「脳」が悪い代助の様態なのである。「真赤」な「世の中」が、「頭を中心としてくるり〳〵と焔の息を吹いて回転した」（十七）という代助の内的なイメージの描写は、「黒ずんだ血潮の色の幻の中に病女の顔や死んだ娘の顔と昔のお房の顔が、呪の息を吹くやもりの姿と一緒に巴のやうにぐる〳〵めぐる」という『やもり物語』における描写と近接している。

「写生」は、無意識を備えた主体の有り様を描き出す、新しいジャンルとしての「小説」への、一つの通路を拓いたのである。

注

＊1　正岡子規「叙事文」『日本附録週報』一九〇〇〈明治三三年〉・一・二九、二・五、三・一二、『子規全集』第十四巻、講談社、一九七六・一。

＊2　原子朗は、「美趣、詩味をそなえて自立する文章、それが写生文なのである」として「写生文は最初から小説の文章ではない、少なくとも小説には適さない」と述べている（「写生・写生文――日本近代文学史の問題として」「国文学」一九九一・一〇）。

また、藤井淑禎は、「もともと小説というもの自体がすでに、素材としての〈事実〉からの離陸と実在の書き手からの自立とを求めてやまぬものであったわけだが、写生文の場合、その両者を本来的属性として濃厚に具有していた」という観点から高浜虚子に注目し、彼の「小説」執筆には困難さが伴ったと述べている（「虚子小説における同時代的課題――『欠び』を例として――」「国文学」一九九一・一〇、のちに『小説の考古学へ』名古屋大学出版会、二〇〇一・二所収）。

さらに、永井聖剛は、「写生文」は「『現実世界の再現』を志向するものであり、非日常的な時空の構築を志向する

『虚構・小説』というジャンルとは根本的に異質」なものであるため、「小説」を執筆するに際して、「虚子は『写生』を棄てなくてはならなかった」と述べている（「〈虚子の写生から小説へ〉の意味――『文章世界』の「写生と写生文」特集から――」「日本文学」一九九七・一二、『自然主義のレトリック』双文社出版、二〇〇八・二所収）。

*3 「漱石と『文』」（「群像」一九九〇・五、『漱石論集成』第三文明社、一九九二・九所収）。また、小森陽一『出来事としての読むこと』（東京大学出版会、一九九六・三）においても、同様の論がみられる。

*4 『漱石全集』第二十二巻、岩波書店、一九九六・三。

*5 漱石と伝四の関係、また、『垣隣り』というテクストの問題については、藤井淑禎『不如帰の時代』（名古屋大学出版会、一九九〇・三）を参照されたい。

*6 *4前掲書。

*7 鈴木三重吉の『団栗』への評価について、藤井淑禎は、「三重吉は、『団栗』の中に空想性の導入による筋の再構築という可能性をみいだした」として、「写生文の運動が置き去りにしていった問題に寅彦がおそらく無意識のうちに鍬を入れ、その重要性を無名の一帝大生に過ぎなかった三重吉が見事に見抜いたというわけである」と論じている。（「夏目家文章会の力学」*5前掲書、所収）。

*8 プロットの機能については、前田愛『文学テクスト入門』（筑摩書房、一九八八・三）を参照されたい。

*9 もちろん、単に「記憶」を語るだけでは、〈現在〉と〈過去〉の間に明確な〈原因〉と〈結果〉の関係が結ばれるわけではない。この問題を克服し、「記憶」をめぐる語りを、〈原因〉としての〈過去〉と〈結果〉としての〈現在〉という強固な因果関係で取り結んだのは、フロイトによる精神分析だろう。今日、精神分析の成立という「事件」は、「ヒステリー」治療における催眠療法から「自由連想法」への転換という契機においてとらえられている（「自由連想」の問題については、鈴木晶『フロイト以後』講談社現代新書、一九九二・四で詳しく取り上げられている）。「自由連想法」とは、「患者」に自由に語らせるという方法である。この方法によってフロイトは、「ヒステリー患者の大部分は無意識的追想に悩まされて」おり、「原因となる事象は何年かたった後でも、まだなんらかの形において作用をおよ

ぼしている」ことを明らかにした（「ヒステリー現象の心的機制について」『ヒステリー研究』、『フロイト著作集』第七巻、人文書院、一九七四・一二所収）。フロイトは、「原因がやめば結果もやむという命題の逆」によって「ヒステリー」の症状が現れるとみなしたのである。このことから、精神分析とは、「患者」の語りを〈原因〉と〈結果〉という因果関係の下に再構成するものと考えることができる。なお、石原千秋は、因果関係とは「時代のパラダイムに拘束されるもの」であり、時代の「リアリティー」に影響を受けるものであると指摘している（『漱石と三人の読者』講談社現代新書、二〇〇四・一〇）。その言葉を参照すれば、精神分析は、「記憶」をめぐる語りの「リアリティー」をうち立てたといえるだろう。

＊10　このような「記憶」の〈投影〉モデルは、さらに、『森の絵』（「ホト、ギス」第一〇巻第四号、一九〇七〈明治四〇年〉・一）においても見出すことができる。

　森の絵が引出す記憶には限りがない。竪一尺横一尺五寸の粗末な額縁の中にはあらゆる過去の美しい幻が畳み込まれて居て、折りにふれては画面に浮出る。

このように、『森の絵』では、額縁の中の「森の絵」それ自体がスクリーンとなって、語り手の「記憶」が投射され、「記憶」の想起が行われている。

＊11　意識の暗がりを照らすテクノロジーとしての〈投射〉という問題については、松浦寿輝『平面論』（岩波書店、一九九四・四）、小林康夫『表象の光学』（未来社、二〇〇三・七）を参照されたい。小林康夫は、闇の中からスクリーンに光が投射されるという〈投射〉の構造について、スクリーンを眺める者の視線の欲望は、眺める者自身の背後に向かうとして、次のように解説している。

　欲望の対象は——対象としては、主体の背後にある。欲望がこの見えない対象、まだ所有していない対象、不在の対象を、ひとつのイマージュとして、主体の前に投影しているのである。

その結果、スクリーンを眺める者にもたらされる映像とは、自分自身の内部にありながら、意識の光では照らし出すことのできなかったものとしてのイメージということになるだろう。このイメージについては、松浦寿輝が次のように述べている。

　スクリーンの上に揺れている映像は、すべてわたしの心のありようそのものが映し出された姿なのではないだろうか。スクリーンも光源もわたしの中にあるのであり、だとすれば「投射」とは結局、わたしがわたし自身を「投射」する身振りのことなのではないだろうか。

　このように、〈投射〉とは、スクリーンに映し出された映像を媒介に、見る者自身の意識の闇に下りていくための技術として論じられているのである。

＊12　映画を始めとするメディアと記憶とのかかわりについては、港千尋『記憶』（講談社、一九九六・一二）を参照されたい。

＊13　ヨーロッパ世紀末芸術が創り出した女性像の類型については、ブラム・ダイクストラ『倒錯の偶像』（パピルス、一九九四・四）において詳細な研究がなされている。

＊14　安定した語りの地点によって振り返って語られた、一貫した〈筋〉を備えた物語とは、浅野智彦の言葉を借りれば「自己物語」ということになる（『自己への物語論的接近』勁草書房、二〇〇一・六）。「自己物語」は、語り手の経験に明確な意味を与えるため、語り手自身に〈治療的〉な効果をもたらすという。藤井淑禎は、鈴木三重吉について、「悲痛や苦悩が劇的な体験ないしは時の経過というトンネルをくぐり抜けることによって客観化され、そこにスウィートな味わいが醸し出されることに三重吉はきわめて意識的であった」と述べているが（「水底に魅入られた青年たち」、＊5前掲書）、この言葉を「自己物語」の文脈の中で捉えてみることができる。また、鈴木三重吉が「自己物語」的な作品を生み出してしまったことの一つの背景として、彼自身が回想しているように（「自叙伝」、「早稲田文学」一九一二〈明治四五年〉五、「上京当時の回想」、「文章世界」一九一四〈大正三年〉・二）、『千鳥』執筆時に「神経衰弱」の症状を抱えていたという問題があるだろう。

＊15　鈴木三重吉に限らず、当時の文学が、このような「絵画」的想像力に強く影響を受けていたことは、芳賀徹『絵画の領分』（朝日新聞社、一九九〇・一〇）、尹相仁『漱石と世紀末』（岩波書店、一九九四・一二）で論じられている。

また、三重吉の「小説」における「絵画」性については、同時代評でも言及されている。XYZ「新進作家」（「文章世界」一九〇七〈明治四〇年〉・二）では、三重吉の小説の読後感として、「絵双紙中の人物となつて、昔の恋を味わい、「夢幻境に遊んだ」と述べられている。

＊16　このような〈眼〉という対象への志向から、『やもり物語』というテクストにメスメリズムの影響を見て取ることができるだろう。メスメリズムと文学との関係については　マリア・M・タタール『魔の眼に魅されて』（国書刊行会、一九九四・三）、また、日本近代文学におけるメスメリズムの影響については、一柳廣孝『催眠術の日本近代』（青弓社、一九九七・一一）を参照されたい。

＊17　『漱石全集』第二十三巻、岩波書店、一九九六・九。

＊18　このとき、『やもり物語』は、自己と他者の関係を中心化するメスメリズムの枠組みを超えて、自己自身の内部世界を描き出そうと試みているといえよう。

＊19　寺田寅彦の映画論については、佐藤忠男『日本映画理論史』（評論社、一九七七・二）、岩本憲児「寺田寅彦と映画」（「早稲田大学大学院文学研究科紀要」第29集、一九八四・三）を参照されたい。

第二部

構成される無意識

第五章　『草枕』〈運動〉の表象

1　読み込まれる無意識

『蒲団』では、「自ら自分の心理を客観する」という「文学者」時雄によって、芳子の無意識が探求されていた。時雄は、女性の無意識を解読することを通して、自身の心理を明らかにしようと欲望する「文学者」であった。『蒲団』に先駆けること一年前に発表された夏目漱石『草枕』（「新小説」明治三十九年九月）に登場するのは、「文学者」ではなく「画工」であるが、彼がヒロイン那美に見出そうとするものは、時雄が芳子の身体においてとらえようとした無意識と近接している。

ところで、『草枕』の先行研究では、テクストにおいて直接語られている事柄よりも、語り手が明確に言語化できないでいるものが読解の対象とされてきた。いわば、テクストの無意識が読み込まれ続けてきたのである。テクストに「オフィーリア・イメージの強迫観念」[*1]、「オフィーリア・コンプレックス」[*2]が存在していることは、かねてから指摘されている。また同時に、テクストから見出される無意識については、その政治的な評価が問われてきている。

『草枕』における無意識の領域を高く評価した研究として、前田愛『文学テクスト入門』が挙げられる。[*3]前田愛は、『草枕』を「時間軸にそった直線的読書のいたるところに裂け目を入れ、流動し生成する意味の織物に編成しなおす」

という「読書のユートピア」へと読者を誘うテクストとして称揚した。このような評価は、『草枕』を「生成と変化、あるいは生成と解体の過程」を描き出したテクストととらえる小森陽一の論にも引き継がれている。[*4]

また、大津知佐子も『草枕』における無意識の領域を照射している。[*5]「画工と那美は、意識的な、また無意識的なコミュニケーションを反復してきた。そして、その両者の精神のあり方を表しているのは、身体という場なのである」と読み解く大津論の根底には、意識は力動的な無意識によって、精神は運動する身体によって形作られるものであり、自己は他者との、また、男性は女性という〈他なるジェンダー〉との関係によって常に生成変化を遂げていくという認識の枠組みがある。

対して、『草枕』を批判的に読解する論も存在する。そこでは、テクストが抱えている無意識の歴史性の問題が争点となっている。亀井秀雄は、テクストのなかに「明治三十七、八年当時の国民世論的な言説空間」への否認が存在すると指摘する。[*6]また、中山和子は、亀井論を踏まえた上で、テクストにおける無意識にジェンダーの抑圧が働いていると述べる。[*7]『草枕』とは、「『男』になれぬ『男』」である主人公の「『非人情』の美的世界への逃亡」が描き出された、女性嫌悪のイメージに満ちたテクストであると批判している。

確かに、『草枕』において繰り返し現れるオフィーリアのイメージは、ブラム・ダイクストラの研究[*8]を参照すると、西欧近代が備え持っていた無意識としての女性嫌悪に重なり合うものといえる。しかし、ここでは、テクストにおける無意識の政治性を批判する前に、まず、無意識として現れているものとは何かを定義したい。

2　『ラオコーン』という問題

『草枕』では、レッシング『ラオコーン』（Lessing Laokoon 1766）というテクストの引用を通して「小説」ジャンルに対する言及を行っている。[*9] しかし、明治三十年代において、「小説」ジャンルを問うために『ラオコーン』に言及したのは漱石ばかりではなかった。高山樗牛もまた、「詩歌の所縁と其対象」（「帝国文学」明治三十二年二月）、「詩歌と人体美」（「太陽」明治三十二年二月）の中で、『ラオコーン』を引用しながら「小説」の方法について考察を試みている。「詩歌の所縁と其対象」と「詩歌と人体美」はほとんど同じ内容の文章なので、ここでは「詩歌の所縁と其対象」を取り上げて検討していきたい。[*10]

　高山樗牛は、レッシング『ラオコーン』について、まず十六章を次のように紹介する。[*11]

　空間的に倶存せる物象は即ち物体なり、随うて物体の形と色とは絵画の本領なり、時間内に継続せる物象は即ち動作なり、随うて動作を表はすは詩歌の特色なり。

　樗牛は、「絵画」は「空間」を対象にし「詩歌」は「時間」を対象にする、という『ラオコーン』の論旨を受けた上で、さらに、「詩歌」というジャンルの特徴について、次のような自説を披露している。

　詩歌の内容として吾人の美感を催起するに適せるものは、是を主観的にしては、感情思想及び意志の活動なり、是を客観的にしては物象の運動なり、主観及び客観の両面に渉りては人物の動作なり。

ここから、樗牛は、「詩歌」の対象であるとされる「時間」について、「動作」だけではなく「感情思想及び意志の活動」「運動」といった概念をも指すものであると解釈していることが分かる。そして、樗牛は、「詩歌」というジャンルについて、「形体色彩を直接に記述す代わりに、如何に観念もしくは動作として間接に表現せむと務め」るべきだという主張をくり広げ、硯友社の写実の方法を批判する。

　樗牛は、広津柳浪や川上眉山らの描写を引用し、次のように述べている。

　彼等は詩を以て有声の画に則し、画の能くする所、詩亦当に是を能くすべく、随うて画美を表はすの方法、亦当に詩美を現ずるの手段たるべしと信ずる者なり。彼等は芸術の所縁同じからざるに随うて、其対象に亦異なるべきの理を解せず、物を描き、事を叙するの法唯遂條列記あるのみ、彼等は是を以て写実の旨を得たりとなし、唯々其物を挙げ事を尽すの精しからざらむことを是れ祈る。

このように、樗牛は、『ラオコーン』を参照することによって、目に見えるものを〈絵のように〉描写するという「写実」の方法に対し、「動作」「活動」「運動」といった変化していく運動を再現するための新たな描写を行わなければならない、という「小説」への提言を行っているといえよう。

『草枕』で試みられている描写の技法は、この樗牛の描写に対する提言と響きあうものとなっている。『草枕』では、描写について次のように語る箇所が存在する。

> 昔から小説家は必ず主人公の容貌を極力描写することに相場が極つてる。古今東西の言語で、佳人の品評に使用せられたるものを列挙したならば、大蔵経と其量を争ふかも知れぬ。此辟易すべき多量の形容詞中から、余と三歩の隔りに立つ、体を斜めに捩つて、後目に余が驚愕と狼狽を心地よげに眺めて居る女を、尤も適当に叙すべき用語を拾ひ来つたなら、どれ程の数になるか知れない。然し生れて三十余年の今日に至るまで未だかつて、か丶る表情を見た事がない。（三）

この引用部では、「女」の容貌を描写するに際して「形容詞」を列挙するという方法が退けられている。そのかわりに言及されるのが「表情」である。その結果、「口は一文字を結んで静である。眼は五分のすきさへ見出すべく動いて居る」（三）という「女」の容貌をめぐる描写が行われることになる。

ところで、「眼は五分のすきさへ見出すべく動いて居る」という描写とは、移り変わって行く「表情」を運動として再現しようという試みといえるだろう。『草枕』のこのような描写の方法は、描写においては「運動」を再現しなければならないという高山樗牛の描写論を、結果的に実践するものとなっているといえる。そもそも当時、「表情」は運動という概念と密接なかかわりを持つものとしてとらえられていた[*12]。しかし、『草枕』において、再現表象と運動という問題は、「表情」の描写という事柄に留まらない、さらなる大きな課題として存在している。『草枕』の『ラオコーン』への言及を検討してみよう。

　レッシングと云ふ男は、時間の経過を条件として起る出来事を、詩の本領である如く論じて、詩画は不一にして両様なりとの根本義を立てた様に記憶するが、さう詩を見ると、今余の発表しやうとあせつて居る境界も到底物になりさうにない。余が嬉しいと感ずる心裏の状況には、時間はあるかも知れないが、時間の流れに沿ふて、逓次に展開すべき出来事の内容がない。一が去り、二が去り、二が消えて三が生まるゝが為に嬉しいのではない。初から窈然として同所に把住する趣きで嬉しいのである。既に同所に把住する以上は、よし之を普通の言語に翻訳した所で、必ずしも時間間に材料を按排する必要はあるまい。矢張り絵画と同じく空間的に景物を配置したのみで出来るだらう。　（六）

　この引用部分でも、「詩」の対象は「時間」であり、「絵画」の対象は「空間」である、という『ラオコーン』の議論が引き継がれている。そして、語り手は、自らが目指す言語表現を、「絵画」というジャンルに重ね合わせているのである。しかし、この引用部分の語りから、『草枕』とは「絵画」を目指した「小説」である、と結論付けてしまう前に、「時間」「空間」という言葉は比喩として用いられていることを確認しておかなければならないだろう。*13『草枕』において、「時間」「空間」という言葉が指し示している対象とは何か。

　「時間」については、引用文中に「時間の経過を条件として起る出来事」、「時間の流れに沿ふて、逓次に展開すべき出来事」という言葉が見られることから、プロットを指しているといえよう。*14『草枕』が「時間」＝プロットを退けるのは、プロットが因果関係に基づいて物語を構成するものであるため、結果的に、登場人物の心理に言及してしまうことになるからだろう。*15「普通の小説家の様に其勝手な真似の根本を探ぐつて、心理作用に立ち入つたり、人事葛藤の詮議立てをしては俗になる」（一）、「普通の小説はみんな探偵が発明したものですよ」（九）、「何故と聞き出すと探偵になつて仕舞ふ」(九)という画工の言葉には、小説のプロットが登場人物の「心理作用」を明らかにせずにはおかないことへの嫌悪感を見ることができる。

人間の「心理作用」に立ち入ることを嫌悪する画工は、「余が嬉しいと感ずる心裏の状況」を再現するために「絵画」=「空間」を志向する。では、「空間」とは一体何を指すのか。画工は、「絵画と同じく空間的に景物を配置した」文章を書こうとして漢詩を作ったところ、次のような事態が生じてしまう。

もう一辺最初から読み直して見ると、一寸面白く読まれるが、どうも、自分が今しがた入つた神境を写したものとすると、索然として物足りない。序でだから、もう一首作つて見やうかと、鉛筆を握つた儘、何の気もなしに、入り口の方を見ると、襖を引いて、開け放つた幅三尺の空間をちらりと、綺麗な影が通つた。(六)

ここで画工は「絵画と同じく空間的に景物を配置した」文章を作り出すことができないでいる。そのかわり、画工のまなざしは、「襖を引いて、開け放つた幅三尺の空間」の中を横切っていく那美の姿をとらえるのである。

このように、『草枕』では、画工が「空間」を表象しようとすると、運動する那美の姿につきあたってしまう。このことから、テクストにおいて、「空間」の意味内容とは運動する那美を指すものと考えることができるのである。だが、「絵画と同じく空間的に景物を配置した」表象を志向すると、運動する那美に行き着いてしまうのはなぜか。『草枕』において運動する那美の姿とはどのような意味を持っているのだろうか。

3 〈運動〉の表象

ここで、再び『草枕』第六章に立ち戻り、「余が嬉しいと感ずる心裏の状況」とはどのような状態なのかを確認しておこう。画工の「心理」は次のように語られていた。

余は明かに何事をも考へて居らぬ。又は慥に何物をも見て居らぬ。わが意識の舞台に著るしき色彩を以て動くものがないから、われは如何なる事物に同化したとも云へぬ。去れども吾は動いて居る。世の中に動いても居らぬ、世の外にも動いて居らぬ。只何となく動いて居る。（六）

この文章において画工の「心理」は「何となく動いて居る」ものとしてとらえられている。この運動する「心理」とは、画工の「意識の舞台」においては明確に把握できないものとして語られており、したがって、「心理」とは意識の外部で運動するものということになる。

また、画工の運動する「心理」は、「同化」によって生じると述べられていることにも注意したい。この「同化」について、画工は、「余の同化には、何と同化したのか不分明であるから、毫も刺激がない」（六）と語っている。画工にとっての「同化」とは、「知らぬ間に毛孔から染み込んで、心が知覚せぬうちに飽和されて仕舞つた」（六）ものとされているのである。

このような画工の「心理」のあり様については、これまで夏目漱石『文学論』（明治四十年五月）の（F＋f）の定式が反映されたものとして意味付けられてきた。[*16] だが、ここでは、さらにテクストの語りを読み解いて行きたい。

画工は、「同化」によってもたらされた「心理」を再現しようと試みるが、この「同化」が具体的な対象に対峙することから生じたものではなく、「如何なる事物に同化したとも云へぬ」ようなものであるために、「心理」の再現もまた「自然界の局部が再現したもの」（六）とはならない。第六章では、このような画工の「心理」の再現＝表象が「襖を引いて開け放つた幅三尺の空間」の中を横切っていく那美の姿との遭遇として、つまり画工のまなざしが那美の運動に「同化」する過程として実現されているといえる。

次に、那美の運動が担っている意味について検討したい。画工は、宿の椽側を行きつ戻りつする那美について、「女は固より夜と昼との境をあるいて居る」（六）と語る。この那美の運動は、「三尺の幅を、すうと抜ける影を見るや否や、何だか口が聴けなくなる。今度はと心を定めて居るうちに、すうと苦もなく通つて仕舞ふ」（六）というように、限定的な空間に縁取りされることによって作り出される特定の空間内で行われている。このように、六章において、那美の運動は、限定された空間の移動として、また、限定された空間を越境することによって生じる二つの空間の移動として表象されるのである。この二つの空間には〈夜〉と〈昼〉という二項対立的な意味が付与されており、したがって、那美の運動は、相対立する二つの世界の間のダイナミックな移動という意味を持つことになるのである。

このような那美の運動の表象パターンは、他の章でも見ることができる。

小女郎が入り口の襖を開たら、中庭の栽込みを隔てゝ、向ふ二階の欄干に銀杏返しが頬杖を突いて、開化した楊柳観音の様に下を見詰めて居た。今朝に引き替へて、甚だ静かな姿である。俯向いて、瞳の働きが、こちらへ通はないから、相好に斯程な変化を来したものであらうか。昔の人は人に存するもの眸子より良きはなしと云つたさうだが、成程人焉んぞ瘦さんや、人間のうちで眼程活きて居る道具はない。寂然と倚る亜字欄の下から、蝶々が二羽寄りつ離れつ舞ひ上がる。途端にわが部屋の襖はあいたのである。襖の音に、女は卒然と蝶から眼を余の方に転じた。視線は毒矢の如く空を貫いて、会釈もなく余が眉間に落ちる。はつと思ふ間に、小女郎が、又はたと襖を立て切つた。（四）

この引用部分でも、「襖」が空間を切り取るための、いわば額縁の役割を果たしている。[*17] そして、「襖」の開け閉めを通して示されるのが、那美の視線の運動なのである。引用部においては「襖」は二度開けられている。一度目に「襖」が開くと、那美の「開化した楊柳観音の様に」視線を下に落としている「静かな姿」が、二度目は、「毒矢の如く空を貫い」てやって来る那美の鋭い視線が描写されるのである。したがって、この箇所でも、那美の運動は、空間が限定されることによって生じる〈静／動〉、〈穏やか／鋭い〉という二項対立的空間の境界移動として表象されているのだ。

ところで、『草枕』におけるこのような〈運動〉の表象の方法には、ある認識論的な背景が存在する。先の第四章の引用部は、画工にとっての「今の刹那に起つた出来事」(四)の再現とされていた。このとき注意したいのは、『草枕』というテクストでは、「刹那」という言葉はある特別な意味を担っていることである。

余は常に空気と、物象と、彩色の関係を宇宙で尤も興味ある研究の一と考へて居る。(略)いくら仏蘭西の絵がうまいと云つて、其色を其儘に写して、此が日本の景色だとは云はれない。矢張り面のあたり自然に接して、朝な夕なに雲容烟態を研究した揚句、あの色こそと思つたとき、すぐ三脚几を担いで飛び出さなければならん。色は刹那に移る。(十二)

「色は刹那に移る」というように、「刹那」という言葉が現れているこの文章は、画工の〈洋画家〉としての持論が披露されている箇所である。「仏蘭西の絵」を念頭に置きつつ、「空気と、物象と、彩色の関係」「雲容烟態」を研究し、移ろい行く風景の一瞬の色彩を留めるために「三脚几を担いで飛び出」してスケッチを行うという画工は、自らの絵画創作において、印象派の方法を意識しているといえるだろう。[*18]

この引用部から、「刹那」とは、画工が表象の対象として志向しているものであることが分かる。画工は、静物ではなく、流動し変化するものに対峙し、その一瞬の「刹那」を切り取って再現することを目指している。このような画工における再現表象の志向は、テクストにカメラの比喩を呼び込んでしまうのである。

二、三年前宝生の舞台で高砂を見た事がある。その時これはうつくしい活人画だと思つた。箒を担いだ爺さんが橋懸りを五六歩来て、そろりと後向きになつて、婆さんと向ひ合ふ。その向ひ合ふた姿勢が今でも眼につく。余の席からは婆さんの顔が殆んど真むきに見えたから、あ、うつくしいと思つた時に、其表情はぴしやりと心のカメラへ焼き付いて仕舞つた。(二)

「舞台」で役者の顔を眺めていた画工は、変化する「表情」の一瞬の状態を切り取り、心の中に写し取っている。このような「表情」という〈運動〉の再現=表象行為を、画工は、「ぴしやりと心のカメラへ焼き付いて仕舞つた」というように、カメラの比喩を用いて語っているのだ。

このように、『草枕』において、運動の再現=表象行為はカメラの比喩を用いて語られている。[*19] この問題を考慮すると、『草枕』における運動の表象とは、カメラによって生み出された写真という表象を、意図しないうちに模倣していると考えることができるのではないか。この観点に基づいて運動する那美の表象について検討すると、運動する那美の姿を限定された空間の縁取りによって切り出し、その切片を接合していくという方法、つまり、一連の運動を二項対立的な差異を作り出していく断片の連続として提示するという方法は、カメラによって撮影された運動の表象に類似するものであるということができるのである。

『草枕』が発表された当時、既に、運動をショットごとに分解した上で連続的に並べて映し出した写真が存在していた。例えば、三宅雪嶺は、「絵画と写真」(「早稲田文学」明治三十年十月)という文章のなかで、鳥の羽ばたき、馬の駆け足、人間の行進などを撮影した写真を絵に描き直して紹介している(資料)。これらの運動の表象は、明らかに、エティエンヌ=ジュール・マレーの「クロノフォトグラフィ[*20]」を参照したものだといえる。三宅雪嶺は、それらの表象を次のように紹介する。

絵画は理想に由り写真は現実に由ると論ぜる者あるも、理想に由るといふ絵画とて自然界に関係を有する以上、必らず自然界の法則に依従する無きを得ず、物形を書くには成るべく物理に順応せざる能はざるなり。

こうして、絵画もまた「自然界の法則」に従って見えるものを写実的に描かなくてはならないと述べた上で、興味深いことに、写真に対して次のような批判が繰り広げられるのである。

然れども写真果して絵画の標準なるかは一つの疑問なり、写真は或点まで充分に標準たるを得、而も其の或点より以上は標準たる能はざるべきに非ずや、写真は物の瞬刻の間撮影器のレンズに映ずる所を写し、必ずしも吾人が其物を見るが如くには写さず。

ここで写真は「絵画の標準」にはならないものとして退けられる。その理由として挙げられるのが、写真は「物の瞬刻の間撮影器のレンズに映ずる所を写」すために「吾人が其物を見るが如くには写さ」ないということである。そのような写真の例として、「クロノフォトグラフィ」的な運動を連続的に撮影した写真が紹介されている。

三宅雪嶺は、この「絵画と写真」という文章において「物の瞬刻」という言葉を一連の運動の中の一瞬という意味で用いているということは重要である。また、「物の瞬刻」、つまり運動における一瞬とは、カメラの「レンズ」が捉えるものであって、人間の意識によって知覚されるものではないとみなしていることにも注意したい。カメラは、人間が意識することのできない「物の瞬刻」を撮影してしまうために、写真は、「吾人が其物を見るが如く」に対象を再現しなければならない絵画とは相容れないということになるのだ。

資料　三宅雪嶺「絵画と写真」

このような三宅雪嶺の主張は、運動を撮影した写真の存在によって初めて可能になるものである。写真というメディアによって、瞬間の連続としての運動の表象がもたらされ、それが人間の意識的な知覚を超えるものであることが了解されたとき、カメラのレンズによって撮影された運動の表象は、人間に一つの問いを投げかけることになる。人間は、鳥の羽ばたきや疾走する馬、行進する人間を確かに目にしている。鳥や馬や人間は、運動を行っているのであり、人間の瞳には運動が映し出されているはずなのである。しかし、運動は意識において知覚されることはない。瞳に映りながらも知覚されない対象とは一体何なのか。

この問いに直面したとき、無意識という領域が浮上することになる。『草枕』第六章の画工の「心理」の状態、「余は明かに何事をも考へて居らぬ。又は慥に何物をも見て居らぬ。わが意識の舞台に著るしき色彩を以て動くものがないから、われは如何なる事物に同化したとも云へぬ。去れども吾は動いて居る」という状態とは、まさしく、意識によって知覚することのできない運動を感受したときにもたらされた無意識といえるだろう。

つまり、『草枕』において描き出されている無意識とは、カメラのレンズによって運動が表象された結果、浮上してきた領域としての無意識と重なり合うのである。[*21] カメラは、人間が意識することができなかった運動を表象することで、意識を越えた領域が存在していることを明らかにした。この問題意識を共有する『草枕』は、カメラの隠喩体系によって那美の運動の再現＝表象を試みている。そして、その表象の試みは、画工自身の「心理」としての無意識の探究として行われているのである。

4　〈無意識を知る者〉のジェンダー

『草枕』は、画工が無意識の所有者として描き出されている点で、同時期のテクストのなかでも希有なテクストであるということができる。歴史的には、無意識の探究が〈女性〉や〈狂気〉を対象化することで行われてきたことを考えると、これは特筆すべき事柄だといえる。画工に無意識が備えられているという側面に注目すれば、『草枕』というテクストには、既成の枠組みによっては未だ秩序化がなされていない、無意識という領域の〝豊かな〟可能性を読み込むことができるだろう。

だが、ここには一つの陥穽が存在する。画工は、自らの意識では統御できない「心理」を抱え、「余は明かに何事をも考へて居らぬ。又は慥に何物をも見て居らぬ。わが意識の舞台に著るしき色彩を以て動くものがないから、われは如何なる事物に同化したとも云へぬ。去れども吾は動いて居る」(六)という状態に陥りながらも、〈狂気〉の領域に住まう者とはならず、結果的に画工のアイデンティティは維持されている。なぜなら、画工は、自らの内に無意識を抱えアイデンティティの危うい状態に身を置きながらも、那美への「同化」を重ねるなかで自己の主体の再編・強化を行ってしまうためなのだ。画工と那美の「同化」には権力関係が存在しているのであり、この点について政治的な評価が必要である。画工による那美への「同化」には、明らかにジェンダー規制が働いており、「両者の関係は相互浸透的に重層化している」[*22]というような相互的なものとみなすことはできない。

画工の那美への「同化」は、〈水〉への同化が契機となってなされる。第六章における那美の運動は、「雲の層が、持ち切れぬ雨の糸を、しめやかに落し出して、女の影を、蕭々と封じ了る」というように、雨に封じ込められることによって幕となる。画工のまなざしと運動する那美との間には、雨という〈水〉が存在している。[*23]

『草枕』における〈水〉については、これまで様々な解釈がなされてきたが[*24]、運動という観点からとらえ直してみると、〈水〉には運動を吸収・緩衝するという機能が与えられていることが分かる。例えば、第九章の地震の場面で、〈水〉は次のように語られている。

岩の凹みに湛へた春の水が、驚ろいて、のたり〳〵と鈍く揺いてゐる。地磐の響きに、満泓の波が底から動くのだから、表面が不規則に曲線を描くのみで、砕けた部分は何所にもない。円満に動くと云ふ語があるとすれば、こんな場合に用ゐられるのだらう。（九）

ここでは、〈水〉は、地震という運動の衝撃を、「鈍」い「円満」な動きに緩和させるための媒体として登場している。また、第十章の「鏡が池」の〈水〉は、「水草」の運動を停止させてしまう。「鏡が池」には、「今に至る迄に動き得ずに、又死に切れずに、生きて居るらしい」という「水草」が沈められているのである。

運動を静めるための媒体としての〈水〉の機能が最も明らかになっているのは、第七章の風呂場の情景だろう。画工は、「湯泉のなかで、湯泉と同化して仕舞」った後、〈水〉に包まれた那美の裸体に遭遇する。ここでも、画工と那美の身体との間を隔てるものとして、「凡てのものを幽玄に化する一種の霊氛」としての〈水〉が存在しているのである。

このような〈水〉の機能は、画工における那美への「同化」に規制をもたらすことになる。画工は、運動する那美を表象することを通じて、自己の無意識へと到達しようと試みていた。既に検討したように、運動する那美の姿は写真の隠喩体系によって再現＝表象されていたのである。しかし、画工自身は、那美の姿を次のように観察してもいる。

眺めると云ふては些と言葉が強過ぎる。余が閉ぢて居る瞼の裏に幻影の女が、断りもなく滑り込んで来たのである。まぼろしはそろり〳〵と部屋のなかに這入る。仙女の波をわたるが如く、畳の上には人らしい音も立たぬ。閉づる眼のなかから見る世の中だから確とは解らぬが、色の白い、髪の濃い、襟足の長い女である。近頃はやる、ぼかした写真を灯影にすかす様な気がする。（三）

「眺める」というより、「閉づる瞼」で那美に向かい合う画工にとって、那美は「ぼかした写真」として現れる。この「ぼかした写真」について、飯沢耕太郎は、当時流行しつつあった絵画の構図を模倣した写真、つまり、「ソフトフォーカス表現による『芸術写真』にほかならない」[*25]と考察する。画工は、「其表情はぴしゃりと心のカメラへ焼き付いて仕舞つた」（二）というように、カメラの隠喩によって運動を表象する一方で、那美に対しては、絵画を志向する「ぼかした写真」という隠喩を用いる。このとき、画工は、那美の運動を探究しているというより、那美を〈絵のように〉眺めようとしているといえるだろう。

このような画工の那美への姿勢は、「景色を一幅の画として観、一巻の詩として読む」（一）、「一人の男、一人の女も見様次第で如何様とも見立てがつく」（一）という画工の言葉に端的に現れている。画工は、那美に向かい合うとき、その瞳で運動する那美の姿をとらえようとしつつも、「絵」や「詩」を引用し、既存の解釈コードを提示することを通して、那美の運動を封じ込めようとする。

この那美の運動の封じ込めこそ、〈水〉という媒体が果たしている役割だといえるだろう。画工は、自身と那美の間に〈水〉という媒体を置くことによって、運動する那美の姿を「オフェリヤ」のイコンへと回収する。[*26]運動を沈静化する〈水〉という媒体の存在によって、画工による那美への「同化」は、ジェンダー規制が発動する場となってしまうのである。

この画工による那美への「同化」に内在する権力性は、第十二章以降、明確に顕在化する。「余は画工である。画工であればこそ趣味専門の男として、たとひ人情世界に堕在するも、東西両隣の没風流漢よりも高尚である。社会の一員として優に他を教育すべき地位に立つて居る」（十二）というアイデンティティを宣言した画工は、無意識を備えた者ではなく、那美の無意識を知る者へと変貌する。

あの女は家のなかで、常住芝居をして居る。しかも芝居をして居るとは気がつかん。自然天然に芝居をして居る。（十二）

自分でうつくしい芸をして見せると云ふ気がない丈に、役者の所作よりも猶々うつくしい。（十二）

これらの画工の言葉には、那美の無意識を握る主体であろうとする画工の欲望が浮かび上がっている。[*27]画工は、「画工になり澄ま」す（十一）という曖昧な状態に身を置くのをやめて「今の余は真の画家である」（十二）と宣言したとき、つまり「画工」という確固たる主体を獲得しようとしたときに、那美の無意識を手中に収める者となってしまうのである。

このとき、「普通の小説家の様に其勝手な真似の根本を探ぐつて、心理作用に立ち入つたり、人事葛藤の詮議立てをしては俗になる」（一）という『草枕』の主張は、新たな意味を持ってくるだろう。「普通の小説家」が「心理作用に立ち入」るものであるとするなら、描写において新たな再現＝表象が試みられていた『草枕』もまた、女性の無意識という「心理作用に立ち入」るテクストとなってしまう。『草枕』は、自らが批判していた「小説」とジャンルを同じくするテクストとなってしまうのである。

『草枕』において運動の再現＝表象が試みられたとき、画工には無意識を知る者というアイデンティティが準備されることになった。『草枕』では、無意識を知る者という知の主体こそが表象の主体としての芸術家であり、「社会の一員として優に他を教育すべき地位に立つて居る」という超越者であると定義されている。『草枕』は、表象が人間の無意識を目指す時代の幕開けを告げるテクストとなっているのである。

注

＊1　前田愛「世紀末と桃源郷――『草枕』をめぐって――」「理想」一九八五・三、『漱石作品論集成　第二巻　坊っちゃん・草枕』桜楓社、一九九〇・一二所収。

＊2　大岡昇平「水・椿・オフィーリア――『草枕』をめぐって」『小説家夏目漱石』筑摩書房、一九八八・五。

＊3　筑摩書房、一九八八・三。

＊4　「写生文としての『草枕』――湧き出す言葉、流れる言説」「国文学」一九九二・五。

＊5　「波動する刹那――『草枕』論」「成城国文学」4、一九八八・三、＊1前掲書所収。

＊6　「『草枕』のストラテジィ」「国文学」一九九四・一。

＊7　「『草枕』――『女』になれる女、『男』になれぬ男――」「国語と国文学」一九九五・七、『漱石・女性・ジェンダー』翰林書房、二〇〇三・一二、所収。

＊8　『倒錯の偶像』パピルス、一九九四・四。

＊9　『草枕』における『ラオコーン』の問題を考察した先行研究については、清水孝純「『草枕』の問題――特に『ラオコーン』との関連において」（「文学論輯」21、一九七四・三、＊1前掲書所収）、中島国彦「漱石・美術・ドラマ――英訳『ラオコーン』への書き込みから――」上・下、「文学」一九八八・一一、一九八九・一）を参照されたい。

＊10　高山樗牛によるレッシング紹介については、吉田精一『近代文芸評論史　明治篇』（至文堂、一九七五・一二）で取り上げられている。

＊11　斎藤栄治訳のレッシング『ラオコオン』（岩波文庫、一九七〇・一）では、同じ箇所は次のように翻訳されている。

　並存する対象、あるいはその諸部分が並存するところの対象は物体と呼ばれる。したがって、目に見える諸性質をそなえた物体こそ絵画本来の対象である。

　継起する対象、あるいはその諸部分が継起するところの対象は一般に行為と呼ばれる。したがって行為こそは、文学本来の対象である。

この訳を参照すると、樗牛は「継起する対象」を〈運動〉としてとらえようとしていることが分かる。なお、吉田精一は、樗牛の評論について、「『ラオコーン』の正確な理解の上に立っていない」と評価している（＊10前掲書）。

＊12　島村抱月は、「顔の表情」（「東京日々新聞」一九〇六〈明治三九年〉・八）というエッセイで、「日本人でも活々した顔といふ部類のものは、比較的表情に富んで居る。瞳が動く、眉が動く、口辺の筋肉が盛んに伸縮する」と述べている。

＊13　W・J・T・ミッチェルは、『ラオコーン』について、「絵画と詩における空間と時間の妥当性は、実のところ記号の経済性の問題」つまり比喩の問題であり、比喩には使い手のイデオロギーが映し出されているということ、「常にイデオロギー的な重荷を負って」いると述べている（『イコノロジー』勁草書房、一九九二・一二）。
＊14　『草枕』について、漱石は「プロットもなければ、事件の発展もない」（「余が草枕」、「文章世界」一九〇六〈明治三九年〉・一一）と述べている。「時間」は、この「プロット」に相当するといえるだろう。
＊15　〈プロット〉の説明として、E・M・フォスターは「王が亡くなられ、それから王妃が悲しみのあまり亡くなられた」という例文を挙げている（『小説とは何か』ダヴィッド社、一九六九・一）。この例文においても、「悲しみのあまり」というように、「王妃」の心理が言及されてしまっていることが分かる。
＊16　前田愛＊3前掲書。また、『文学論』における（F＋f）の定式については、小森陽一「文学論」（「国文学」一九九四・一）を参照されたい。
＊17　大津知佐子は、『草枕』における「襖」、そして「障子」の役割について、「『襖』や『障子』は、ほかでもない、画工の『瞼』のあり方と呼応している」と考察している（＊5前掲論文）。
＊18　フランスで印象派第一回展が開催されたのは一八七四年（明治七年）である。〈洋画家〉の黒田清輝は、明治二十六年にフランスから帰国し、「外光派」として活躍した（青木茂『自然をうつす』岩波書店、一九九六・九）。
＊19　画工が絵画制作を行う際に意識していると見られる印象派もまた、カメラと深い関連性を持っていたことについては、エアロン・シャーフ『写真の歴史』（PARCO出版局、一九七九・一）、伊藤俊治『〈写真と絵画〉のアルケオロジー』（白水社、一九八七・一二）で考察されている。
＊20　エティエンヌ＝ジュール・マレーと、彼の撮影した「クロノフォトグラフィ」については、松浦寿輝『表象と倒錯』（筑摩書房、二〇〇一・三）を参照されたい。なお、「クロノフォトグラフィ」について、松浦寿輝は、「或る一定時間内に連続的に露光して一連の分解写真を得る技術、ないし写真そのものを指す」と定義している。
＊21　心理学・精神医学における人間の〈無意識〉の探究の試みは、カメラという媒体によって〈ヒステリー患者〉の痙

攣する身体の〈運動〉が表象されたとき、一気に飛躍することになる。ジャン・マルタン・シャルコーが〈ヒステリー〉研究のために撮影した写真は、J・ディディ＝ユベルマン『アウラ・ヒステリカ』（リブロポート、一九九〇・九）に収められている。犯罪者や〈狂人〉の「表情」を撮影した写真によって、人間の内面世界を読み解くための観相学が生み出されていったことについては、西村清和『視線の物語・写真の哲学』（講談社、一九九七・六）を参照されたい。また、日本でも明治二十七年には坪井正五郎『重ね撮り写真の術を利用したる観相法』（東洋学芸社、一八九四・一二）という本が出版されている。

＊22　＊5前掲論文。

＊23　蓮實重彥は、画工を「水の世界、水滴の支配する領土のさなかに宙吊り」された人物であると論じている（『夏目漱石論』青土社、一九七八・一〇）。

＊24　東郷克美「『草枕』水・眠り・死」（「別冊国文学夏目漱石必携Ⅱ」一九八二・二、＊1前掲書所収）で、「水」には死への親和性が存在すると分析されている。また、小森陽一は「水」について、「生成と変化、あるいは生成と解体の過程としての水」と考える（＊4前掲論文）。芳川泰久は、「熱い水」＝エロス、「冷たい水」＝タナトスと解釈している（『漱石論』河出書房新社、一九九四・五）。

＊25　『「芸術写真」とその時代』筑摩書房、一九八六・七。

＊26　『草枕』と同時代に、ヨーロッパの心理学・精神医学の領域においても、女性の〈運動〉する身体がオフィーリアのイコンとして表象されてきた。この問題については、エレイン・ショウォールター「オフィーリアを表象する――女、狂気、フェミニズム批評の責務」（青山誠子、川地美子編『シェイクスピア批評の現在』研究社出版、一九九三・三）を参照されたい。また、ショウォールターは『性のアナーキー』（みすず書房、二〇〇〇・五）でヨーロッパ世紀末文化において広く現れていたジェンダー化された身体イメージについて考察している。

＊27　この画工による那美の解釈に対して、中山和子は「〈見せる〉女を演じてみせた那美」の可能性を指摘している（＊7前掲論文）。

※『草枕』の引用は『漱石全集』第三巻、岩波書店、一九九四・二に拠る。

第六章　『蒲団』セクシュアリティをめぐる語り

1　〈眼〉の再現

明治四十年代、小説というジャンルにおいて心理を備えた人間を描くことが目指され、心理描写の方法が探求されていたとき、島崎藤村や徳田秋声、岩野泡鳴らは、登場人物の心的状態を表すに際して目つきを描写するという方法を頻繁に用いていた。明治四十年代の自然主義文学において、目つきとは人物の心理を伝達する媒体であるという認識が共有されていたことが既に指摘されている。[*1]

『蒲団』においても、登場人物の芳子の「眼」について、度々言及がなされており、当時の目つきをめぐる描写を意識していたと考えられる。しかし、『蒲団』の場合、目つきの描写によって表現される心理は、他のテクストから抜きんでた特異性を獲得している。

例えば、島崎藤村『春』（「東京朝日新聞」明治四十一年四月〜八月）における目つきの描写は、次のようなものだった。

　青木は自分で自分の膝頭を抱いて、不調和な社会に倦み疲れたやうな目付をした。（二十九）

この文章において、登場人物である青木の「目付」は、彼の「不調和な社会に倦み疲れた」という心的状態を過不足なく表すための表象となっている。「目付」とは、心的なものの直喩となっているのだ。[*2]

それに対して、『蒲団』で目つきが語られるときには、『春』に見られるような直喩の機能は欠落している。そのかわり、『蒲団』の目つきは「表情」を伝える。『蒲団』のなかで、目つきを取り沙汰される唯一の人物である芳子の「眼」には、「美しく見えた眼の表情」（一）、「表情ある眼」（一）というように、「表情」が備えられているのであり、さらに芳子の「眼」は、彼女の「表情」の一部をなすものとして語られてもいる。

> 美しい顔と云ふよりは表情のある顔、非常に美しい時もあれば何だか醜い時もあつた。眼に光りがあつてそれが非常によく働いた。四五年前までの女は感情を顕はすのに極めて単純で、怒つた容とか笑つた容とか、三種、四種位しか其の感情を表はすことが出来なかつたが、今では情を巧に顔に表はす女が多くなつた。芳子も其の一人であると時雄は常に思つた。（三）

『蒲団』の視点人物である時雄にとって、芳子の「顔」は複雑な「表情」を持っている。井上章一によれば、「表情」とは明治末期の新語であるという。西洋文化が移入され、女性の「顔」をめぐって「無表情のつつしみぶかさ」という美の概念が弱まったとき、新たな美の対象として「表情」が浮上したという。[*3]『蒲団』においても芳子の「表情」はこれまでの美の基準を超えた魅力として語られているが、さらに加えて、「表情」は、芳子の内にありきたりの言葉では語ることのできない複雑な「感情」が存在していることを指し示す指標となっている。そのため、「表情」は、読み手の解釈を誘う対象となる。

このように、『蒲団』の場合、目つきの描写は、心的なものの直喩として、人物の内面を過不足なく表現するのではなく、「表情」と結び付くことによって、謎を構成しているといえよう。

さらに『蒲団』では、芳子の「眼」の「表情」のみならず、芳子の手紙もまた謎を持つものとみなされる。芳子の手紙は、「手紙の文句から推して、其の表情の巧みなのは驚くべきほど」（二）と語られており、「眼」と同様に「表情」を備え持つものとされ、時雄の解釈を誘う対象となっている。そして、芳子の手紙に直面したとき、時雄は、特定の読み方に基づいて手紙を読解しようとするのである。

第四章で、芳子が恋人との関係を説明する手紙を読みながら、「手を握つたらう。胸と胸とが相触れたらう。人が見て居る旅籠屋の二階、何を為て居るか解らぬ」と、時雄は、手紙の文面には書かれていない芳子の性的な行為を想像する。また、第五章では、芳子の手紙のなかに、「接吻の痕、性慾の痕が何処かに顕はれて居りはせぬか」と、彼女の「性慾」の痕跡を探そうとする。このとき、時雄は、芳子の手紙を読むにあたり、特異な精読を行っているといえよう。時雄は、芳子の「性慾」の発現という解釈格子に基づいて手紙を読んでおり、その解釈格子は、書かれていることではなく、書かれてはいないことを読もうとしているのである。この時雄による精読とは、芳子の「徴候」の読解に他ならない。

ロラン・バルトは、「徴候」を「医学的な記号=徴候」とみなし、「症状」と「徴候」とを区別して論じている。「症候」とは身体上に現れる「見かけの現実」であり、「徴候」とは、「医者の組織化する意識が追加され捕捉された症状」だという。[*4] この論理を『蒲団』に援用すれば、芳子の「顔」という外面に現れる「表情」、あるいは「表情」を備え持つ芳子の「眼」と手紙は、「見かけの現実」としての「症候」であり、それが「性慾」という解釈コードによって意味付けられると、「徴候」へと再編されるといえよう。

このように、『蒲団』では、「眼」と手紙が謎を生み、その謎をめぐって徴候読解が行われている。この『蒲団』における心理観察の方法から、個人を意味付ける解釈枠組みの変動が生じていたことが明らかになる。人間の外見は、不可視の身体の内奥を解読するための手がかりとしてとらえられるようになったのだ。

2 「女学生」への欲望

しかし、時雄は、彼の周囲のすべての人物を対象としてこのような人間観察を行っているわけではない。時雄が芳子に惹きつけられたのは、彼女が「明治の女学生」（二）であったからに他ならない。本田和子は、明治三十二年に施行された「高等女学校令」によって、「女学生」という存在が新たに社会の中に認められた結果、「女学生」が魅力的な記号として流通し、当時の人々の欲望を喚起していったことを明らかにしている。[*5]『蒲団』において、時雄が芳子の「眼」と手紙を観察したのも、この「女学生」への好奇のまなざしを共有していたからといえよう。「女学生」として新しい教育を受けた芳子は、時雄にとって従来の女性の類型に還元できない存在であるために、既存の意味では覆い尽くすことのできない謎を備えてしまうのである。

時雄は、「女学生」の謎を彼女の手紙から解き明かそうとする。この「女学生」の手紙への欲望は、当時の新聞メディアにおいても見ることができる。例えば、明治四十年二月二十四日の「萬朝報」には、次のような「女学生」の手紙が掲載されている。

> 余りお話申たい事胸いつぱいで何から云ふて宣敷やら自分ながら判らなく成ります只もう哀しくなつて寂しい〳〵心が胸の底より湧き立つばかりですこれも皆私の意志が薄弱なりし為めとは存じて居りますけれど如何に考へましても実に悲しくてなりませぬ過去一年の来方が走馬燈の様に廻り廻つて心は千々に乱れ何とも形容のされない心が犇と身に迫つて参りますこんな事をしては生意気だと思召でせうが妾年老いた両親を残し上京致したのも実は一生独立いたしたい考へなのでした親族までも大騒わぎさせまして私立派に成功して帰国すると誓つて参ゐりましたのですよ、それが伯父や兄に女の独立主義可否を解かれ遂ひ理にまけました此上兄弟までにもそむき妾の理想通りの事致し立派に目的を達すれば幸ひですけれどそれまでには沢山年月を要する事なれば残念ながら只今の学校に入る様になつた次第ですよ

これは、「和洋裁縫女学校」に通う「船越梅子」なる人物が恋人に宛てた手紙だという。この文面から読み手は何を受け取ることができるだろうか。「独立」「成功」を目指して教育を受けようとする女性と、それに反対する親族

との間で起こる軋轢を読むことは容易だろう。志を阻まれた女性の悲しみという感情に注目し、そこから抑圧された女性の内面をめぐる物語を見出すこともできるかもしれない。しかしこの手紙を、それが掲載されたコンテクストに差し戻すと、そこでは読みの枠組みが強固に決定されていることが分かる。それは「堕落女学生」という枠組みなのである。

この手紙は、明治四十年二月二十四日付け「萬朝報」の「艶なる落し文（男女学生堕落の真相）」というタイトルを掲げられた記事のなかで、「男女学生の堕落ハ風評のみにハ止まらずかゝる実例ありと示」すという名目の下に公開された。この記事は一種の謎解きの構成をとっている。記事の終わりには手紙の書き手の実在を証明するかのように「梅子」という自筆の署名が掲げられ、「読者よ此梅子とハ如何なる女なるか」という言葉で締めくくられている。この謎が解かれ、読者に〈真相〉が明かされるのは翌二十五日になってからである。二十五日の記事では、「此艶めかしき文の出手と受取手の何者なるか」という言葉とともに、手紙の書き手とその受け取り人について、二人が「若き血汐の沸き立つ恋」に落ちた恋人同士であると告げられている。

今日的な観点から考えると、この謎解きは奇妙に平坦な様相を呈してはいないだろうか。

「男女学生の堕落」の「実例」の物証として、まず女学生の署名付きの手紙が公開される。その後に明かされる〈真相〉では、手紙の内容には一切踏み込まれずに、手紙の差出人と受け取り人の関係のみが取り沙汰される。手紙に語られている個人のプライベートな事例は、個別的な情況を判断するための手掛かりとはならない。手紙は「女学生」という存在の個別的な差異を読みとるためではなく、「女学生」を一元的に実体化するために用いられている。ここでは手紙が謎として提示されているにもかかわらず、手紙のなかには解き明かされるべき秘密や謎は何もないのだ。手紙の書き手の「梅子」は、「女学生」として始めから「堕落」という刻印を押されているのである。

この手紙の読み方は、『蒲団』の時雄が芳子の手紙を読む方法とは異なっている。梅子の手紙は、記事のタイトルの通り「堕落学生」という解釈枠組みによって意味付けられている。その一方で、時雄は、書かれた文章のなかから書かれていないものを読みとろうとしていたのだ。この違いの背後には、セクシュアリティをめぐる語りの歴史的な変動が存在している。

明治三十年代後半、新聞紙上では「堕落学生」をめぐる報道が盛んで、例えば「萬朝報」では明治三十九年六月十六日から七月十五日にかけて「男女学生の暗黒面」という連続記事が組まれている。この時期の「堕落学生」報道で取り上げられていたのは、男女学生の性的な行動である。[*6]「堕落学生」という言葉は、学生の性を問題化する言葉となっていた。

しかし、明治四十一年頃になると、「堕落学生」に代わって、新たな言葉が新聞紙上を賑わすようになる。それが「自然主義」という言葉なのである。金子明雄は明治四十一年三月の平塚明子と森田草平による尾花峠〈心中〉未遂事件、いわゆる「煤煙事件」をめぐる新聞報道を調査して、「この事件以降、青年男女の性的な行動と〈自然主義〉という記号の結びつきは一層緊密になる」[*7]と述べている。「堕落学生」も「自然主義」も、ともに人間の性を意味付ける語りを生み出す契機となった言葉といえるだろう。

明治四十年九月に発表された田山花袋『蒲団』は、「堕落学生」と「自然主義」の双方のセクシュアリティをめぐる語りにかかわるテクストである。テクストには、「先生、私は堕落女子学生です」という言葉が書き込まれている。[*8]また『蒲団』の発表を契機に、「自然主義」と「性欲」についての言説が数多く生み出されることとなった。[*9]『蒲団』は、メディアにおいて人間の性を意味付ける語りの枠組みが変動する時期に発表されたテクストであり、テクストにおけるセクシュアリティをめぐる語りには、異なる語りの枠組みが混在しているのが見て取れる。

『蒲団』というテクストにおいて、芳子のセクシュアリティは芳子と彼女の恋人である田中との恋愛事件という出来事を中心に語られていく。恋愛事件を語る語りの特徴を検討することによって、セクシュアリティをめぐる語りの枠組みの歴史的位相を考察したい。

3 プロットと因果関係

『蒲団』のプロットについていち早く注目した棚田輝嘉は、『蒲団』の語りを推理小説のそれになぞらえて、『蒲団』を「若い二人の男女の肉体関係という〝事実＝犯罪〞を語るために創造された虚構の物語」と定義する。[*10] 確かに『蒲団』では、芳子とその恋人の田中との恋愛という出来事が「事件」として問題化されている。

今回の事件とは他でも無い。芳子は恋人を得た。そして上京の途次、恋人と相携へて京都嵯峨に遊んだ。其の遊んだ二日の日数が出発と着京との時日に符合せぬので、東京と備中との間に手紙の往復があつて、詰問した結果は恋愛、神聖なる恋愛、二人は決して罪を犯しては居らぬが、将来は如何にしても此の恋を遂げ度いとの切なる願望。（三）

『蒲団』のプロットを見ると、第一章では主人公の時雄がこの「今回の事件」を知った直後の時点が語られ、第二、三章では物語時間は三年前までさかのぼり、「今回の事件」に至るまでの経緯が披露される。第四章の冒頭になると物語の時間は第一章の地点まで戻り、それ以降は「今回の事件」以後の出来事が物語の時間の流れに沿って展開されていくという構成になっている。棚田はこの構成について、「四章以降を中心に据えて物語ら」れていると解釈し、テクストは「私は堕落女学生です」という芳子の発言に向けて「体制化された視線に添って創造され」たものであると論じている。[*11]

これに対して、藤森清は第二、三章のプロットについては「一連の出来事、行為を一つの筋に構成しようとする統辞的な機能」が現われているとみなしながら、第四章以降で語られる出来事については、日付や時間への言及によって物語時間の連続性が強調されるのみで、「実際には統辞的に緊密な連関をもたない」と分析する。*12

そこで、ここでは、第四章以降で語られる芳子と田中の肉体関係の発覚という出来事について、時雄による「事件」の真相追求という筋を中心のコードとして取り上げ、プロット構成という問題を考慮に入れつつテクストを読み解いてみたい。

実際にテクストでは、第四章以降で「今回の事件」について時雄が疑いをめぐらす記述がみられる。

此の間言つたことも丸で虚言かも知れぬ。此の夏期の休暇に須磨で落合つた時から出来て居て、京都での行為もその望を満す為め、今度も恋しさに堪へ兼ねて女の後を追つて上京したのかも知れん。（四）

けれど時雄はそれ以上にある秘密を捜し出さうと苦心した。接吻の痕、性慾の痕が何処かに顕はれて居りはせぬか。（五）

いずれも、時雄が芳子をめぐる書簡を読んでいる情景である。手紙を読みながら、時雄は「今回の事件」について、「虚言」や「秘密」を探り出そうとする。しかし「事件」の〈真相〉をめぐる探求が行われるのは、時雄が芳子の手紙を手にした時に限られ、しかも〈真相〉は、手紙からは解き明かされることはない。時雄による手紙の探求にもかかわらず、芳子と田中の肉体関係が「事件」の〈真相〉として発覚するのは、第八章の「時雄の胸に、ふと二人の関係に就いての疑惑が起つた」時点なのである。

つまり、第四章以降では「事件」の真相をめぐって、時雄による探求が行われながらも、結局のところ真相は時雄の探求という行為の結果ではなく、「ふと」したことで明らかにされてしまうにすぎない。『蒲団』を芳子と田中の恋愛という「事件」の真相追求の物語として考えれば、第四章以降に関して、プロット展開の必然性が希薄である、あるいは藤森の言葉を借りれば「統辞的な機能」が弱い、ということができる。「事件」の真相解明においては、『蒲団』は棚田の指摘に反して推理小説のような謎解きが行われてはいない。これについて詳しく考えるには、プロットの機能について確認しておく必要がある。

小説のストーリーとプロットについて、E・M・フォスターはストーリーを「時間の順序に配列された諸事件の叙述」、プロットを「因果関係に重点が置かれた諸事件の叙述」と定義し、プロットについて「小説の論理的・理知的な様相」を表わすものであると述べている。[*13] また前田愛はこの定義をさらに発展させて、ストーリーとプロットを「プレテクスト」と「テクスト」の関係に置き換え、プロットの機能について推理小説を例にして、次のように説明する。

たとえば、シャーロック・ホームズ物語は、ふつうベーカー街を訪れる依頼人の犯罪物語と、ホームズとワトソンが出動する捜査の物語、というように二つの物語で構成されている。第二の物語がはじまるところで、第一の物語は終わるのだ。（中略）第二の物語は謎をはらんだ第一の物語を、理解可能な物語に変換する戦略につらぬかれている。つまり第一の物語が犯罪現場で何が起こったかを伝えるストーリイであるとすれば、第二の物語はこのストーリイをめぐって、語り手のワトソンがホームズの叡智に導かれるままに真実を手に入れるまでの過程を再構成したプロットの形式を具えているわけであり、彼にふりあてられているのは、奇怪な犯罪物語と読者の常識とを媒介する役割である。第一の物語では欠落していた因果律の環が、第二の物語ではワトソンの語りをかりて補完されるのである。[*14]

これを『蒲団』に当てはめて考えてみると、テクストにおいて「芳子は恋人を得た。そして上京の途次、恋人と相携えて京都嵯峨に遊んだ」としてのみ提示される「今回の事件」が「謎をはらんだ第一の物語」としての〈ストーリイ＝プレテクスト〉であり、「今回の事件」を「因果律の環」を与えて「理解可能な物語」へと変換したものが、『蒲団』という〈テクスト＝プロット〉ということになるだろう。

『蒲団』で「事件」の真相が、緊密なプロット展開によらずに、「ふと」明かされてしまうことの原因としては、テクストにおける「今回の事件」の説明原理が確固なものとして確立されていないことを指摘できる。このことを「事件」の探求者である時雄のレベルからとらえると、時雄は、「事件」の因果律をうまく説明できないでいるということになる。では、時雄による「事件」の説明とはどのようなものだろうか。

4 〈欲望〉のパラダイム

芳子と田中の恋愛をめぐる「今回の事件」について、はじめ時雄は次のように認識していた。

時雄は京都嵯峨に於ける女の行為に其の節操を疑つては居るが、一方には又其の弁解をも信じて、此の若い二人の間にはまだそんなことはあるまいと思つて居た。自分の青年の経験に照らして見ても、神聖なる霊の恋は成り立つても肉の恋は決してさう容易に実行されるものではない。で、時雄は惑溺せぬものならば、暫く此の儘にして置いて好いと言つて、そして縷々として霊の恋愛、肉の恋愛、恋愛と人生との関係、教育ある新しい女の当に守るべきことなどに就いて、切実に且つ真摯に教訓した。（六）

この部分には、時雄の認識の枠組みがはっきりと現われている。時雄は、芳子と田中の恋愛という「事件」について、「霊の恋」と「肉の恋」という二つの側面から考えているのである。時雄にとって「霊の恋」は許容される事柄であるが、「肉の恋」は許されないものである。むしろ西洋文学を信奉する時雄にとって、「霊の恋」は価値あるものとして位置づけられているともいえるだろう。

またこの箇所には、恋愛をめぐる時雄の「霊」と「肉」の二元論的認識に関する重要なキーワードが登場している。それが「新しい女」という言葉である。時雄にとって、「新しい女」とは「霊の恋」にのみかかわってくる存在なのだ。いってみれば、時雄が考える「新しい女」とは、「霊の恋」を実行することができる女性といえる。時雄は芳子と田中の交際を不快に思いつつも、同時に「主義の上、趣味の上から喜んで見て居たのは事実」(五)なのである。時雄は、「主義」あるいは「趣味」の上で、「新しい女」としての芳子の「霊の恋」を認めていたのである。だが「霊の恋」に価値を与え、「肉の恋」を否定する時雄の認識の枠組みは、「事件」の解釈を困難なものにしてしまう。芳子と田中の行動を見た時雄の妻が「いくら時代が違つても、余り新派過ぎると思ひましたよ。堕落書生と同じですからね。それやうはべが似て居るだけで、心はそんなことはないでせうけれど、何だか変ですよ」(六)といみじくも言ったように、「霊の恋」とは、「うはべ」つまり外見の振る舞いを見るだけでは識別できないのである。時雄にとって芳子と田中の関係は「霊の恋」と捉えられるとしても、時雄の妻にとって二人は「堕落書生」にしか見えない。「霊の恋」とは「心」によって証明されるはずなのだが、では時雄は二人の「心」を問題にしているだろうか。

既に指摘したように、時雄は「今回の事件」探求のために、芳子をめぐる書簡を読んでいた。藤森清は、時雄が芳子の手紙に執着していたことに注目し、「手紙そのものが時雄の欲望の対象になっているような一面がある」と述べた上で、時雄が欲望の対象としていたのは、手紙に表現されている芳子の内面であると分析する。[*15]

しかし先に見た通り、芳子をめぐる書簡を読むという行為において時雄が追求していたのは、「接吻の痕、性慾の痕」(五)だったのである。これは、たとえ時雄が芳子の内面を求めていたとしても、実際に時雄自身は内面を直接に問題化する方法を持たなかったという事態を告げているだろう。時雄にとって、芳子の「霊の恋」とは、「心」つまり内面の問題によって証明されるのではなく、「肉の恋」の否定という形でしか証明されないのだ。時雄は芳子の「心」の存在を、芳子の性の抑圧を通じてのみ知ることができるのである。このとき時雄のなかで、「霊の恋」は容易に「肉の恋」へと反転することになる。「肉」の抑圧を解きさえすれば、どんな「心」を有していたとしても、それは「肉の恋」として意味付けられてしまうのである。

したがって時雄の恋愛をめぐる認識の枠組みは、「堕落学生」の枠組みに限りなく接近しているといえよう。既に見た「萬朝報」の記事「艶なる落し文（男女学生堕落の真相）」でも、「女学生」の「梅子」は個人としての内面を全く問題にされずに、強固に「堕落」という解釈コードに結び付けられていた。新聞報道において、「堕落学生」とはいわば「霊」すなわち個人の思想を全く問われることなく、「肉」つまり欲望の一元論のもとに対象化されていたといえる。また、時雄が依拠していた「霊」と「肉」の二元論も、最終的に「霊」を定義できなかったために、「肉」の一元論に容易にして転化しまうのである。

ところが「今回の事件」をめぐって、テクストには全く異なる認識枠が見られる。それは芳子が依拠している認識枠である。『蒲団』で描き出された芳子の姿から彼女自身の主体的な戦略を読み取る試みは、既に江種満子や藤森清によって行われている。江種は芳子の手紙の記述から「恋を対等な男女関係で育てる覚悟」[*16]を読みとっている。また藤森清は、やはり芳子の手紙から、時雄を「誘惑」する「新しい女」の姿を読んでいる。[*17]ここでも同様に芳子の手紙を通して、芳子が「今回の事件」をどのようにとらえていたのかを想定してみたい。

芳子は「今回の事件」について時雄に釈明した手紙のなかで、「堕落、堕落と申して、殆ど歯せぬばかりに申して居りますが、私達の恋はそんなに不真面目なもので御座いませうか。それに、家の門地門地と申しますが、私は恋を父母の都合によつて致すやうな旧式の女ではないことは先生もお許し下さるでせう」（七）と語っている。ここから考えると、芳子は「事件」を「真面目な恋」としてとらえていると同時に、「父母の都合によつて致すやうな」ものではない、つまり自らが主体的に行った行為であると考えていると想定できる。芳子にとって、「今回の事件」とは自己の考えに基づく主体的な実践ということになるのだ。

このように、『蒲団』の第四章以降には、「今回の事件」をめぐって三つの認識枠が記述されているのである。この三つの認識枠を、仮に〈堕落学生パラダイム〉、〈抑圧パラダイム〉、〈新しい女パラダイム〉と名付け、〈欲望〉の認識枠という観点から歴史的な布置を考えてみたい。

まず〈堕落学生パラダイム〉であるが、これは既に見たように明治三十九年から四十年頃までの新聞の「堕落学生」報道に見られるものであり、個人をその個別性においては問題にせず、性的欲望に還元してとらえるという枠組みである。ここには様々な差異を有する個人を、欲望という単一の機能によって対象化しようという志向性が存在している。[*18]

ところが、時雄が依拠する恋愛の認識枠は、それとは全く異なる類のものとなっている。時雄にとって恋愛とは〈霊〉と〈肉〉に分けることができ、また〈霊〉は〈肉〉つまり欲望の抑圧によって定義されるものだった。つまり時雄の恋愛に関する認識は、欲望の抑圧という〈抑圧パラダイム〉によって成立するものといえる。時雄がこの〈抑圧パラダイム〉を適用するのは芳子の恋愛ばかりではない。柄谷行人が『蒲団』について「抑圧によってはじめて存在させられた性が書かれた」[*19]と述べているように、時雄が不在となった芳子を追想し、彼女の蒲団の匂いを嗅いで「性慾と悲哀と絶望」（十一）に打ちひしがれるラストシーンからも、時雄自身がこのパラダイムに囚われている存在であることが分かる。

ところで、この〈抑圧パラダイム〉は、『蒲団』ばかりでなく、森鷗外『ヰタ・セクスアリス』（明治四十二年）の「自分は性欲の虎を馴らして抑へてゐる」という語り手にも見られるものである。『ヰタ・セクスアリス』の語り手金井湛は、抑圧と自己管理の主体として自己の性的欲望を語っている。人間の性をめぐる言説を夥しく生み出した〈自然主義〉のナラティヴを支えているのは、欲望を抑圧の対象として認識する〈抑圧パラダイム〉といえるだろう。

〈抑圧パラダイム〉は〈堕落学生パラダイム〉には存在していなかった欲望の抑圧という概念を打ち出した点において、〈堕落学生パラダイム〉やそれ以前の情欲論とは全く異なる認識枠にあるとみなすことができる。小田亮は、『蒲団』や『ヰタ・セクスアリス』で語られる欲望について、「『性欲』は、その場で充足されるものではなく、自己の内部で『煩悶』するもの」となったと分析して、ここに内面を有する主体という〈近代的主体〉の登場を見ている。[*20]

しかし時雄が価値付けていた「霊の恋」とは、〈肉〉の否定によって証明されるものであって、「心」の内実は問題にできなかったことは既に見た通りである。〈抑圧パラダイム〉によって構成される時雄の主体は、実は時雄自身の内的思考とは相関性が弱く、抑圧という行為それ自体において支えられているものなのである。

それに対して、〈新しい女パラダイム〉は、より〈主体〉の機能に重きを置いた枠組みといえよう。問題となるのは個人の思考と、同時にそれによって派生する主体的な行為実践なのである。ここにおいて内的な思考としての〈霊〉と、身体的実践としての〈肉〉は一致を目指すべきものとなる。〈肉の恋〉は、〈霊の恋〉の実現において同時に果たされるものとされ、性的関係は個人の主体的な自己決定において結ばれるものとなるのだ。この〈新しい女パラダイム〉が明確な思想として打ち出されるのは、大正四年の平塚らいてう「処女の真価」を待たねばならないが、既に『蒲団』に書き込まれた芳子の言葉のなかに、この萌芽を見ることができる。

以上のように、「事件」の謎解きを中心化して『蒲団』をとらえたとき、第四章以降のプロット展開が散漫になってしまう原因は、真相の探求者である時雄の依拠する〈抑圧パラダイム〉が、容易に〈堕落学生パラダイム〉へと反転してしまうことにあることが分かる。時雄は〈抑圧パラダイム〉に基づいて、「事件」をめぐり芳子の「心」を探求していたはずが、「心」の探求は「肉」の追求へとすり替わってしまうのである。

それに対して、『蒲団』の一章から三章の語りには全く異なるパラダイムが現れることになる。

5 〈心〉の問題領域

『蒲団』では、第一章の冒頭部から、時雄の「事件」をめぐる探求は始まっている。

小石川の切支丹坂から極楽水に出る道のだら〳〵坂を下りようとして渠は考へた。「これで自分と彼女との関係は一段落を告げた。三十六にもなつて、子供も三人あつて、①あんなことを考へたかと思ふと、馬鹿々々しくなる。けれど……けれど……本当に②これが事実だらうか。③あれだけの愛情を自身に注いだのは単に愛情としてのみで、恋ではなかつたらうか」

（一）

（傍線は論者、以下同じ）

この冒頭部は、時雄の意識に沿った語りとみなすことができる。ここで時雄は、自己の記憶に照らして「事件」を解釈しようと試みている。

ここでの「事件」探求は、テーマ別に分類すると、三つの方向から行われていることが分かる。まず傍線部①「あんなこと」という箇所では、時雄の芳子に対する性的欲望が問われ、次に傍線部②「これ」では、芳子と田中の恋愛というテーマが取り上げられ、最後に傍線部③「あれだけの愛情」では、芳子の時雄に対する性的欲望をめぐるテーマが現れている。

ところが第一章全体で見ると、この冒頭部の三つのテーマは同じ比重で扱われていないのである。第一章の冒頭部は、以下のように続いている。

①③数多い感情づくめの手紙――二人の関係は何うしても尋常ではなかつた。妻があり、子があり、世間があり、師弟の関係があればこそ敢て烈しい恋に落ちなかつたが、語り合ふ胸の轟、相見る眼の光、其の底には確かに凄じい暴風が潜んで居たのである。機会に遭遇しさへすれば、其の底の底の暴風は忽ち勢を得て、妻子も世間も道徳も師弟の関係も一挙にして破れて了ふであらうと思はれた。少くとも男はさう信じて居た。それであるのに、②二三日来の此の出来事、此から考へると、③女は確かに其の感情を偽り売つたのだ。自分を欺いたのだと男は幾度も思つた。けれど文学者だけに、此の男は自から自分の心理を客観するだけの余裕を持つて居た。

年若い女の心理は容易に判断し得られるものではない、③かの温い嬉しい愛情は、単に女性特有の自然の発展で、美しく見えた眼の表情も、やさしく感じられた態度もすべて無意識で、無意味で、自然の花が見る人に一種の慰藉を与へたやうなものかも知れない。一歩を譲つて女は自分を愛して恋して居たとしても、自分は師、かの女は門弟、自分は妻あり子ある身、彼女は妙齢の美しい花、そこに互に意識の加はるのを如何ともすることは出来まい。いや、更に一歩を進めて、あの熱烈なる一封の手紙、陰に陽に其の胸の悶えを訴へて、丁度自然の力が此の身を圧迫するかのやうに、最後の情を伝へて来た時、其の謎をこの身が解いて遣らなかつた。女性のつゝましやかな性として、其の上に猶露はに迫つて来ることが何うして出来よう。さういふ心理からかの女は失望して、今回のやうな事を起したのかも知れぬ。

「兎に角時機は過ぎ去つた。彼の女は既に他人のものだ！」

歩きながら渠はかう絶叫して頭髪をむしつた。（二）

ここでは、冒頭部に現れた三つのテーマが引き続き展開されている。しかし一見して明らかなように、先の三つのテーマのうち、傍線部②に示されていたテーマに関する記述がわずかしかない。逆に、夥しく言及がなされているのが傍線部③に示されていたテーマの部分である。このとき、時雄の「事件」の謎解きをめぐって、芳子と田中の恋愛という第四章以降で専ら問題となっていたテーマはほとんど扱われていないといえる。それにひきかえ、芳子の時雄への性的欲望というテーマは、時雄と芳子の双方向的な性的欲望が問題になっている傍線部①③の部分をも含めると、引用部において展開されている探求のほとんどを占めているのである。

ここから、第一章の謎解きで中心となっているのは、芳子の時雄に対する性的欲望であることが分かる。「事件」を探求するに当たって、時雄にとっての最大の謎は「自然の力が此の身を圧迫するかのやうに、最後の情を伝へて来た時、其の謎をこの身が解いて遣らなかつた」ということ、つまり時雄が解き明かすことができなかった芳子の性的欲望という問題なのである。

その上で、芳子の時雄に対する性的欲望をめぐる問いのなかに、「さふいふ心理から彼女は失望して、今回のやうな事を起こしたのかも知れぬ」という語りが見られることに注意したい。芳子の性的欲望の問題は、芳子の「心理」に関する問いに接続されているのであり、ここでも時雄が芳子の「心理」を問おうとすると、芳子の性的欲望を問題にせざるを得なくなってしまうことが分かる。さらに、芳子の「心理」への問いが現れる直前に、波線部の「文学者だけに、此の男は自から自分の心理を客観するだけの余裕を持つて居た」という時雄自身の「心理」を問題化する語りが見られるが、この点については最後に触れたい。

『蒲団』第一章では、「事件」の「原因」を探るために、芳子の性的欲望という問題をめぐって時雄の記憶が辿り直されている。そのため、『蒲団』の第二、第三章で物語時間がさかのぼられてしまうのである。第二、第三章のプロット展開は、第一章における時雄の記憶の想起にともなって生じているとみなすことができる。このように『蒲団』第一章から第三章までのプロットに注目したとき、芳子と田中の恋愛という「今回の事件」は、新たな相貌を呈することになる。

第二章においてさかのぼられた物語時間は、第三章に至ると「今回の事件」が起こった時点にまでたどり着く。第三章で「事件」の経緯は次のように語られている。

四月に入つてから、芳子は多病で蒼白い顔をして神経過敏に陥つて居た。シユウソカリを余程多量に服しても何うも眠られぬとて困つて居た。絶えざる欲望と生殖の力とは年頃の女を誘ふのに躊躇しない。芳子は多く薬に親しんで居た。

四月末に帰国、九月に上京、そして今回の事件が起つた。(三)

引用部の時間経緯を確認してみよう。「今回の事件」が起きた年の四月、芳子に「神経過敏」の症状が生じ、芳子は四月末に「帰国」することになる。この「帰国」とは「神経衰弱で、時々癪のやうな痙攣を起すので、暫し故山の静かな処に帰つて休養する方が好いといふ医師の勧めに従つた」（三）という芳子の「帰国」をめぐる語りに相当するものとみなすことができよう。芳子の四月末の「帰国」とは、「神経衰弱」の療養のためと考えられるのである。そして、九月に再び上京する途上で「今回の事件」が起こり、芳子が時雄の元へ戻ってからまもなく「事件」が発覚したということになるだろう。

その上で芳子が「神経衰弱」を発症する経緯が問題となる。テクストでは、引用部の直前に、「芳子と時雄との関係は単に師弟の関係としては余りに親密」であり、師弟の関係を破る「機会」が訪れていたことが語られている。

　此の機会がこの一年の間に尠くとも二度近寄つたと時雄は自分だけで思つた。一度は芳子が厚い封書を寄せて、自分の不束なこと、先生の高恩に報ゆることが出来ぬから自分は故郷に帰つて農夫の妻になつて田舎に埋れて了はうといふことを涙交りに書いた時、一度は或る夜芳子が一人で留守番をして居る処へゆくりなく時雄が行つて訪問した時、この二度だ。初めの時は時雄は其の手紙の意味を明かに了解した。其の返事をいかに書くべきかに就いて一夜眠らずに懊悩した。（中略）二度目はそれから二月ほど経つた春の夜、ゆくりなく時雄が訪問すると、芳子は白粉をつけて、美しい顔をして、火鉢の前にぽつねんとして居た。　（三）

この引用部から、師弟の関係を破る「機会」の時間的経緯について読み取ることができる。まず、「此の機会がこの一年の間に尠くとも二度近寄つた」と述べられている。「この一年の間」の一度目の「機会」について、その日時は直接に言及がなされていない。それに対して、二度目の「機会」については「二度目はそれから二月ほど経つた春の夜」と語られている。このことから、一度目の「機会」は一月頃に生じ、二度目の「機会」については三月頃に生じたことが想定できるのである。

以上の点を踏まえると、「四月に入つてから、芳子は多病で蒼白い顔をして神経過敏に陥つていた」という芳子の

「神経衰弱」発症は、一月と三月に起きたと思われる、師弟の関係を破る「機会」との時間的連続のなかでとらえることができるだろう。この時間的経緯を参照すれば、芳子の「神経衰弱」という病は、芳子が時雄へ性的欲望を抱いたにもかかわらず、それを抑圧せざるを得なかった結果ということになるのだ。

ここまでを整理してみよう。時雄による「事件」の「原因」探求に則して、第二、三章では物語時間がさかのぼられて、芳子の時雄への性的欲望の発露とその抑圧、芳子の「神経衰弱」の発症、そして「今回の事件」の発生という経緯が語られた。このように「事件」の経緯が語られることによって、「事件」をめぐる因果関係が新たに登場してくることに気付かされる。プロットとは語られる出来事の因果関係に相関することとは、既に見た通りである。第一章から第三章までのプロット展開が明らかにするのは、芳子の時雄への性的欲望の発露が妨げられたことが原因となって、芳子と田中の恋愛という「事件」が起こったという因果関係なのである。つまり芳子と田中の恋愛をめぐる「今回の事件」とは、芳子の時雄に対する欲望の代理として生じたということになるのだ。

注意しておきたいのは、第一章から第三章のプロットから導き出されるこのような「事件」の因果関係は、語り手が語っている説明とは食い違っていることである。テクストでは、芳子の「神経衰弱」について、「絶えざる欲望と生殖の力とは年頃の女を誘ふのに躊躇しない」という語りが見られた。この語りに関しては、藤森清が、福沢諭吉『日本婦人論』（明治十八年）のなかの「ヒステリー」観と相同的であると指摘している。[*21] また『日本婦人論』における「ヒステリー」観には、「女性は適度に男性から肉体的な快楽を与えられなければヒステリーをおこすものなのだという経済学的で、同時に人間の生理を優先させる発想」がみられることを、山本芳明が明らかにしている。[*22] つまり、芳子の「神経衰弱」に関して、語りの説明のレベルでは、芳子が誰を求めているのか、というような芳子自身の「心」にまつわる問題を考慮せずに、芳子を身体的な欲望の機能において捉えようとするパラダイムが働いているといえよう。ここには、〈堕落学生パラダイム〉と同様の志向性が備えられている。

このように、『蒲団』というテクストでは、芳子をめぐって「霊」や「心理」が問題にされ、芳子の「心」を規定しようという試みがなされながらも、語りが言語化するレベルは、心の領域を不問にし、芳子を欲望において還元してしまうような、欲望の一元論の枠組みのなかにある。

しかし『蒲団』の第一章から第三章までのプロット展開においては、語りの言説レベルとは全く異なる認識の枠組みが現れているのである。『蒲団』のプロットには、心と身体に関する画期的な認識枠が登場している。それは、身体を貫く欲望は、過去における挫折の経験という出来事によって屈折を受けており、身体が抱え込む屈折した欲望は、各人の心の問題として探求されるという、心身を相関させるパラダイムなのである。

このパラダイムに、フロイトの精神分析によって脚光を浴びることになる無意識との相同性を見ることもできるだろう。フロイトの精神分析が日本に移入されたのは大正元年であり、[*23]『蒲団』においても、「無意識」という言葉は「やさしく感じられた態度もすべて無意識で、無意味で」（一）というように、未だ「無意味」と置き換え可能な語でしかない。しかしテクストにおいて、芳子と田中の恋愛が「事件」として捉えられ、過去にさかのぼって「事件」の原因を探るという問いが立てられたとき、その問いは、「事件」の真相としての無意識に向かっていく。「事件」は、芳子の無意識裡の時雄への欲望によって引き起こされたことになるのだ。

したがって、『蒲団』の第一章から第三章のプロットにおいては、無意識という問題領域が先取りされていることが分かるのである。このように、『蒲団』がフロイトの精神分析と重なり合ってしまうことの背景には、心という不可視の対象を問題化するための視座の取り方が両者に共通しているからだろう。先の第一章の引用部のなかに、「さふいふ心理から彼女は失望して、今回のやうな事を起こしたのかも知れぬ」という芳子の「心理」を問題にする語りがあったこと、またその語りの直前に、「文学者だけに、此の男は自から自分の心理を客観するだけの余裕を持つて居た」という時雄の「心理」に触れた語りがあったことをここで振り返ってみると、芳子の「心理」探求とは、時雄自身の「心理」を観察するための行為となっていたことが分かる。つまり、芳子の「心理」探求の形を借りて問題にされていた芳子の性的欲望とは、時雄自身の「心理」を客体化し、明らかにするための視座とされていたのだ。また、フロイトの精神分析においても、女性の性的欲望をめぐる〈女の謎〉は、人間の心理を解き明かすための重要な鍵となっている。[*24]

『蒲団』の第一章から第三章までのプロットは、カルロ・ギンズブルグの言葉を参照すれば、「推論的範例[*25]」によって支えられているといえるだろう。ギンズブルグは「推論的範例」について、十九世紀の末頃に人間科学の分野に現れた認識のパターンであり、「表面的な症状に注目して、直接観察できない病気を診断する」という症候学の方法に基礎を置くものであると述べている。「推論的範例」は、可視的な表層から不可視の原因を推測するという方法なのである。そのとき「結果から原因を推論する」という認識枠が働くのだという。

『蒲団』の第一章から第三章における「今回の事件」の「原因」の探求のされ方は、心という不可視の対象を明らかにするための探求の型となっているのである。身体から心を捉えようとしたときに、『蒲団』は歴史的な心理のパラダイムを共有することになる。

『蒲団』のプロット展開からは、個人の内面を読むという解釈コードが、身体と心とを関係付ける新たな認識枠にともなって現れていることが分かる。人間の性をめぐる「自然主義」のナラティブは、来るべき心の語り方を準備していたのである。

注

＊1　金子明雄「沈黙する語り手――島崎藤村『春』の描写と語り――」「日本文学」一九九三・一一。

＊2　金子明雄は、『春』における〈目つき〉の描写を、「比喩的描写」であると述べている（＊1前掲論文）。

＊3　『美人論』朝日文芸文庫、一九九五・一一。
＊4　「記号学と医学」『記号学の冒険』みすず書房、一九八八・九。
＊5　『女学生の系譜』青土社、一九九〇・七。
＊6　新聞報道を受けるように、明治三十九年六月には、文部省訓令第一号「学生生徒ノ風紀振粛ニ関スル件」が発布されている。
＊7　「メディアの中の死」「文学」一九九四・七。
＊8　渡邉正彦は『蒲団』の言説を支配しているコンテクストとして、同時代の新聞における〈堕落女学生〉報道を調査している（「田山花袋『蒲団』と『女学生堕落物語』」「群馬県立女子大学国文学研究」12　一九九二・三）。
＊9　小田亮は『蒲団』の発表後、〈性欲〉という語が普及するようになり、その語のほとんどが、『蒲団』や〈自然主義〉に関する言及を伴っていたと述べている（『性』三省堂、一九九六・一）。
＊10　「田山花袋『蒲団』──語り手の位置・覚え書き──」「国語国文」一九八七・五。
＊11　＊10前掲論文。
＊12　「語ることと読むことの間『蒲団』の物語戦略」『語りの近代』有精堂、一九九六・四。
＊13　『小説とは何か』ダヴィッド社、一九六九・一。
＊14　『文学テクスト入門』筑摩書房、一九八八・三。
＊15　「『蒲団』における二つの告白　誘惑としての告白行為」（＊7前掲書所収）。
＊16　「わたしの身体、わたしの言葉」『わたしの身体、わたしの言葉　ジェンダーで読む日本近代文学』翰林書房、二〇〇四・一〇。
＊17　＊12前掲論文。
＊18　このように個人を差異においてではなく、個に備えられた〈欲望〉という点から同質的に捉える認識は、赤川学が「明治期の最も早い情欲論」として調査している明治八年の「明六雑誌」に掲載された津田真道「情欲論」との連続

性のなかで考えることができるだろう(『セクシュアリティの歴史社会学』勁草書房、一九九九・四)。津田は「情欲論」冒頭部で「情欲ハ吾人天賦ノ尤重切ナル者ニシテ吾人ノ因テ以テ生存スル所以ナリ」と述べている。つまり津田は「情欲」をあらゆる人間に備えられた「天賦」のものとしてとらえているのである。この津田の「情欲論」の特徴として、古川誠は「個人を情欲の所有者として見る視点」が存在すること、また「抽象化され一般化された原理としての情欲が個人を貫通している」という認識が見られることを指摘している(「恋愛と性欲の第三帝国　通俗的性欲学の時代」「現代思想」一九九三・七)。

＊19 『日本近代文学の起源』講談社、一九八〇・八。

＊20 ＊9前掲書。

＊21 ＊12前掲論文。

＊22 「ヒステリーの時代――『或る女』序説――」「学習院大学文学部研究年」36　一九九〇・三。

＊23 雑誌『心理学研究』に、大槻快尊や木村久一により精神分析を紹介する論文が掲載されたのが始まりとされる(佐藤達哉、溝口元『通史　日本の心理学』北大路書房、一九九七・一一)。また、曾根博義によれば昭和四年から五年にかけてフロイトの紹介と翻訳がブームになったという(「フロイトの紹介の影響――新心理主義成立の背景――」昭和文学研究会編『昭和文学の諸問題』笠間書院、一九七九・五)。これに対して、一柳廣孝は、大正期からフロイトの受容が進んでいたとしている(「〈夢〉の変容――近代日本におけるフロイト受容の一面――」「名古屋近代文学研究」16　一九九八・一二)。

＊24 「女性的ということ」『精神分析入門(続)』、『フロイト著作集1』人文書院、一九七一・九。

＊25 「徴候――推論的範例の根源――」『神話・寓意・徴候』せりか書房、一九八八・一〇。

※『春』の引用は『藤村全集』第三巻、筑摩書房、一九六七・一、『蒲団』の引用は『定本花袋全集』第一巻、臨川書店、一九九三・四に拠る。

第七章　『ヰタ・セクスアリス』　男色の問題系

1　「性欲」という概念

『蒲団』では、「自ら自分の心理を客観する」という「文学者」時雄が登場する。時雄による心理探求は、「性慾」を読み解く行為に重なり合っていた。『蒲団』というテクストは、人間の身体の内奥に「性慾」が存在するという認識の枠組みを前提にして、さらに、身体の不可視の領域に心理を見出そうとしている。人間の心理は、「性慾」の延長上に想定されているのだ。では、『蒲団』が前提としている「性慾」という概念は、どのような歴史状況のなかから生じていたのだろうか。

現在までの調査によると、「性欲」という言葉を普及させた人物の一人が、森鷗外であるとされる。[*1] 鷗外は、明治二十九年に「月草叙」を発表し、そこで「性欲」という言葉を用いて自然主義小説論を展開した。また、明治三十五～六年には、雑誌「公衆医事」に「性欲雑説」という論文を掲載している。このように、鷗外は、文学の領域のみならず医学・衛生学の領域において、この語を普及させたのである。「性欲」という言葉は、当初から様々なジャンルの言説が交差するところに現れていたといえよう。

「性欲」という言葉は、明治四十年以降、田山花袋『蒲団』の発表や、「出歯亀事件」「煤煙事件」の新聞報道をきっかけに広く知られるようになり流行語となっていった。[*2] 明治四十年代における「性欲」という言葉の流行や、「性欲」にまつわる話題の氾濫という事態について、小田亮や川村邦光は、自己管理を行う近代的主体を作り出す機構としての「性欲の装置」の出現としてとらえている。*3

明治四十年代に発表された文学テクストの中でも、森鷗外『ヰタ・セクスアリス』(「スバル」明治四十二年七月)は、金井湛という人物が自身の〈性欲の歴史〉を告白するという体裁を取っており、「性欲」という概念が脚光を集めていた時代状況と強い関係を有しているといえるだろう。*4

しかし、その一方で、『ヰタ・セクスアリス』は、明治四十年代の歴史状況の考察だけではとらえきれないテクストでもあるといえる。なぜなら、テクストにおいて語られるのは明治十年代の風俗だからである。『ヰタ・セクスアリス』に描かれた欲望のあり様を考察することを通して、明治四十年代に広く流通するようになる「性欲」という概念の歴史性を明らかにしたい。

2 語りの枠組み

まず、テクストにおける語りの枠組みを確認しておきたい。『ヰタ・セクスアリス』は、冒頭部と結末部において、自己の〈性欲史〉を書く「金井湛君」について語る、三人称の語りが設定されている。冒頭部分で「出歯亀事件」への言及がなされていることから、語りの現在時は明治四十一年以降から、『ヰタ・セクスアリス』の発表年である明治四十二年の間と想定することができる。

冒頭部では、「自分の性欲的生活が normarl だか anomalous だか分かるかも知れない」として、湛が〈性欲史〉を書くことを試みるという記述が見られる。そこから、湛の行為は、〈正常/異常〉という境界線を確定する医学の知を参照し、それによって自己のアイデンティティを確固たるものにしようとする試みであると考えることもできるだろう。また、「性欲的教育の問題」にまで言及があり、湛の〈書く〉という行為は、医学や教育の知の交差する場で自己の「性欲」を管理する主体を編成していくことに相当するといえよう。

そして、結末部では、「自分は性欲の虎を馴らして抑へてゐる」というように、「虎」のメタファーによって「性欲」の自己管理が強調されると同時に、「人の皆行ふことで人の皆言はないことがある」として、「VITA SEXUALIS」というタイトルの手記を文庫に投げ込んでしまう湛の行為が語られている。この行為から、テクストでは、「性」とは秘められるべきもの、「私」の領域に属するものとしてとらえられていることが分かる。

さらに、注目したいのは「恋愛」にまつわる語りである。


恋愛を離れた性欲には、情熱のありやうがないし、その情熱の無いものが、奈何に自叙に適せないかといふことは、金井君も到底自覚せずにはゐられなかつたのである。


語り手にとって、「性欲」は、「恋愛」と密接な関係を有するものとみなされていると同時に、「恋愛」に保証された「性欲」こそが、最も語るにふさわしいとされていることが分かる。テクストで語られる「性欲」とは、「恋愛」を理念とする異性愛を前提とするものなのだ。

そうなると、テクストにおける〈正常／異常〉、〈公／私〉という分割線は、異性愛における〈男／女〉の分割線、つまりジェンダーに基づく分割線の上に引かれていることになる。このように、ジェンダーに基づいて秩序化を行う表象のシステムを、語りの現在時である明治四十年代の表象モデルとして考えてみることにしよう。

ここにおいて、主体とは〈自己（男）〉と完全に差異化された〈他者（女）〉を対象化することによって析出されることに注意したい。この表象システムの問題が現れてくるのは、湛の留学先での女性体験を述べた結末部における、次のような記述である。


金井君も随分悪い事の限をしたのである。併し金井君は一度も自分から攻勢を取らねばならない程強く性欲に動かされたことはない。いつも陣地を守つて丈はゐて、稚いNeugierdeと余計な負けじ魂との為に、をりをり不必要な衝突をしたに過ぎない。

ここでは、女性との性関係は、「攻勢」「陣地」「衝突」といった戦闘のメタファーで語られている。この語りにおいて、ジェンダーに基づく表象システムの問題点が明らかになるだろう。〈自己（男）〉は、〈非自己（女）〉を経由することで主体を形成しなければならないということ、つまり〈非自己（女）〉という対象を排除しながら自己の同一性を維持しなければならないという表象のエコノミーによって、結果的に男性を侵略する女性というイメージが出現すると同時に、女性への敵意が語られてしまうということになるのである。

このような語りの枠組みは、テクストの中間部で展開される湛の一人称の語りにおいても維持されている。湛の回想という形式を取る一人称の語りは、「廃藩置県」の年、つまり、明治四年の湛が六歳の時に始まり、湛の留学が決まった十九歳の時の明治十七年まで続く。

この間も、基本的には、ジェンダーに基づく表象システムが用いられていると同時に、ジェンダーの分割線が問題にされる。湛が六歳の時のエピソードでは、「男の癖に花なんぞ摘んで可笑しい」というように、花を摘むという行為にまつわるジェンダーが問題にされている。また、「四十歳ばかりの後家さん」と「髪を島田に結つてゐる」娘が春画を見るのを目撃し、「二人の言語挙動を非道く異様に、しかも不快に感じた」という湛の感想が語られる。ここには、「後家」や未婚の娘の性を排除しようとする語りの方向性を見ることができるだろう。その一方で、十歳の湛が蔵の二階で春画を見たことについては、「小原のをばさんに見せて貰つてゐた、島田髷の娘とは、全く別様な眼で見たのである」として、娘との差異が強調されるのだ。

十歳の湛が目撃した盆踊りのエピソードについては、盆踊りという習俗に残る性的な行動形態について「穢い物に障つたやうな心持」という嫌悪感が語られると同時に、「男で女装したのもある。女で男装したのもある」と、ジェンダーが越境した状態として描写されていることにも注意したい。さらに、湛が十四歳の折りには、尾藤裔一の母に「僕は急に奥さんが女であるといふやうなことを思つて、何となく恐ろしくなつた」という女性恐怖が如実に現れた感想を抱き、十八歳になると、今度は、下働きのお蝶に脅威と不安を感じていくのを見ることができる。湛による一人称の語りの中で、ジェンダーの問題が顕著になるのは、湛が二十歳の時の、吉原体験をめぐる次のような語りだろう。

併しあんな処へ行き当つたのは為方がないと思ふ。譬へて見れば、人と喧嘩するのは悪い事だ。喧嘩をしようと志して、外へ出ることは無い。併し外へ出てゐて、喧嘩をしなければならないやうになるかも知れない。それと同じ事だと思ふ。それから或る不安のやうなものが心の底の方に潜んでゐる。それは若しや悪い病気になりはすまいかといふことである。喧嘩をした跡でも、日が立つてから打身の痛み出すことがある。女から病気を受けたら、それどころではない。子孫にまで禍を遺すかも知れないなどとも思つて見る。

ここでは、女性との性関係が「喧嘩」のメタファーによって語られるばかりでなく、さらにそれが性病の恐怖に重ねられ、女性恐怖が「禍」として相乗化されて出現している。この語りは、単に性病の恐怖が語られているというより、湛の、そして当時のミソジニーの典型的な表出と見ることができるのではないか。[*5]

このように、金井湛を語り手とする一人称の語りにおいても、ジェンダーに基づく表象システムに伴って、女性への恐怖と排除が現れている。しかし、その一方で、湛の語りでは、異性愛体制下の表象システムが維持できなくなるという事態が生じている。語り手の湛は、主に明治十年代の風俗を語っているが、その中で男色の問題が取り上げられたときに、明治四十年代の表象システムには亀裂が生じてしまうのである。[*6]

テクストでは、男色について、二通りの語り方がなされている。一つは、明治四十年代の表象システムに基づいて男色を語ろうとするものである。この語りは、湛が十一歳の時に通ったドイツ語学校でのエピソードに現れている。

そのうちに手を握る。頬摩をする。うるさくてたまらない。僕にはUrningたる素質はない。

男色という行為が、「素質」という決定論において語られていることも重要だが、まず「Urning」という言葉に注目したい。この言葉は、鷗外が明治二十二年に「裁判医学会雑誌」に発表した「外情の事を録す」という文章に見ることができる。[*7] この論文では、「情の恋は窮りなし精神病を論ずるものは必ず情錯Conträre Sexualempfindungといふ篇を置きてこれを包括す」という書き出しの下に、異性愛性交以外のセクシュアリティの分類が行われていく。その中で、「外情Urning」とは、「男の男と交はるものなり」と解説されているのである。

ところで、「Conträre Sexualempfindung」という用語は、斎藤光による調査から、クラフト＝エビング『性的精神病質』を参照したものであることが分かっている。[*8] 斎藤論では、この用語は「反対性感覚」と訳されているが、「Conträre」の類義語である「Kontrare」には、ドイツ語で「自然に反する」という意味があること、つまり「自然」という規範に対して「反対」するという意味を帯びていることに注意しておきたい。

問題なのは、クラフト＝エビングの著作において、「Conträre Sexualempfindung」は精神異常と診断されていることである。明治二十七年に、『性的精神病質』の翻訳書『色情狂篇』が出版されるが、そこでは、同性間の性行為が「先天性」と「後天性」の「異常」に分類され、「ウリニング」は、「先天性異常」を指し示す言葉とされている。[*9]

3 男色の表象体系

『ヰタ・セクスアリス』において、「Urning」が「素質」と結びつけられて語られているのは、クラフト＝エビングによる定義を共有しているからだといえよう。

さらに、『色情狂篇』では、同性間の性行為が「男子の体内に女子の精神を存し、女子の体内に男子の精神を宿ること」として、ジェンダーにおける転倒として意味付けられていることは重要である。このことから、「Conträre Sexualempfindung」「Urning」という言葉で語られるセクシュアリティの「異常」とは、異性愛体制を規範とする中でのジェンダーの「異常」ということになるのだ。このとき、セクシュアリティは、ジェンダーに強固に結びつけられ、管理が図られているといえよう。

しかし、『ヰタ・セクスアリス』というテクストには、ジェンダー分割を推し進める語りとは異なるタイプの男色の語り方が存在している。先のドイツ語学校でのエピソードでは、「少年といふ詞が、男色の受身といふ意味に用ゐられてゐる」という言葉が見られる。このように、男色が、「少年」「受身」という言葉を伴って語られる場合、そこには年長者と年少者、能動と受動といったジェンダーの表象システムとは異なる分割線が引かれていることがうかがえるだろう。

このような男色についての二通りの語り方は、湛が十三歳の時の東京英語学校での体験にも現れている。そこでは、当時のセクシュアリティが、「性欲的に観察して見ると、その頃の生徒仲間には軟派と硬派とがあった」と述べられている。「性欲」という言葉が生み出された明治四十年代のセクシュアリティの枠組みでは、セクシュアリティは、自己のアイデンティティを決定付けるものであって、自らの意志で変更可能な対象ではない。だが、テクストでは、硬派の逸見が軟派となってしまうというエピソードが語られており、硬派か軟派かは本人の選択の問題であると同時に、変更可能な属性とされているのである。

すると、男色とは、ジェンダーに基づく表象システムとは異なる説明の体系に置かれていることになるのだが、では、明治十年代の出来事である男色行為は、どのような表象体系によって説明できるのだろうか。

この問いについて考えるために、ここで一つのモデルを提示してみたい。それは、英語学校における軟派と硬派に関する服装の記述から抽出できるだろう。

硬派たるが書生の本色で、軟派たるは多少影護い処があるやうに見えてゐた。紺足袋小倉袴は硬派の服装であるのに、軟派も其真似をしてゐる。只軟派は同じ服装をしてゐても、袖をまくることが少ない。肩を怒らすることが少ない。ステツキを持つてもステツキが細い。休日に外出する時なんぞは、そつと絹物を着て白足袋を穿いたり何かする。

この語りから、軟派と硬派が絶対的な差異に基づいているものではないことがうかがえる。軟派も硬派も、共に、基本的には硬派の服装を身につけており、軟派とは硬派に対して「白足袋」や「細いステツキ」といったごくわずかな差異を有しているにすぎない。

したがって、この語りが従っているのは、同一性を中心にして微細な差異を生み出していく意味の体系ということになるのではないか。これを明治十年代の男色の表象モデルと仮定すると、そのとき主体化とは、自己と全く異なる存在としての他者を経由して行われるものではなく、類似に基づいて形成されるものとなる。

このような表象システムが可能となるためには、学校のような小規模で均質的な集団内部という条件が必要となるだろう。そのような小規模の集団においては、年長者から年少者へと伝えられていく男色という行為は、時間の連続性に裏付けられた親密な一体感を保証することになるだろう。

このように、『ヰタ・セクスアリス』というテクストにおいて、男色の語り方が分裂してしまうのは、男色と異性愛が異なる表象体系にあるからと考えられる。そのため、明治四十年代の地点から十年代を振り返る金井湛という語り手が、男色を異性愛の体系によって覆い尽くそうとしても、そこにノイズが生じてしまい、異性愛の表象システムには揺らぎが生じることになる。

4　三角同盟という仕掛け

では、「Urning」たる素質がないと語っていた湛が、実際に所属することになる「三角同盟」とは、どのようなものとして語られているのだろうか。まず、「三角同盟」は、軟派ではない集団として、軟派と差異化されて語られていることを確認しておきたい。

「三角同盟」は、「安達といふ美少年に特別な保護を加へてゐる」という「硬派中の錚々たる」人物である古賀を、その成員に含んでいる。

三人で吉原を見に行かうといふことになる。古賀が案内に立つ。三人共小倉袴に紺足袋で、朴歯の下駄をがらつかせて出る。（略）軟派の生徒で出くはした奴は災難だ。白足袋がこそこそと横町に曲るのを見送つて、三人一度にどつと笑ふのである。

この吉原探訪のエピソードから、「三角同盟」が硬派の古賀を筆頭にして、軟派に制裁しようとしていたことがうかがえる。このとき、「三角同盟」の全員が硬派の装いであることに注目すると、彼らは硬派を自認していることが分かるだろう。

このように、テクストにおいて、「三角同盟」は、あたかも硬派の集団であるかのように語られてはいるが、しかし、「三角同盟」を硬派として位置づけることはできない。

古賀は不断酒を飲んでぐうぐう寝てしまふ。併し月に一度位荒日がある。さういふ日には、己は今夜は暴れるから、君はおとなしく寝ろと云ひ置ひて、廊下を踏み鳴らして出て行く。誰かの部屋の外から声を掛けるのに、戸を締めて寝てゐると、拳骨で戸を打ち破ることもある。下の級の安達といふ美少年の処なぞへ這入り込むのは、さういふ晩であらう。荒日には外泊することもある。翌日帰つてしをしをとして、昨日は獣になつたと云つて悔やんでゐる。

ここでは、古賀の男色行為は、「獣」になることとして否定的に語られている。しかし、テクストでは、女色行為についても、「獣」という比喩が用いられて語られているのである。

古賀と児島と僕との三人は、寄宿舎全体を白眼に見てゐる。暇さへあれば三人集まる。平生性欲の獣を放し飼にしてゐる生徒は、此Triumviriの前では寸毫も假借せられない。中にも、土曜日の午後に白足袋を穿いて外出するやうな連中は、人間ではないやうに言はれる。

ここでは、「三角同盟」が「土曜日の午後に白足袋を穿いて外出するやうな連中」つまり軟派を制裁するという出来事が語られることになる。しかし、「性慾」に対する語り方に注目すると、軟派も硬派を自認する古賀も、同様に「獣」とされてしまう。つまり、「三角同盟」のセクシュアリティとは、男色と女色、硬派と軟派というカテゴリーを消去するのだ。

同時に、「三角同盟」という存在は、欲望の禁欲対野放図という新たなカテゴリーをテクストにおいて作り出し、自らを禁欲者と定義するとともに、それ以外の学生をすべて「獣」として排除していくことになる。この〈禁欲／野放図〉という秩序に基づいて行われる分割と排除は、ジェンダーの差異に基づく表象システムにおいて働く排除の機能と、同様のものであると考えることができるだろう。「三角同盟」とは、異性愛下の表象システムを基盤として語られた、硬派的な連帯の様態と考えられるのである。

しかし、硬派とは、男色という行為を基底にして成立する集団であるため、「三角同盟」をめぐる語りにおいて亀裂が生じる瞬間が訪れるのだ。

後になつて考へて見れば、若し此同盟に古賀がゐなかつたなら、此同盟は陰気な、貧血性な物になつたのかも知れない。幸に荒日を持つてゐる古賀が加はつてゐたので、互に制裁を加へてゐる中にも、活気を失はないでゐることを得たのであらう。

この古賀の「荒日」に関する評価は、『ヰタ・セクスアリス』において語られる性的事象のなかで、唯一肯定的な評価を与えられている性行為であることに注目しなければならない。語り手は、一方で男色行為を「異常」なものとして語りながら、ここでは連帯を維持し、「活気」を与えるものとして認めてしまうのである。

そうなると、「三角同盟」とは、湛と古賀と児島の三者が禁欲の下に並列的に監視しあう関係とみなすことはできなくなる。古賀の服装や行動を模倣していた「三角同盟」は、古賀の男色行為を肯定した途端、古賀という男色者を頂点に頂き、彼に同一化を図っている集団へと収斂していく。男色という行為が男性同士の連帯を強化するなら、湛が古賀との連帯を深めようとした途端、古賀との間に男色関係が成立する可能性が生じてしまう。そのとき、「三角同盟」は、禁欲者の集団から男色者の集団へと容易に変容してしまうだろう。

また、引用部の冒頭に、「後になつて考へて見れば」という言葉が見られることから、これは語りの現在時のコメントであることが分かる。『ヰタ・セクスアリス』の語り手は、明治四十年代に一般化していた異性愛の枠組みに依拠しながら、同時に、男色という行為をも肯定していることになるだろう。語り手は、かつて湛が古賀に抱いていた感情を、現在時まで保持していると考えられるのだ。すると、かつての湛が男色者となる可能性を有していたように、語り手においてもその可能性は残されているのではないか。古賀の男色行為を肯定する語り手の言葉に、語り手に内在する男色への欲望を読み込むことができるのである。

5　男色をめぐる語り

『ヰタ・セクスアリス』は、既に見てきたように、「恋愛」という理念に「性欲」を一致させることを規範としながらも、「恋愛」との距離を維持しようとしているテクストであるといえるだろう。「三角同盟」における禁欲という身振りは、欲望の対象を問わないまま、自己のなかに欲望を保持し続ける手段として機能する。禁欲を行っていれば、自身の欲望が女性へと向けられているかのようにふるまうことが可能になるのだ。しかし、一方で語り手が古賀という男色者の欲望を肯定していたことを考えれば、『ヰタ・セクスアリス』のセクシュアリティは、異性愛システムに十全に回収することができないのは明らかである。女性を欲望の対象として選択することが異性愛体制下における男性ジェンダーの属性であるならば、金井湛という語り手が有する古賀への欲望は、男性ジェンダーから逸脱することになる。

このような『ヰタ・セクスアリス』というテクストにおけるジェンダーとセクシュアリティとの齟齬について、その歴史的背景を確認しておきたい。

古川誠は、男色について、近世的な兵児二才制度を基調にしたものであり、その行為は明治期に入っても学生の間で受け継がれていたことを調査している。学生間の男色行為がメディアにおいて大きく取り上げられるようになったのは、学生風俗の取り締まりが社会問題として報道されるようになった明治三十年以降であるという。[*10]

実際に「万朝報」を始めとする新聞や「教育時論」などの雑誌でも、学生の男色行為がたびたび問題にされているが、[*11]なかでも、「万朝報」明治三十二年五月十六日の「腐敗学生の醜行益す甚だし」という記事は興味深い。そこでは男色行為を繰り返す学生について、「藩閥の血を分けたる没理の少年等ハ毫も其行為を改むる事なく」と言及され、男色は「藩閥者」に特有の行為として記述されているのである。

このように学生間の男色報道が顕在化するようになった背景には何があるのだろうか。明治三十年代以降になると氏族階級で占められていた学生集団の質が変化し、学生における平民出身の割合が増加していったという調査[*12]を参照すると、メディアにおける男色の問題化の一つの原因として、学生の出身階級が多様化したという歴史状況が考えられるだろう。学生は、氏族を中心とした均質で小規模な集団から、差異を有する多様な集団へと変化しつつあったのであり、そのとき小規模集団の結びつきを維持していた男色という行為が機能不全に陥り、注目を集めるようになったと考えられるのである。

日露戦争後になると、再び学生風紀の問題が大きく取り沙汰されるが、その時点で、男色行為はほとんど話題に上がることはない。明治三十九年の文部省訓令が女子学生の風紀に言及していることが事態を象徴しているように[*13]、大きく取り上げられているのは、そのほとんどが男女学生の交際問題なのである[*14]。この時期以降、『ヰタ・セクスアリス』で触れられていた「性欲教育」の問題が脚光を浴びることになるのだ[*15]。

以上の事象を参照すると、明治三十年代から四十年代にかけて、欲望を構成するシステムの変化が生じていると考えることができる。このとき起こっているのは、欲望の異性愛体制への組み込みである。そのような時代状況の中で、自らの「性欲」史を書こうという『ヰタ・セクスアリス』の語り手は、新たに再編されたセクシュアリティを基準に、過去のセクシュアリティを連続的に語り直すことを行おうとしているのだ。

『ヰタ・セクスアリス』というテクストからは、ジェンダーシステムにおいてセクシュアリティを統合しようという歴史的状況が見えてくる。しかし、その語りを探究していくと、ジェンダーとセクシュアリティが滑らかに接合されず、亀裂が走っているのを目の当たりにすることができる。この亀裂は、明治四十年代において男色という欲望の位置づけが未だ定まっていなかったことによって浮上するものであるとともに、そもそも男色と異性愛体制との間に歴史的断絶が存在していることに原因があるだろう。

明治四十三〜四十四年にかけて発表された『青年』では、「homosexuel」という言葉が登場する。「ホモセクシュアル」「同性愛」という用語が浸透していく過程が、男色と異性愛の歴史的断絶が消去され、異性愛が自然化されていく道程である。

だが、『ヰタ・セクスアリス』というテクストは、ジェンダーとセクシュアリティの結び付きは歴史的に変化すること、また、その接合面は亀裂の危機をはらんでいることを明らかにする。テクストにおけるセクシュアリティの様態は、セクシュアリティを管理することを目指すジェンダーシステムの空隙を露呈させている。

注

＊1　斎藤光「セクシュアリティ研究の現状と課題」（『セクシュアリティの社会学』岩波書店、一九九六・一二）、小田亮『性』（三省堂、一九九六・一）に詳細な調査が見られる。

＊2　金子明雄「メディアの中の死」（「文学」一九九四・七）、小田亮『性』（三省堂、一九九六・一）、川村邦光『セクシュアリティの近代』（講談社、一九九六・九）を参照されたい。

＊3　「『性欲の装置』は、個人を主体化する働きをもつ。つまり、近代の『性欲の装置』の特徴は、自己の内面に所有する性欲をその個人のアイデンティティ形成に結び付けるということになる」（小田亮＊2前掲書）。「自己抑制――自己管理によって、日常的に精神と身体を規律化するための原動力として、性欲というコンセプトが出現したということができる」（川村邦光＊2前掲書）。

＊4　『ヰタ・セクスアリス』というテクストで語られている「性欲」について、歴史的考察が進められている。大屋幸世は、テクストにおける〈性〉を問題化し、「〈僕〉の排他的、排除的性意識は、日本近代の求める制度的〈性〉とまさしく契合している」と述べている（『ヰタ・セクスアリス』論――〈制度〉としての〈性〉」、「森鷗外必携」学燈社、

一九九〇・二)。また、ヨコタ村上孝之『性的生活の誕生』――『ヰタ・セクスアリス』と自然主義再考」(『比較文学研究』一九九四・七)、『性のプロトコル』(新曜社、一九九七・二)では、テクストに描かれているセクシュアリティが、自然主義や「出歯亀事件」と共通することが考察され、井上優「性と知、あるいは領土化をめぐる言説の抗争――森鷗外『ヰタ・セクスアリス』論」(『思想』一九九七・五)では、テクストが明治四十年代における知の枠組みと共犯関係にあることが検討されている。

＊5 「手淫、鶏姦の害ハ寧ろ花柳病よりも少なかるべく」(「中学生に花柳病多し」、『万朝報』一九〇六〈明治三九年〉・七・二〇)といった言説からは、「鶏姦」つまり、男色行為が性病の恐怖とは無縁のところで認識されていたことが分かる。これは、当時、性病が「花柳病」という名称で広く知られていたことに関連があるだろう。大正期に大衆的な支持を得ていたセクソロジストの沢田順次郎が、『性慾論講話』(文明堂、一九一二〈明治四五年〉・五)の中で、「花柳病」について「売春婦より伝播したるもの」と定義し、その原因を「必ず男女の接触に由ること」と説明している。明治末頃、性病は女性ジェンダーを刻印されていたことがうかがえる。

＊6 『ヰタ・セクスアリス』における男色の記述に注目した先行研究として、テクストにおいて言及されている『賤のおだまき』の明治期の流通状況を調査した、前田愛「『賤のおだまき』考」(『鷗外』18、一九七五・一)と、小森陽一「表象としての男色――『ヰタ・セクスアリス』の〝性〟意識」(『講座　森鷗外　第二巻　鷗外の作品』新曜社、一九九七・五)が挙げられる。

＊7 「外情の事を録す」『裁判医学雑誌』第二号、一八八九〈明治二二年〉・五、『鷗外全集』第二十九巻、岩波書店、一九七四・四。

＊8 「クラフト＝エビングの『性的精神病質』とその内容の移入初期史」『京都精華大学紀要』10、一九九六・二。

＊9 『色情狂篇』東京法医学会、一八九四〈明治二七年〉・五。

＊10 古川誠「セクシュアリティの変容…近代日本の同性愛をめぐる三つのコード」『日米女性ジャーナル』17、一九九四・一二。

＊11　「悪書生袋叩きに逢ふ」（「万朝報」一八九七〈明治三〇年〉・九・一四）、「又々学生　風紀の堕廃に就いて」（「教育時論」一八九九〈明治三二年〉・五・二五）など。なお、「万朝報」では、明治三十四年四月二十四日から五月三十一日まで、二十三回にわたって「学生の堕落」という記事が連載されており、学生の男色行為がたびたび取り上げられている。また、明治三十年頃の東京の学生生活について解説した柳内蝦洲『東都と学生』（新聲社、一九〇一〈明治三四年〉・九）でも、「美少年」問題が取り上げられ、学生間の男色行為が頻繁に行われていることに注意を呼びかけている。

＊12　天野郁夫『学歴の社会史』新潮社、一九九二・一一。

＊13　「然ルニ近来青年女子ノ間ニ往々意気銷沈シ風紀頽廃セル傾向アルヲ見ル」「学生生徒ノ風紀振粛ニ関スル件」明治三十九（一九〇六）年六月九日文部省訓令第一号。

＊14　明治三十九年六月十六日から七月十五日まで、十三回に渡って続いた「堕落学生」報道のタイトルは、「男女学生の暗黒面」となっている。

＊15　例えば、「中央公論」誌上で「性欲教育」に関する問題が最初に取り上げられるのは、明治四十一年（一九〇八年十月号に掲載された富士川游「性慾教育問題」である。この話題はこれ以降たびたび取り上げられ、明治四十五年になると一月と四月の二回にわたり、「中学程度の男女学生に性慾に関する知識を与ふることの可否」という特集が組まれている。「中央公論」に掲載された「性欲教育」の記事については、和田敦彦『読むということ』（ひつじ書房、一九九七・一〇）でも取り上げられている。

※『ヰタ・セクスアリス』の引用は『鷗外全集』第五巻、岩波書店、一九七四・三に拠る。

第八章　『三四郎』『青年』　表象する〈青年〉たち

1　〈青年〉への注目

明治四十年代に「性欲」という概念が広まるなか、「小説」というジャンルでは、身体の内奥から「性欲」を、さらには心理を見出し、それを描写しようという試みがなされた。そのとき、無意識という領域を備えた人間が「小説」に描かれることになる。

既に見てきたように、『蒲団』や『草枕』というテクストにおいて、心理を解読し、無意識を表象しようと試みていたのは「文学者」や「画工」という特権的な人物であった。だが、明治四十年代の「小説」において、人間の無意識に迫ろうとしていたのは、彼ら芸術家ばかりではない。〈青年〉たちもまた、無意識を言語化することを目指していたのだ。ここで、〈青年〉という存在が描き出されている二つのテクスト、夏目漱石『三四郎』（「東京・大阪朝日新聞」明治四十一年九月～十二月）、森鷗外『青年』（「スバル」明治四十三年三月～四十四年八月）を取り上げ、〈青年〉たちが無意識に接近していた様相を明らかにしたい。

『三四郎』『青年』に描かれた〈青年〉については、「上京する青年」[*1]、「故郷を離れて都会へ遊学を果たした明治の青年」[*2]という指摘をはじめとして、これまで様々な論考がなされてきた。

近年では、〈青年〉という概念の歴史的な成立状況に注目し[*3]、それを踏まえた上でのテクスト研究も進んでいる。

例えば、藤井淑禎は、明治四十年代当時、メディアでは「青年問題」として「高等遊民問題と性欲問題（＝両性〈男女〉問題）」という二大トピックが話題となっていたこと、また、心理学の領域では、元良勇次郎らによってスタンレー・ホール『青年期の研究』が翻訳、出版されたという出来事に注目し、〈青年〉を対象化しようとしていた当時の歴史的な問題意識が『青年』というテクストにも刻み込まれていると指摘する。[*4] また、藤森清は、『三四郎』『青年』の両テクストには、「女性嫌悪と男性同性愛恐怖からなるホモソーシャルな異性愛体制での青春の機構」が描き出されていると述べている。[*5]

これらの研究に対して、本論では、表象という問題に焦点を当てて、〈青年〉について考えてみたい。表象を取り上げるに際して、まず、三浦雅士『青春の終焉』[*6]における「青春」をめぐる考察を参照しておこう。三浦雅士は、明治四十年代前後から、「青春」をテーマとした小説において、「大人の視点」をはずしつつ「主人公の内側」を描くという手法が見られるようになったことを指摘し、〈青年〉の主観としての「自意識」を描き出した「青春」小説が現れたと論じている。藤森清は、この論考を受けて、〈青年〉の「自意識」とは、「男二人と女一人からなるホモソーシャルな三角形的欲望」であるとみなしている。[*7] しかし、藤森論では、「ホモソーシャル」という概念を視野に入れながらも、男性同士の絆を指摘するに留まるのみで、そこに存在している差異については言及がなされていない。本論では、男性の絆の背後に男性間の差異が存在していることに注目する。

『三四郎』『青年』の両テクストでは、主人公の視点に焦点化することによって「主人公の内側」を描くという方法がとられている。その結果、彼らの内に無意識を表象することへの欲望が存在することが描かれる。テクストにおいて、この無意識への欲望は、他の世代の男性には見られない、〈青年〉だけのものとして現れている。

まず、『三四郎』を取り上げ、テクストにみられる男性間の差異について確認し、その上で、『青年』の読解を通して、〈青年〉における無意識への欲望を考察していく。

2　男たちの差異——『三四郎』

『三四郎』では、次のような語りの方法によって、主人公三四郎の視点への焦点化がなされている。

三四郎は慥かに女の黒眼の動く刹那を意識した。其時色彩の感じは悉く消えて、何とも云へぬ或物に出逢つた。其或物は汽車の女に「あなたは度胸のない方ですね」と云はれた時の感じと何所か似通つてゐる。三四郎は恐ろしくなつた。（二）

このように、語り手は、美禰子の「眼」を読む三四郎の視点に焦点化することを通して、三四郎の内面の動きを再現するのである。

この三四郎の内面について、石原千秋は「三四郎のやっていることは〈他者〉の『眼』との応答ではなく、自己の欲望との対話、『自己コミュニケーション』なのである」[*8]と分析している。しかし、美禰子の「眼」を「汽車の女」と結びつけてしまう三四郎の連想の背後には、三四郎の欲望が存在しているだけではないのだ。ここには、テクストの欲望とでもいうべき、『三四郎』を統括する語りの欲望が、同時に働いてもいる。

このテクストの欲望は、第十二章における美禰子の懺悔によって明らかになる。美禰子が「我が愆」「我が罪」を懺悔するというプロット展開は、美禰子を「汽車の女」と結びつけてしまう三四郎の連想の妥当性を保証するという機能を果たしている。『三四郎』というテクストにおいて、美禰子が懺悔を行うことは、美禰子自身が男性を性的に誘惑する存在である〈誘惑者〉という役割を引き受けさせられることでもあるのだ。[*9]

『三四郎』のプロット展開の上で唐突に行われる美禰子の懺悔については、美禰子の〈真意〉を問う形でこれまで様々な解釈がなされてきた。そのなかでも、美禰子について語った森田草平の「自ら識らざる偽善家」[*10]という定義は、美禰子の意識を越えた心の動きに焦点化した点で、先駆的な論であるといえる。

だが、美禰子の〈真意〉をめぐって解釈を提示する前に、『三四郎』に登場する男性たちが、こぞって美禰子という存在を読み解き、意味付けようとしていることに注意しなければならない。美禰子を解釈しようとするあらゆる行為は、『三四郎』の男性たちを模倣することになるのだ。

美禰子を意味付けようとする男性たちの一人に、まず、野々宮がいる。藤森清は、第二章に登場する野々宮の実験装置に注目し、実験装置とは「不可視の（ありもしない）女の内面を『何とも云へぬ或物』として可視化し、美禰子を謎をもった女に作りあげるというもの」としての「独身者の機械」であると論じている。[*11] 実際、テクストにおいて、野々宮に関して、実験装置を観察するばかりではなく轢死した女の死骸を見たがるというエピソードも披露されており、「光線の圧力を試験する人の性癖が、かう云ふ場合にも、同じ態度であらはれてくるのだ」（三）と語られている。このことから、野々宮の実験装置への欲望と、女性を対象化したいという欲望とは等価なものとなっていることがうかがえる。

その上で、ここでは、実験装置の〈人為性〉について注目してみたい。第九章では、実験装置について語った広田の次のような言葉が見られる。

> だつて、光線の圧力を試験する為に、眼丈明けて、自然を観察してゐたつて、駄目だからさ。彗星でも出れば気が付く人もあるかも知れないが、それでなければ、自然の献立のうちに、光線の圧力といふ事実は印刷されてゐない様ぢやないか。だから人工的に、水晶の糸だの、真空だの、雲母だのと云ふ装置をして、其圧力が物理学者の眼に見えるやうに仕掛けるのだらう。（九）

この言葉には、野々宮の実験装置の特徴が表れている。野々宮が実験によって明らかにしようとしている「光線の圧力という事実」は、可視的な「自然の献立のうち」には印刷されてはいない、つまり、「眼」によって「自然」

を観察しても見ることのできないものなのである。したがって、実験装置とは、「眼」では見ることのできない対象を、「人工的」、人為的に、可視化するための装置であるということなのだ。

不可視の対象を観察するために、「人工的」に可視的なものを仮設する、という実験装置の〈人為性〉は、野々宮の実験装置に限ったものではない。画家の原口のアトリエも、野々宮の研究室と同様に、〈人為性〉が働く場所となっている。原口は、「描かれる人の眼の表情が何時も変わらずにゐるものでせうか」（十）という三四郎の問いに、次のように答えている。

　たとひ外の気分で戸外から帰つて来ても、画室へ這入つて、画に向かひさへすれば、ぢきに一種一定の気分になれる。つまり画の中の気分が、此方へ乗り移るのだね。里見さんだつて同じ事だ。自然の儘に放つて置けば色々の刺激で色々の表情になるに極つてゐるんだが、それが実際画の上に大した影響を及ぼさないのは、あゝ云ふ姿勢や、斯う云ふ乱暴な鼓だとか、鎧だとか、虎の皮だとかいふ周囲のものが、自然に一種一定の表情を引き起す様になつて来て、其習慣が次第に他の表情を圧迫する程強くなるから、まあ大抵なら、此眼付を此儘で仕上げて行けば好いんだね。（十）

ここで原口は、再現表象をめぐる方法について言及している。原口は、美禰子の「眼の表情」という、変化する対象を絵画として表象するために、「画室」という装置を使用する。人為的に一定の環境が保たれている「画室」においては、移り変わる「眼の表情」は、「一種一定」の不変のものへと固定されることが可能となる。原口が再現表象を行う際に、野々宮の実験と同様に、〈人為性〉に頼らざるを得ないのである。

このように、人為的な環境に置かれることによって対象化されたものとは、「自然」そのままの姿ではない。野々宮の実験装置は、「自然の献立のうち」には見ることができなかったものを、また、原口の「画室」は、「自然の儘に放って置けば色々の刺激で色々の表情になる」ものを、仮設的に取り出し、表象する。表象された対象は、「自然」

の似姿に留まっている。

画工はね、心を描くんぢやない。心が外へ見世を出してゐる所を描くんだから、見世さへ手落ちなく観察すれば、身代は自から分るものと、まあ、さうして置くんだね。見世で窺へない身代は画工の担任区域以外と諦めべきものだよ。（十）

原口のこの言葉は、表象というものの特質を表している。表象とは、人為的に取り出された「見世」にすぎず、「見世で窺へない身代」をとらえているものではない。「身代は画工の担任区域以外と諦めべきものだ」と言う原口は、「見世で窺へない身代」の存在を認めつつも、「身代」に肉薄するための新たな表象を探究しようとはしない。それどころか、『三四郎』に登場する男性たちは、どうやら、この「身代」を欠落させた「見世」という、表象が表象であるところの由縁を偏愛しているふしがある。三四郎は、絵画に描かれていく美禰子を眺めて、次のような思いを巡らせている。

彼の眼に映じた女の姿勢は、自然の経過を、尤も美くしい刹那に、捕虜にして動けなくした様である。変らない所に、永い慰謝がある。（十）

三四郎は、「自然のままに放つて置けば色々の刺激で色々の表情になる」美禰子という存在が、「捕虜にして動けなく」され、不変の姿へと表象されていくことに「永い慰謝」を見出しているのである。このような表象に対する嗜好を備えているのは三四郎だけではない。『三四郎』では、表象を頑なに偏愛する人物として、広田が登場している。

広田もまた、野々宮や原口と並んで、表象を通して女性を対象化しようとする男性であり、美禰子を意味付けようとする人物である。[*12] 広田の表象への偏愛が端的に現れているのは、第十二章の広田の夢をめぐるエピソードである。広田は、自らの夢の中で、「二十年前見た時と少しも変らない」（十二）女と出会う。広田もまた、夢の中で、女性を不変の存在へと表象しているのである。

以上のように、『三四郎』というテクストにおいて、野々宮、原口、広田という男性たちは、女性を表象することへの欲望を備えていることが確認できる。『三四郎』のプロット展開において、美禰子という女性は〈誘惑者〉と規定されていたことを考慮すると、『三四郎』というテクストでは、女性は〈誘惑者〉として存在しているがゆえに、男性たちは女性を表象として封じ込めようとするということになるだろう。

『三四郎』におけるジェンダーの枠組みをこのように考えた上で、さらにもう一歩進んで、新たな差異の境界線を引いてみることができる。それは、年齢に基づいた、男性間の差異である。三四郎という人物は、野々宮、原口、広田といった男性たちの欲望も、また、美禰子と「汽車の女」を重ね合わせようとするテクストの欲望も兼ね備えている。しかし、三四郎は、それらとは異なる、彼独自の欲望を抱いてもいるのである。

物語の最終場面で、三四郎は、絵画として表象された美禰子を眺めて、他の男性たちとは全く異なる態度を示している。それが「口の内で迷羊、迷羊と繰り返した」（十三）という反応である。この三四郎の反応について、石原千秋は「彼ははじめて自己の『欲望』を言葉にしたのである」[*13]と述べている。ここで、注意したいのは、このとき三四郎は、野々宮、原口、広田とは異なる〈表象への欲望〉を抱いているということなのである。野々宮、原口、広田は、女性を不変な存在へと表象することを志向していた。だが、三四郎は、新たな表象を目指しているのだ。三四郎が美禰子について語ろうとするとき、そこで用いている言葉とは、「自然派」「浪漫派」（九）といった、広田が駆使する文学の言葉とは異なっている。三四郎は、美禰子について、既存の言葉ではない、新たな言葉によって語ろうとしており、自らの欲望を、新たな方法によって表象しようとしているといえる。このような新たな〈表象への欲望〉を抱いている男性を、〈青年〉と定義してみたい。

『三四郎』というテクストにおいて、〈青年〉が抱いている〈表象への欲望〉は、既存の言語秩序に回収されるものではない。三四郎が口にする「迷羊」という言葉は、そもそも美禰子の言葉を模倣したものである。テクストにおいて、美禰子という存在が秩序を逃れる〈他なる性〉としての女性として構築されている以上、美禰子の言葉とは〈意味ならざる意味〉のシニフィアンであり、[*14]美禰子の言葉を模倣する三四郎は、既存の言語体系を越える言葉を獲得しようとしているとみなすことができるのだ。

この〈表象への欲望〉は、『青年』というテクストにおいて、より明確に現れている。『青年』では、既存の言語秩序を越えようとする〈表象への欲望〉が、新たな言語体系の下に再秩序化され、提示されているのである。本論では、ここで、『青年』における〈表象への欲望〉を読み解いてみたい。

3　表象への欲望――『青年』

『青年』の主人公小泉純一も、三四郎と同様、女性の「眼」を解読しようとする人物である。純一の「眼」に対する欲望は、三四郎より自覚的である。純一は、坂井夫人に出会ったとき、「声よりは目の閃きが強い印象を与へた。横着らしい笑が目の底に潜んでゐて、口で言つてゐる詞とは、丸で別な表情をしてゐるやうである」(九)と感じ、その時の自身の気持について「己はあの奥さんの目の奥の秘密が知りたかつたのだ」(十)と日記に記している。純一にとって、坂井夫人の「眼」の「表情」とは、「口で言つてゐる詞とは、まるで別」なもの、つまり日常的な言葉の体系においてはとらえることのできない意味を持つものとして現れている。坂井夫人の「目の奥の秘密」「謎らしい目」(九)とは、日常の言語では表象することのできないものとしての「秘密」「謎」なのである。

ただし、純一にとっての「秘密」「謎」は、『青年』というテクストにおいて明確な言葉で分節化されている。一体夫人の言語や挙動には suggestif な処があつて、夫人は半ば無意識にそれを利用して、寧ろ悪用して、人

の意志を左右しようとする傾きがある。若し催眠術者になつたら、大いに成功する人かも知れない。（十九）

このように、『青年』では、坂井夫人の「目」の「秘密」は、「無意識」の力として意味付けられている。坂井夫人は、「無意識」の使い手であり、いわば、「催眠術者」と同じ存在と語られるのだ。したがって、純一が、夫人の「目」の「秘密」を解き明かすということは、彼が「無意識」を言語化するということに他ならないことになる。

このとき、純一は、坂井夫人の「目」の「秘密」、つまり坂井夫人の「無意識」の作用を解明し、言語化するために、日記を書くという手段を選ぶのである。純一にとって、坂井夫人との出来事そのものと同じかそれ以上に、出来事をどのように言語化するかということが重要な問題となっている。純一は、日記に「きのふ自分の実際に遭遇した出来事よりは、それを日記にどう書いたといふことが、当面の問題であるやうに思はれる」（十一）と記すのである。

純一の日記では、坂井夫人の「目」に惹かれた自己を、自らの「内面からの衝動、本能の策励」（十）としての欲望に動かされた事態としてとらえ、次のように言語化している。

兎に角アワンチユウルに遭遇して見てからの事である。まあ、こんな風な思量が、半ば意識の閾の下に、半ばその閾を踰えて、心の中に往来してゐたことがある。さういふ時には、己はそれに気が付いて、意識が目をはつきり醒ますと同時に、己はひどく自ら恥ぢた。（十）

純一は、自らの欲望の動きを、「半ば意識の閾の下に、半ばその閾を踰えて、心のうちに往来」する運動と表現する。この運動こそ、「意識」の統括を逃れた「心のうち」の働き、つまり「無意識」の働きであるといえよう。

だが、このような純一による「無意識」の言語化について検討する際に、『青年』ではあるパラダイムによって「無意識」という領域がとらえられていることを確認しておきたい。坂井夫人が「催眠術者」になぞらえて語られていることからも、『青年』においては、メスメリズムの枠組みが参照されていることが分かる。[*15] また、テクストでは、スピリチュアリズムに関する言及も見られる。

> Y県にゐた時の、中学の理学の教師に、山村といふお爺いさんがゐて、それがSpiritismeに関する、妙な迷信を持つてゐた。其教師が云ふには、人は誰でも体の周囲に特殊な雰囲気を有してゐる。それを五官を以てせずして感ずるので、道を背後から歩いて来る友達が誰だといふことは、見返らないでも分かると云つた。（九）

引用部では、山村という人物の伝聞という形でスピリチュアリズムの論理が紹介されている。注意したいのは、このとき、山村が語るスピリチュアリズムの説が「迷信」とみなされているということである。ところが、最終章において、純一が小説を書くことを予感するとき、山村の説には、妥当性が付与されてしまう。

> 今何か書いて見たら、書けるやうになつてゐるかも知れない。国にゐた時、碁を打つ友達がゐた。或る会の席でその男が、打たずにゐる間に棋が上がると云ふ経験談をすると、教員の山村さんが、それは意識の閾の下で、棋の稽古をしてゐたのだと云つた事がある。今書いたら書けるかも知れない。
> （二十四）

純一の「書けるかも知れない」という予感は、山村の「意識の閾の下」に関する説によって裏付けられている。純一は、山村の説を参照することで、自らの「意識の閾の下」としての「無意識」を対象化しようとしているのだ。このとき、純一は、スピリチュアリズムを小説を書くという表象行為と接合させようとしているといえる。「迷信」としてのスピリチュアリズムは、〈書くこと〉という主題と組み合わされたとき、配慮すべき論理へと変わるのだ。

このように、『青年』では、メスメリズム、スピリチュアリズムの枠組みを引用することで「無意識」の所在が示され、〈書くこと〉を志向する純一によって「無意識」の言語化が行われている。そして、この純一の表象への試みは、テクストにおいては、「催眠術」の使い手である坂井夫人の純一に対する影響力の行使と、純一によるその相対化という出来事を通じて探究されていくことになる。

純一にとって、坂井夫人は、言語コミュニケーションを超越した同化作用を及ぼす存在として現れている。

奥さんの目の謎は伝染する。その謎の詞におれの目も応答しなくてはならなくなる。（十五）

坂井夫人の「目」は、純一の「目」と「応答」関係にある。つまり、純一の「目」は坂井夫人の「目」と相同的であり、坂井夫人は、純一の「目」に対して同化作用を及ぼしているとみなすことができるのである。

このような坂井夫人の同化作用は、純一に「媚」を「伝染」させてしまう。

己の目で或る見かたをすると、強情な年長者が脆く譲歩してしまふことがある。そこで初めは殆ど意識することなしに、人の意志の抗抵を感ずるとき、その見かたをするやうになつた。己は次第にこれが媚であるといふことを自覚せずにはゐられなかつた。（略）この媚は己の醒めた意識が滅さうとした為に、却つて raffiné になつて、無邪気らしい仮面を被つて、その蔭に隠れて、一層威力を逞くしてゐるのではないかとも思はれるのである。そして外面から来る誘惑、就中異性の誘惑は、この自ら喜ぶ情と媚とが内応をするので、己の為めには随分防遏し難いものになつてゐるに相違ないのである。（十）

引用部では、純一の「媚」は、純一自身が「意識することなしに」、つまり、「無意識」裡に発揮されるものであると語られている。この「媚」は、坂井夫人の「目」において働く「無意識」の力と、同じものとなっているのだ。純一と坂井夫人の両者は、ともに「無意識」の力を備えている。「無意識」に動かされている純一は、自らの内に坂井夫人という他者を抱え込んでいるとも言えるのだ。

「無意識」を表象しようとする純一には、坂井夫人から生じる同化作用から自己の身を引き離すことが課せられている。「無意識」を表象するということは、坂井夫人の「目」が語る「謎の言葉」を、まさしく言語化することである。そのために、純一は、坂井夫人の「目」の「伝染」を遮断し、夫人との「応答」関係を乗り越えなければならない。

このとき、テクストでは、純一に「Otto Weininger」を参照させることによって、坂井夫人との同化という事態をジェンダーの問題へと収斂させ、言語によって対象化することが図られるのだ。

純一は、大村から「Otto Weininger」の理論についての次のような解説を受けている。

どの男でも幾分か女の要素を持つてゐるやうに、どの女でも幾分か男の要素を持つてゐる。個人は皆M＋Wだというのさ。そして女のえらいのはMの比例数が大きいのださうだ。（十一）

この言葉を聞いて、純一は「自分には大分Wがありさうだと思つて、いやな心持ちがした」（十二）のである。この「自分にはだいぶWがありそうだ」という自覚は、純一の目に備わっている「媚」に対応しているだろう。「媚」という「無意識」の力を身体の内に抱える純一は、「W」の要素が入った存在、つまり〈女らしい〉男であると言語化することができる。その結果、純一は、自らの〈女らしさ〉を排除し、〈男らしい〉男を目指すことを通じて、自身の「無意識」を「意識」によって操作することができるのだ。

このように、『青年』というテクストでは、ジェンダーという座標軸を導入することで、「無意識」の力を言語化しようとする〈青年〉が登場している。このような〈表象〉の方法からは、明治末のある思想的パラダイムをうかがうことができる。

4　無意識という領域――オットー・ワイニンガー『性と性格』

『青年』が発表される四年ほど前に、片山正雄『男女と天才』（大日本図書株式会社、明治三十九年一月）が出版されている。この著作には、次のような凡例が見られる。

本書は、奥太利の哲学者ドクトル・オツトー・ワイニンゲル著はす所の、「性及び性格」（Otto Weininger, Dr.phil, Geschlecht und Charakter. Zweite Auflage. 1904.）の梗概を伝へ、之に解説を施し、且つ附するに原作者の伝記及び其学説の概観を以てせるもの也。

『男女と天才』では、『青年』のなかで大村が引用している「Otto Weininger」の議論が、詳しく紹介されている。[*16]まず、ワイニンガーの論の枠組みについて、簡単に確認しておきたい。ワイニンガー『性と性格』では、「『個人的差別の心理学』若しくは『差別的心理学』即ち性格論」をうち立てることが目指されている。そして、それに際して提案されているのが、「個人の心的内容上、『男』『女』の百分率を探むる」という方法なのである。つまり、人間の心の状態を、「男」(M)と「女」(W)という要素の混交としてとらえ、MとWの割合の差異によって、個人の心理としての「性格」を定位するというものなのだ。このワイニンガーの論の目的は、次のように説明されている。

男たること、は何の謂ぞや、女たること、は何の謂ぞや。之を探究せむことは、余が全研究の目的なることとは言を俟たずと雖も吾人はこの研究に於いて性格論の根本的困難に逢着す。吾人が研究の強敵は実験心理学是れ也。実験心理学派は、一切の心的現象を感覚に帰し、心霊及び性格の存在疑ひて之を顧みず。然れども、此等の問題は感覚論及び連想論の力及ばざる所なるのみ。心理学の主要問題、例へば献身、義勇、任侠友誼、狂気、犯罪、殺人、憂愁等の心的現象は、実験心理学の説明する能はざる所にあらずや。感覚の分析は感能の生理学のみ。感覚論は心理学と何のなす所か有る。蓋し実験心理学者は、外部の世界は感覚より成るも、内部の世界は必ずしも然らざることを知らず。

引用部から、ワイニンガーの論は、実験心理学を仮想敵としていることが分かる。実験心理学は、専ら「外部の世界」からの刺激によって引き起こされる「感覚」を対象とするばかりで、「献身、義勇、任侠友誼、狂気、犯罪、殺人、憂愁等の心的現象」としての「内部の世界」を扱うことが不可能であるという。このような実験心理学への批判、「実験心理学派は、一切の心的現象を感覚に帰し、心霊及び性格の存在疑ひて之を顧みず」という批判のパターンは、ワイニンガーの論に限られるものではなく「心霊」を探究しようとする研究においても見ることができる。

一柳廣孝は、明治四十年代に心霊学が盛んに研究されていたことを調査し、心霊学の流行の背景には、実験心理学を中心とする近代心理学への批判があるとして、次のように述べている。

近代心理学は、「心」＝科学的探究を第一義とした。その結果、「心とは何か」、「意識とはなにか」という問題は、棚上げせざるをえなくなった。[*17]

ワイニンガーの議論は、この近代心理学としての実験心理学の問題点を克服しようとする試みの一つとして位置付けられるだろう。それに当たり、ジェンダーという座標軸を用いて、「内部の世界」としての無意識の表象化を試みているのである。

一切の明瞭なる感覚及び明晰なる思想（言語に表はすべき）の生ずるや、其前必ず不明の一段階を経るものとす。其時間は固より甚だ短きを常とす。斯の如きはまた敏捷ならざる連想に於いても之を見る。（略）吾人は最後に男（M）は意識的に生活し女（W）は無意識的に生活すと論結することを得べし。

ワイニンガーは、「明瞭なる感覚及び明晰なる思想」という「言語に表はすべき」対象の一歩手前の、「不明の一段階」を言語によってとらえようとしている。「女（W）」こそが、ワイニンガーによって名付けられた「不明の一段階」の名称なのである。『男女と天才』では、「男（M）」を意識に、「女（W）」を無意識に配分し、「女は専ら性慾的なれども、男は女より複雑にして、性慾的なると共に、非性慾的なり」、「男は性慾以外、戦闘、遊技、社交、宴遊、議論、科学、事務、政治、宗教及び芸術を知る」と断じている。ワイニンガーの理論において、女は、Wによって構成されているがゆえに、無意識と「性慾」が充満した存在となる。その一方で、男にはMが備えられているからこそ、意識の力によって無意識と「性慾」を管理することができる。

このようなワイニンガーの論理が端的に現れているのが、「女子は元来無意識的にして男子は意識的也。而も天才は最も意識的なれば也」という言葉だろう。ワイニンガーの論においては、意識による無意識の管理・統括という問題が重大なテーマとして浮上する。人間は、Mの要素が多いほど、Wのさらなる管理、統括が可能となる。そして、最もMの要素を備え持ち、意識の力によって無意識を統括した人間が、「天才」なのだ。片山正雄によって付けられた『男女と天才』というタイトルは、ワイニンガーの論理における、このような無意識の管理・統括という問題を中心化したものであるといえよう。

『青年』においても、この無意識の統括という問題が繰り返し現れている。この問題は、まず「新人」という概念において登場している。第七章の拊石による講演の中で語られた「イブセンは求める人であります。現代人であります。新しい人であります」という言葉について、純一は「一体新人といふのは、どんな人を指して言うのでせう」（八）という疑問を持つ。その疑問に対する答が、「因襲といふのは、その縛が本能的で、無意識なのです。新人が道徳で縛られるのは、同じ縛でも意識して縛られるのです」（十一）という大村の言葉なのである。ここで、大村は、「因襲」を意識化することができる人間が「新人」であるとみなしている。このような「新人」の概念には、無意識の管理・統括というコードが見られる。「因襲」とは、本来、無意識のレベルで拘束される縛りであり、それを意識によって乗り越えることのできる、つまり、自己の無意識を意識で管理することができる人間が、「新人」となるのだ。

この「新人」という概念は、テクストにおいて「芸術家」という存在へと展開されることになる。純一は、自己の「因襲」に囚われた観察眼に気付き、次のように思う。

自分も因襲の束縛を受けない目丈をでも持ちたいものだ。今のやうな事では、芸術家として世に立つ資格がないと、純一は反省した。（十六）

この引用部から、純一が目指している「芸術家」とは、「因襲」にとらわれない人間としての「新人」であるということが分かる。純一にとって、「芸術家」になるとは、自らの無意識を意識の力によって統括する力を身につけることなのである。

『青年』というテクストにおいて、純一は、「新人」となり、「芸術家」となることを目指している。純一が日記の中で無意識の力を言語化しようする試みは、この「新人」「芸術家」に向けた自己実現へとつながっている。純一は、「新人」として、また、「芸術家」として小説を書こうとしているのであり、純一によって書かれる小説は、無意識の言語による再現となるだろう。それを裏付けるように、テクストでは、純一の夢を見るという体験が、次のように語られている。

純一が写象は、人間の思量の無碍の速度を以て、ほんの束の間に、長い夢を繰り返して見た。そして、それを繰り返して見てゐる間は、その輪郭や色彩のはつきりしてゐて、手で攫まれるやうに感ぜられるのに打たれて、ふとあんな工合に物が書かれたら好かろうと思つた。（十九）

純一が書こうとしている小説とは、無意識の「写象」としての夢に相同するものなのだ。この純一の欲望する表象の特異性は、『三四郎』の広田と比べたとき、明確になるだろう。広田もまた、夢という表象に偏愛を抱いていた。だが、広田の夢とは「変わらない」女、〈不変の女〉という表象であったのに対して、純一の夢に登場する女たちは変化を繰り返している。

知らぬ女の顔の、忽ちおちやらになつたのを、少しも不思議とは思はない。馴馴しい表情と切れ切れの詞とが交はされるうちに、女はいつか坂井の奥さんになつてゐる。純一が危い体を支へてゐようとする努力と、僅かに二人の間に存してゐる距離を縮めようと思ふ慾望とに悩まされてゐるうちに、女の顔はいつかお雪さんになつてゐる。（十九）

純一が表象しようとしているのは、表象として封じ込められた〈不変の女〉ではない。純一は、〈女〉を表象することを欲望しているというより、〈女〉を求めて移り変わっていく彼自身の欲望を表象することを目指していると言っていい。純一は夢を見ながら、自らの欲望を感じている。「半醒覚の純一が体には欲望の火が燃えてゐた」（十九）のであり、この「半覚醒」の状態、意識と無意識の相克する状態に対して、「芸術家」としての純一は、言語によって過不足なく語ることが課せられている。

だが、『青年』において、純一は、無意識を言語によって表象し尽くすことはできないでいる。物語の中で純一は実際に小説を書くことはできないのであり、テクストには、「今書いたら書けるかも知れない」（二十四）という予感だけが記されている。

それにもかかわらず、『青年』では、未来という時間をテクストに導入することによって、結果的に純一が小説を書くことが保証されているのだ。語り手は、「後になつてから、純一は幾度か似寄つた誘惑に遭つて、似寄つた奮闘を繰り返して、生物学上の出来事が潮の差引きのやうに往来するものだと云ふことを、次第に切実に覚知し」た（二十四）と述べることで、テクストに未来という時間を呼び込んでいる。この「後になつて」という未来の時間において、純一は、これまで知らなかったことを「次第に切実に覚知」する、つまり、〈成長〉することになる。この〈成長〉によって、純一は、自らの無意識を意識化し、言語によって表象することが可能となるだろう。なぜなら、「後になってから」という未来の時間を語ることができる語り手、純一に先んじて未来の時間に身を置いている語り手は、純一の無意識を語ることができる存在なのであるから。

福住へ行こうか、行くまいか。これは純一が自分で自分を弄んでゐる仮設の問題である。併し意識の閾の下では、それはもう疾つくに解決が附いてゐる。肯定せられてゐる。（二十三）

若い心は弾力に富んでゐる。どんな不愉快な事があつて、自己を抑圧してゐても、聊かの弛みが生ずるや否や、弾力は待ち構へてゐたやうにそれを機として、無意識に元に帰さうとする。（二十三）

このように、語り手は純一の「意識の閾の下」「無意識」を言語化し、語っている。純一が、未来において語り手の位置する場所まで到達すれば、純一もまた、無意識を言語化できる存在となるのだ。[*18]

『青年』というテクストでは、無意識を言語によって表象しようとする〈青年〉が登場している。純一の表象への試みは、三四郎の試みの再‐秩序化とみなすことができる。三四郎は、自らの欲望を、既存の言語体系を越える言葉によって表象しようと試みていた。だが、純一は、それをさらなる秩序の中に組み込もうとしている。それは、無意識を管理・統括する秩序体系なのである。

既存の秩序を越える言語を獲得しようという〈表象への欲望〉に憑かれた〈青年〉は、無意識という領域を意識によって照らし出し、言語化することを目指している。この無意識への探究は、さらなる言語の再‐秩序化を促してしまうだろう。意識を越える領域として無意識を想定する以上、無意識を意識化する試みは、同時に、未だ光の届かない無意識の奥深い領域の存在を、意識の残余物として浮上させることとなる。『青年』というテクストは、この無意識の領域を、「人の心には底の知れない暗黒の境がある」（二十二）と語っている。

『青年』、そして『三四郎』というテクストにおける〈青年〉は、意識ではとらえることができない欲望の動き、「暗黒の境」としての無意識の運動を、女性に投影し、ジェンダーの規制の下に表象することによって、自身の無意識に到達しようと試みている。[*19] このように、〈表象への欲望〉という観点から両テクストをとらえたとき、『三四郎』、『青年』は、明治末の〈青年〉が抱え持っていた志向性を浮かび上がらせる。

山本芳明は、日露戦争後に、旧世代の人々が共有していたパラダイムによっては自己確立ができず、新たなアイデンティティを模索する〈「空想ニ煩悶」する青年〉たちが現れたこと、そして、正宗白鳥『何処へ』（「早稲田文学」明治四十一年一月〜四月）の主人公菅沼健次において、〈「空想ニ煩悶」する青年〉の姿が描き出されていたことを指摘した上で、結局、『何処へ』というテクストは、〈青年〉たちが拠るべき新たなアイデンティティを提示することができなかったことを論じている。[*20]

しかし、『何処へ』で見ることができるのは、「阿片を吸つて見たくてならん」（一）という願望を抱く「鋭い神経」（十一）の持ち主としての健次の姿なのである。

　彼れは激烈な刺激に五体の血を湧き立たせねば、日に日に自分の腐り行くを感じ、青春の身で只時間の蟲に喰はれつゝ、生命を維いでゐる現状を溜らなく思つた。そして空想を逞しうして色々の刺激物を考へた。（十）

このような「刺激物」への志向は、谷崎潤一郎『秘密』（「中央公論」明治四十四年十一月）における、「その頃の私の神経は、刃の擦り切れたやすりのやうに、鋭敏な角々がすつかり鈍つて、余程色彩の濃い、あくどい物に出逢わなければ何の感興も湧かなかつた」という「私」の志向性と相通じるものであるだろう。このとき、健次の「刺激物」への志向とは、『秘密』の「私」同様、自身の「暗黒の境」としての無意識の領域へと降りていこうとする欲望の現れととらえることができるのではないか。

『三四郎』、『青年』というテクストを、〈青年〉における〈表象への欲望〉という観点から考察したとき、無意識という領域に到達しようとしていた当時の〈青年〉たちの姿が浮かび上がってくる。三四郎と純一は、無意識を言語によって表象しようという、新たな〈表象への欲望〉を抱いた男性たちの先駆けとなっているのである。

注

＊1　内田道雄「『三四郎』論——上京する青年」「国文学　言語と文芸」75、一九七〇・三、玉井敬之ほか編『漱石作品論集成　第五巻　三四郎』桜楓社、一九九一・一所収。

＊2　前田愛「明治四十年代の青年像——『三四郎』論」「国文学」一九七一・九、＊1前掲書所収。

＊3　〈青年〉という概念の系譜学的研究としては、木村直恵『〈青年〉の誕生』（新曜社、一九九八・一）、北村三子『青

年と近代』（世織書房、一九九八・一二）を参照されたい。

＊4　『青年期の研究』としての『青年』」「湘南文学」12、一九九九・一、『小説の考古学へ』名古屋大学出版会、二〇〇一・二、所収。

＊5　「強制的異性愛体制下の青春――『三四郎』『青年』」「文学」（岩波書店、二〇〇二・一）。また、日本近代文学における「ホモソーシャル」の問題については、飯田祐子『彼らの物語』（名古屋大学出版会、一九九八・六）において論じられている。

＊6　講談社、二〇〇一・九。

＊7　＊5前掲論文。

＊8　「鏡の中の『三四郎』」「東横国文学」18、一九八六・三、『反転する漱石』青土社、一九九七・一一所収。

＊9　中山和子は、美禰子の懺悔について、「漱石自身は美禰子の片付けかたでは本来片付かなかったものを、作品の内側の必然として担いとらなければならなかった」と述べている（「『三四郎』片付けられた結末」、「国文学」一九八二・五、『漱石・女性・ジェンダー』翰林書房、二〇〇三・一二所収）。

＊10　『続夏目漱石』甲鳥書林、一九四三・一一。また、佐々木英昭は、美禰子とヘルマン・ズーダーマン『過去』の女主人公フェリチタスを対照させ、「自ら識らざる間に別の人になって行動する」という「自ら識らざる偽善家」という性格について考察している（『「新しい女」の到来』、名古屋大学出版会、一九九四・一〇）。

＊11　「青春小説の性／政治的無意識」「漱石研究」3、一九九四・一一、『語りの近代』有精堂、一九九六・四所収。

＊12　深津謙一郎は、広田こそが、〈表象〉に対する男性たちの偏愛の中心をなす人物であると論じている（「〈他者〉を可視化する実験装置――『三四郎』の権力関係」、「明治大学日本文学」23、一九九五・六）。

＊13　＊8前掲論文。

＊14　美禰子を「新しい女」と読み解くフェミニズム批評において、美禰子の言葉の意味を定位しようとする試みがなされている。中山和子「『三四郎』――商売結婚と新しい女たち――」（「漱石研究」2、一九九四・五、＊9前掲書所

収）、飯田祐子「女の顔と美禰子の服」（「漱石研究」2、一九九四・五、＊5前掲書所収）を参照されたい。

＊15　日本におけるメスメリズムの移入については、一柳廣孝『催眠術の日本近代』（青弓社、一九九七・一一）に詳しい。

＊16　オットー・ワイニンガー『性と性格』というテクストの特異性については、スラヴォイ・ジジェク『快楽の転移』（青土社、一九九六・一）で論じられている。

＊17　『〈こっくりさん〉と〈千里眼〉』講談社、一九九四・八。

＊18　このように、語り手が自ら語る物語の中に未来という時間を持ち込んでしまう方法は、大正期の小説における語りの方法にも見られるものである。大正期の小説が、未来という時間を含んでしまう問題については、山本芳明「終わりのない結末と〈終われない物語〉――江馬修『受難者』をめぐって――」（「文学」一九九三・一〇）、金子明雄「力の作家・長与善郎――初期長編小説の構成力をめぐって――」（三谷邦明編『近代小説の〈語り〉と〈言説〉』有精堂、一九九六・六、所収）を参照されたい。

ところで、鷗外の作品において、「無意識」の表象は、未来という時間の導入や、『妄想』（「三田文学」一九一一〈明治四四年〉・三〜四）に見られるような超越的な語り手の導入によって保証されている。「無意識」を表象する際に、超越的な審級が機能してしまうことの背景には、鷗外がドイツロマン主義哲学であるハルトマンの「無意識」を参照していたことがあるだろう。鷗外のハルトマン受容については、神田孝夫「森鷗外とE・V・ハルトマン――『無意識哲学』を中心に」（「比較文学研究森鷗外」一九八八・一〇）、ハルトマンの「無意識」概念については、アンリ・エレンベルガー『無意識の発見』（上巻、弘文堂、一九八〇・六）を参照されたい。

＊19　森鷗外『灰燼』（「三田文学」一九一一〈明治四四年〉・一〇〜一九一二〈大正元年〉・一二）においても、「無意識」が表象されるに際して、同じようなジェンダー規制が存在する。『灰燼』では、「変生男子の小説でも処女作として書いてみようかしら」（十二）という主人公山口節蔵の〈書くこと〉への願望の下に、両性具有的な「変生男子」である相原の「意識の閾の下」の運動が対象化されていく。

＊20　「『空想ニ煩悶』する青年——『独立心』・『何処へ』を軸として　正宗白鳥ノート」「学習院大学文学部研究年報」33、一九八六・三。また、山本芳明は、『青年』について「白鳥の作品にひかれそこに自分の心と気分を見出した青年たちの、白鳥から離れて新たに積極的な自己形成を目指して歩み出そうとする動きを反映している」と述べている（「白鳥の軌跡——『空想ニ煩悶』する青年から『自然主義』作家へ　正宗白鳥ノート2」、「学習院大学文学部研究年報」34、一九八八・三）。

※『三四郎』引用は『漱石全集』第五巻、岩波書店、一九九四・二、『青年』引用は『鷗外全集』第六巻、岩波書店、一九七二・四、『何処へ』引用は『正宗白鳥全集』第一巻、福武書店、一九八三・四に拠る。

第三部

融解するアイデンティティと犯罪小説

第九章　夏目漱石「写生文」と志賀直哉『濁った頭』〈狂気の一人称〉という語り

1　「写生」の射程圏

明治四十年代、絵画の技法をモデルとする「写生」の方法を「小説」に導入することが試みられた。そのとき、「小説」において〈どこから見ているのか〉〈誰が見ているのか〉という観察者の視点の所在に関する情報を書き込むと同時に、観察対象の心理を描き出すことが目指されたのである。

この「小説」の試みは、田山花袋『蒲団』、夏目漱石『草枕』のなかで「文学者」や「画工」といった特権的な観察者の視点を定位して、観察対象の心理を描き出すという方法へと結実した。心理の観察者である彼らは、観察対象に女性を選び、彼女たちの身体の内奥に無意識を見出したのである。

その一方で、明治四十年代の「小説」のなかには、特権的な観察者の視点を定位しないままに、「写生」の方法を組み込んでいったテクストも存在する。そのとき、「小説」において、特異な観察者の視点がとらえた世界が再現されることになる。この事態は、〈見たまま〉を再現するという「写生」の方法に潜在的に備えられている問題だといえる。

夏目漱石は、このような「写生」に内在する観察者の問題をいち早く意識していたといえるだろう。彼は、明治四十年一月二十日、「読売新聞」誌上において「写生文」という文章を掲載した。「写生文の存在は近頃漸く世間から認められた様であるが、写生文の特色に就いてはまだ誰も明瞭に説破したものが居らん」という文章で始まる「写生文」では、当時新しいジャンルとして衆目を集めていた「写生文」についての漱石の見解が披露されている。そのなかで、漱石は、「写生文家の人事に対する態度」について「大人が子どもを視るの態度」であると述べていることは、あまりにも名高い。ここでは、漱石が「写生文」で語った言葉ではなく、語らなかった事柄について考えたい。

「写生文」を発表するに際して、漱石が直面していたにもかかわらず言葉にはしなかったこととは、「写生」の語り手が〈狂気〉を孕んでいる場合についてである。漱石が明言を避けた〈狂気の一人称語り〉の位置付けは、志賀直哉『濁つた頭』において実践されることになる。「写生文」と『濁つた頭』のテクスト分析を通して、「写生」の方法には〈狂気の一人称語り〉という問題が内在していること、また、〈狂気の一人称語り〉を統合するための構成を備えた「小説」が、明治四十年代に生み出されていたことを明らかにしたい。

2　夏目漱石「写生文」とモーパッサン『狂気』

「写生文」は、「読売新聞」の第六面に掲げられた。興味深いことに、「写生文」の残りのスペースを埋めるようにして、同じ紙面上にモーパッサンの短編小説『狂気』の翻訳が掲載されたのである。[*1]『狂気』という小説が「写生文」と同一紙面上に隣り合わせで発表されたという出来事は、「写生」の試みに内在していた問題を顕在化させる事態となっている。

モーパッサン『狂気』の内容を要約すると、ある男が嫉妬のあまり恋人を殺害する、というストーリーとなる。大西忠雄は、このテクストについて、モーパッサンの小説のなかで「変態性欲または性的嗜虐性を主題とした」作品のうちの一つとして分類している。[*2] 実際、『狂気』では、主人公の「絶ずこの婦人を自分の持物にして居たい、と思へば思ふほど、この獣類を殺して仕舞はねばならないといふやうな気が起こ」るという性的欲望のあり方が描写されており、その欲望の果ての事件として殺人が描かれている。主人公の欲望をめぐる語りを前景化してテクストをとらえれば、『狂気』は、「変態性欲または性的嗜虐性」を描いた作品ということになるだろう。

そして、このような「性欲」を主題とみなす作品評価は、明治期の自然主義文学におけるモーパッサン受容の枠組みと、作品解釈を共有するものであるといえる。[*3] 日本におけるモーパッサン受容の問題は、これまで自然主義文学運動とのかかわりにおいて論じられてきた。[*4] しかし、『狂気』というテクストの内容に注目する前に、その語りに焦点を合わせると、自然主義文学との関連として取り上げられていた主題とは異なる側面が見えてくる。

『狂気』は、次のように始まっている。

私は狂気か？または単の嫉妬か？私には何も解らない、が激しい苦痛を感じて居る。私は馬鹿な、途方もない馬鹿な行為をやつた、それは真実だ。

けれど堪へに堪へて彼の忌々しい心の憂愁や、彼の夢中であつた嫉妬や、彼のむらむらと湧て来る情慾などが、真に覚悟の上での犯罪でない愚かな罪悪を、我々に犯さす為には充分でなかつたろうか？

このように、『狂気』では、主人公「私」による一人称の語りに基づいて、殺人事件に至るまでの心理的な葛藤が語られている。語り手は、自らが引き起こした事件について、「覚悟の上での犯罪でない」と言いながらも、「馬鹿な行為をやつた、それは真実だ」と語る。したがって、「私」は、自らが語る出来事の内容が「犯罪」行為に相当し、自身は「犯罪」者であると自覚していることが分かる。行為者としての「私」は、社会的な価値規範を共有している。

しかし、語り手の「私」は、事件の経緯のすべてを語った後、「言つてくれ給へ。私は狂気か！」という言葉で最後を結ぶのであり、このとき「私」は、〈正常／異常〉という価値規範に基づいて自身を意味付けることができないでいる。「私」の認識は、社会的に共有されている意味の世界から逸脱してしまうのである。その結果、「私」の現実感が揺らぐことになる。『狂気』において、「私」という人物は、行為の主体としての現実感をかろうじて保持している一方、語る主体としての現実感に危機を抱いていることになる。

このように、語り手である「私」の現実感に危機が生じてしまう直接的な原因は、「私」が犯した殺人事件が「覚悟の上での犯罪でない」ということ、つまり明確な意識に基づいた行為ではなく、「憂愁」「嫉妬」「情慾」といった、意識を超えた感情と欲望の力に動かされての結果であるということだろう。事件の経緯を語る「私」は、自身を突き動かした「憂愁」「嫉妬」「情慾」という力について語りつつも、結局それを明確な秩序の下に意味付けることができないでいる。

つまり、『狂気』における「私」の語りとは、語る行為によって自らの自己同一性を築くことのできない語りなのである。このテクストのタイトルである『狂気』（『狂人か？』）という言葉は、殺人事件それ自体を指すというより、殺人事件をめぐる語り、安定したアイデンティティを構築することが困難な語りを指しているといえよう。『狂気』というテクストにおいて試みられているのは、〈狂気の一人称語り〉ということになる。

そして、この〈狂気の一人称語り〉は、「ありのま丶見たるま丶に其事物を模写する」[*5]という「写生」における語りの実践を押し進めていった果てに現れると考えることができるのである。「写生」では、個人がとらえた世界を言語によって再現すること、つまり、一人称的世界の再現が目指される。その結果、描かれた世界は第三者の視点を欠落させているために、現実性から乖離する可能性を孕んでいるのだ。『狂気』において、情動の力に巻き込まれつつそれを語る「私」の語りは、他者を欠いた一人称的世界の再現の究極的な様相といえるだろう。

したがって、漱石が「写生文」を「読売新聞」に発表するに際して、同じ誌面に『狂気』が掲載されたということとは、「写生」の方法に備えられている射程圏を示してみせた象徴的な出来事といえよう。「写生」によって描き出される「ありのまゝ見たるまゝ」の世界とは、〈現実性〉から乖離した〈狂気〉の渦中となるかもしれず、そこでは、自己の同一性を見失った〈狂気の一人称語り〉が繰り広げられるかもしれないのだ。

漱石は、「写生文」において、「大人が子供を視るの態度」で対象に向かうことを唱えたが、さらにこの言葉は、次のように展開されていく。

大人は小児を理解する。然し全然小児に成り済ます訳には行かぬ。小児の喜怒哀楽を写す場合には勢客観的でなければならぬ。こゝに客観的と云ふは我を写すにあらず彼を写すといふ態度を意味するのである。

この主張は、二つの点で困難さを伴っている。まず、「写生」において描くべき対象となるものを、「小児」＝「理解」可能なもの、と限定している点である。「理解」可能なはずだった対象が「理解」の範疇を超えたとき、「写生」は破綻することになる。

また、「写生」の方法を「客観」＝「我を写すにあらず彼を写すといふ態度」と規定することによって、「写生」は原理的には不可能な行為となってしまうだろう。「写生」は一人称に基づく再現行為である以上、観察対象は、常に「我」の視点から生じる偏向を受けてしまうのだ。

したがって、「写生」において、漱石が主張するように「大人が子供を視るの態度」を取ることが可能であるとすれば、観察対象との間に充分な距離を設定し、語り手＝観察者の超越性が脅かされない状態を作り出すことより他にない。このような限定的な状況設定が求められるために、漱石的な「写生」には困難さが伴うものとなる。

にもかかわらず、漱石があえて困難な方法の中に「写生」を限定してみせたのは、実は、漱石自身が「写生」という方法に潜在的に備えられている可能性を強く自覚していたからなのではないだろうか。「写生」は、「理解」不可能な対象を、「主観」的に描き出してしまう可能性を持つ。「写生」とは、語り手＝観察者の秩序化された認識の範疇には収まらないものを、秩序破壊的な形で再現してしまうかもしれない方法なのだ。モーパッサン『狂気』における〈狂気の一人称語り〉には、このような「写生」の可能性の一端が覗いているといえよう。

漱石は、「写生」が備え持つラディカルな性質を嫌悪したがゆえに、「写生」を限定的な方法としてとらえ、また、モーパッサンを嫌悪したのではないか。漱石のモーパッサン批判としては、『文芸の哲学的基礎』（「東京朝日新聞」明治四十年五月四日〜六月四日）において展開された『首飾り』のプロット批判が名高い。しかし、漱石は、モーパッサンの〈狂気の一人称語り〉の効果が十全に発揮された小説『オルラ』（"Le Horla"、一八八六年）を自身の蔵書に加えていた。そして、その本に、「愚作ナリ」という痛烈な一言を書き込んでいる。[*6] 漱石はモーパッサンの〈狂気の一人称語り〉を嫌悪していたが、少なくとも、〈狂気の一人称語り〉によって構成された「小説」の存在を意識しないわけにはいかなかったのである。

3 『濁つた頭』の語りと構成

漱石は、モーパッサンの〈狂気の一人称語り〉を嫌悪していたらしい一方で、これをいち早く創作に取り入れたのが志賀直哉だろう。志賀直哉『濁つた頭』（「白樺」明治四十四年四月）は、モーパッサン『狂気』に非常に近似したテクストとなっている。[*7]

両テクストの類似点として、まず、性的欲望に翻弄されたあげくに男が愛人の殺害に及ぶ、という物語内容が挙げられる。さらに、それ以上に注目すべきなのは、「私」による一人称によって繰り広げられる語りには、『狂気』において描き出されていた〈狂気の一人称語り〉と同様の性質が備えられているということである。[*8]

今まで自分の繰り返して来た記憶は何なのだ。何しろ、それは現実に起こつた事の記憶ではないと思はれて来ました。夢の記憶かしらと思つても見ました。そんなら今かうしてゐるのは何なのだらう？（略）いよ〳〵自分は気が違つたのかしら……。（九）

このように、『濁つた頭』における「私」の語りにおいて、語るという行為の過程を通じて、語る主体のアイデンティティの一貫性が崩壊していく。その結果、語り手は、「いよ〳〵自分は気が違つたのかしら」というように、自己認識の危機がもたらされることになる。

『濁つた頭』というテクストの興味深い点は、この〈狂気の語り〉が、さらに、『狂気』では見られなかった構成の試みへと展開されていることにある。

一柳廣孝は、『濁つた頭』の未定稿を調査して、『濁つた頭』に「小説」としての構成が備えられていく様態を明らかにしている。[*9]『濁つた頭』とは、「朝見た夢より」と記された「手帳」の記事（明治四十一年十月十五日）を「原テクスト」とし、草稿の「二三日前に想ひついた小説の筋」（明治四十一年十月十八日）を「プレテクスト」するものであり、その改訂を経て、「夢」の記録が、「性欲」の奔出の果ての殺人というプロットへと整えられていったという経緯を持つ。この過程について、一柳論では、「『夢』から出発し、そこに〈性欲─罪〉コードが導入される事で大方の完成を見た」との分析がなされている。

また、山口直孝も、『濁つた頭』の構成を考察するにあたり、〈性〉をコード化する語りを中心化する。山口論では、『濁つた頭』の語りは「〈告白〉のスタイルに相当する」とみなされており、『濁つた頭』について「〈告白〉という形式の採用によって、〈私なるもの〉をまとまりのある叙述、つまり個人の過去を対象とすることにおいても組織立てることの可能性が開かれた」テクストであると考察している。[*10]

一柳、山口論に共通しているのは、『濁つた頭』の語りを〈性をめぐる語り〉に収束するものとみなし、そこに「小説」としての構成が編成される契機を見出していることである。しかし、実際に、『濁つた頭』というテクストにおける構成を検討してみると、まったく異った問題が見えてくる。
『濁つた頭』の草稿として残されている「二三日前に想ひついた小説の筋」[*11]では、主人公は「男（彼）」という人称によって語られる。さらに、テクストでは、「作者は、かういふ事にしてゐるのだ」という断り書きが見られ、「兎も角、夢と現実とが、ゴッチャ〳〵になる所が書きたいと思ひ、脳の病的な作用によるとして、其動機はあとから附けたのだ」との創作意図が披露されている。この草稿段階で、「男」の殺人とは、彼を襲った「脳の病的な作用」を描き出すための副次的な主題とみなされているといえよう。

殺人事件をプロットに組み込むに際して「あとから附けた」とされる「動機」とは、「性情の強い女に誘われて」、「異性間の関係を結で了つた」という出来事に端を発して生じたというものである。

　女との関係が生じてから、彼の心はダン〳〵濁つて来た。然し頭（生理的の）はまだ澄むでゐた。然し彼の心が益々濁りだした時に頭までが漸く濁りを帯びて来た。

このように、「動機」として示されているのは、「頭」の「濁り」、つまり、「性欲」を原因として生じるとされる「脳」の〈病〉である。[*12]この「動機」が書き込まれたことによって、「二三日前に想ひついた小説の筋」では、「脳」をめぐって二つの問題系が並列することになる。一つは、「夢と現実とが、ゴッチャ〳〵になる」という「脳の病的な作用」、つまり「夢」につらなる問題としての「脳」の状態について、もう一つは「性欲」へとつながる問題である。
「二三日前に想ひついた小説の筋」において現れていた「脳」をめぐる二つの問題系は、草稿段階の「男」をめぐる語りが「私」による一人称の語りへと変化し、『濁つた頭』というタイトルを備えたテクストへと具現化されることによって、「性欲」の問題系へと収束していくかのように見える。[*13]『濁つた頭』において、殺人事件の「動機」は、次のように語り直されている。

　お夏に接する迄は私は澄んだ頭脳と澄んだ心とを持った青年でした。然し其後段々と私の心は濁つて来まし

た。でも頭までは濁らなかつたのです。（六）

ここで、「一三日前に想ひついた小説の筋」の「女」は「お夏」と名付けられ、また、「彼」（「男」）は、「私」という一人称へ収斂していったことが分かる。『濁つた頭』の「私」は、自身の「頭の濁り」（六）が次第に濃くなり、「妄想」と「現実」との境界が浸食していく過程を語っていく。その結果、「私」は、自己認識が崩壊するという事態を迎えることになる。

私はもう何が何だか分らなくなりました。前年からのお夏との関係、それ全体が夢ではなかつたかしら――それとも人格の分裂――さういふ現象かしら？

今は殺人と云ふ大きな意識もぼやけた影を私の心に映して居る許りで、何の強い刺戟をも与へなくなりました。（九）

この語りにおいて、「夢」につらなる「脳の病的な作用」と、「性欲」という「脳」をめぐる二つの問題系は、一つに接合されているように見える。「私」による「殺人」は、「脳の病的な作用」としての「人格の分裂」の結果であると同時に、「お夏との関係」という「性欲」の果ての出来事としても語られているのである。

しかし、『濁つた頭』の「小説」としての構成に目を向けると、「脳」をめぐる二つの問題系には、さらなる階層化が生じていることが分かる。『濁つた頭』の冒頭部と結末部において、語り手の「私」に関する情報を提供する、報告者としての「私」が登場するのである。この報告者の「私」の語りによって、語り手の「私」は「津田君」という三人称の位置に置かれ、報告者の「私」の視点から検証されることになる。

自分はいつも余り物を云はない津田君の今晩の調子に驚かされた。そして二年間も瘋狂院で絶えず襲はれて居たと云ふ此人の恐ろしい夢を其こけた頬や、うるんだ落着のない眼から想像して、済まぬながら、一種の好奇心も持つたけれど、未だ常人とは行かぬ人を興奮させる恐れから、なるべく、其話から遠退かうとした。然し津田君は単刀直入に聞いて呉れと云つて語り出した。

この冒頭部の「私」の語りにおいて、「脳の病的な作用」としての「夢」の問題が前景化していることが分かる。「津田君」である「私」の語りとは、「恐ろしい夢」に襲われ続けてきた「未だ常人とは行かぬ人」の語りであると位置づけられているのだ。また、結末部に附けられた「附記」でも、報告者の「私」によって、「津田君のうなされる事はそれからも毎晩であつた」という説明がなされており、「津田君」＝「私」の語りが、「夢」の渦中から生み出されていることが強調されている。

さらに、結末部の語りにおいて、「津田君」＝「私」が語った「性欲」の問題も「夢」に回収されるものとして位置づけられてしまう。

「貴方、人違ひですつたら」と鋭い声がして女の立ち上る気配がした。「馬鹿」と男の鋭い声もして、これも起ち上つたらしく、何かもみ合ふやうな物音がすると、不意に境の唐紙がゴトッと此方へふくらんで、それが外れると、ふうはりと自分の部屋へ倒れて来た。その隙に真赤な顔をした、若い女中は、自分の部屋を抜けて出て行って了つた。

「私」が目撃したこの事態から、「津田君」＝「私」は、「女」を識別していないことが明らかになる。「津田君」＝「私」は、「若い女中」を、自身の「夢」の住人と「人違ひ」しているのである。この様子から、結局、「お夏」という人物もまた、「津田君」＝「私」の「人違ひ」なのではないか、という可能性が生じてくる。「お夏との関係、それ全体が夢ではなかつたかしら」という「津田君」＝「私」の言葉は、文字通り「お夏」という人物の不在として、すべてが「津田君」の「妄想」の産物であると受け取ることもできるのである。

以上のように、『濁つた頭』の冒頭部と結末部の「私」による語りに注目すると、「脳の病的な作用」としての「夢」が前景化され、「性欲」の問題系は「夢」の問題に回収されてしまうことが明らかになる。「津田君」＝「私」

による〈性欲をめぐる語り〉は、〈他者を欲望する私〉として〈語る主体〉のアイデンティティを構築するものではなく、「妄想」のなかの「女」への欲望に閉じこめられ〈狂気〉へと陥っていく「私」、〈語る主体〉である「私」の認識が崩壊していく過程を表すものとなっている。

『濁つた頭』は、モーパッサン『狂気』において見られた〈狂気の一人称語り〉を、さらに、構成の面から補強したテクストであるといえよう。『濁つた頭』は、新たに浮上してきた〈狂気の一人称語り〉という語りのスタイルを、「小説」というジャンルの中に回収しようする方法論に貫かれている。

4 〈狂気〉と〈性欲〉の切断面

さらに、明治四十年代の自然主義文学における〈性欲をめぐる語り〉と、『濁つた頭』の〈狂気の一人称の語り〉との差異について確認しておかなければならない。『濁つた頭』は、「性欲」に翻弄された果ての殺人という物語内容を備えているが故に、そこで語られる〈狂気の一人称〉は、自然主義的な〈性欲をめぐる語り〉と交差するかのように見える。

しかし、自然主義文学において探究されていた〈性欲をめぐる語り〉とは、「自己」の中に存在する「自己」を超えた力としての「性欲」を名指し、言語化する行為であったといえるのだ。つまり、〈性欲をめぐる語り〉は、「性欲」という対象を、〈自己／非自己（＝他者）〉、〈男／女〉、〈精神／身体〉、という二項対立に基づいて秩序化・分節化する行為となっていたのである。この二項対立は強固なヒエラルキーによって支えられている。語り手は、対立項の前者に身を置き、「性欲」を後者に投影し、意味の内に回収する。「性欲」の語りは、「女性」の対象化を伴っていたのである。

この〈性欲をめぐる語り〉の問題は、明治四十年代の自然主義文学において語られたセクシュアリティの〈病〉が、「男性」＝「神経衰弱」、「女性」＝「ヒステリー」としてジェンダー化されていたことからも明らかだろう。過度な〈性欲〉によってもたらされる〈病〉は、「男性」においては「脳病」としての「神経衰弱」に、一方、「女性」においては「身体」の〈病〉としての「ヒステリー」へと非対称的に分割されるのだ。[*14]

それに対して、『濁つた頭』の〈狂気の一人称〉では、二項対立的秩序に基づいて対象を分節化することがもはや困難になっている。「私」という自己が語る「お夏」への欲望には、「お夏」が私の「夢」のなかの人物であるかもしれないという可能性が纏わり付いている。つまり〈自己／非自己（＝他者）〉という秩序は、「夢」によって脱構築されているのだ。

同様に、〈私＝男／お夏＝女〉という秩序も、「ヒステリー」をめぐる語りによって相対化されることになる。「二三日前に想ひついた小説の筋」では、「女は、ダン〳〵ヒステリー的になって来た」と語られており、このとき、「ヒステリー」には「女性」というジェンダーが刻印されていることが分かる。しかし、〈狂気の一人称〉が確立された『濁つた頭』においては、「ヒステリー」をめぐってジェンダーの攪乱が生じているのだ。

お夏は純粋な、かなり烈しいヒステリーになつて了ひました。私も同じです。（七）

この語りにおいて、「私」という「男性」は、「お夏」という「女性」と同様に、「ヒステリー」という「病」の所有者とされているのである。

このように、『濁つた頭』における〈狂気の一人称〉は、〈自己／非自己（＝他者）〉という秩序のみならず、〈男／女〉というヒエラルキーさえも壊乱するものとなっている。『濁つた頭』において唯一保たれているのは、ある語りと、それを相対化する別の語りという、語りの階層秩序だけなのだ。この語りの秩序化という戦略が、『濁つた頭』における〈狂気〉の封じ込めであると同時に、〈狂気の一人称〉の「小説」への組み込みということになるだろう。

『濁つた頭』における〈狂気の一人称語り〉は、明治四十年代の自然主義文学における〈性欲をめぐる語り〉とは異なり、語る対象を明確な秩序の元に分節化することが困難である。そのため、『濁つた頭』という「小説」は、〈狂気の一人称語り〉の秩序化を行う構成を生み出さなければならなかったといえる。

明治四十年以降メディアを賑わし始めた〈狂気の一人称語り〉という語りの形式は、「写生」という問題意識に予め含まれていたと考えることができる。その語りは、明治四十年代の自然主義文学の語りの方法とは異なるものだった。したがって、〈狂気の一人称語り〉を「小説」というジャンルに組み入れようとしたとき、語りの秩序付けを行う構成が作り出されることになった。このとき、無意識は、特権的な観察者が観察対象の身体の内に見出すものではなく、語りにおいて現れ、構成によって意味付けられるものとなるのだ。

注

＊1　藤田生訳モオパツサン『狂気』。原題は〝Ｆｏｕ?〟(一八八五)。『モーパッサン全集』第二巻(春陽堂、一九六五・九)では、青柳瑞穂訳で『狂人か?』として収録されている。

＊2　「モーパッサンの生涯と作品」『モーパッサン全集』第三巻、春陽堂、一九六六・五。

＊3　例えば、相馬御風は、「モウパッサンの自然主義」(「早稲田文学」一九〇七〈明治四一年〉・一)において、「人生の暗黒面又は獣的方面の描写と云ふ自然主義的傾向の一面を、極端にまで追求したものは、モウパッサンである」と述べている。

なお、日本の自然主義文学運動におけるモーパッサン受容が論じられる際に、筆頭に挙げられるのが田山花袋である。『ベラミ』を評した花袋の「慾情を逞しうすること日常茶飯事に等しき主人公」「欧州大陸における自然主義が人性の極端を曝露し」た(「西花余香」、「太平洋」一九〇一〈明治三四年〉・六・三)という言葉は、しばしば参照されてきた。

＊4　日本の自然主義文学運動におけるモーパッサン受容については、松田穣「日本文学とフランス文学（1）」、伊狩章「日本文学とフランス文学（2）――モーパッサンの輸入とその媒介者」（日本比較文学会編『比較文学――日本文学を中心として』矢島書房、一九五三・一〇）、伊狩章「田山花袋とモーパッサン」（「弘前大学人文社会」一九五四・一、日本文学研究資料刊行会編『自然主義文学』有精堂、一九七五・八）、吉田精一『自然主義の研究』上、下巻（東京堂出版、一九五五・一一、一九五八・一）、大西忠雄「日本におけるモーパッサン」（『モーパッサン全集』第三巻、＊8前掲書）、大西忠雄「モーパッサンと日本近代文学」（吉田精一ほか編『日本近代文学の比較文学的研究』清水弘文堂書房、一九七一・四）、松田穣「モーパッサン」（福田光治ほか編『欧米作家と日本近代文学』第二巻、教育出版センター、一九七四・一〇）などが挙げられる。

＊5　正岡子規「叙事文」「日本附録週報」一九〇〇〈明治三三年〉・一・二九、二・五、三・一二。

＊6　「蔵書の余白に記入されたる短評並に雑感」『漱石全集』第二十七巻、岩波書店、一九九七・一二。漱石のモーパッサン受容については、大島真木「芥川龍之介と夏目漱石――モーパッサンの評価をめぐって」（「比較文学研究」33、一九七八・六）を参照されたい。

＊7　吉田凞生は、『濁つた頭』について、モーパッサン『狂気』を参照したのではないか、と考察している（「志賀直哉のあの文体はどうして生まれたか」「国文学」一九七八年九月、池内輝雄編『日本文学研究資料新集21　志賀直哉』有精堂、一九九二・五所収）。

＊8　本論とは異なる観点ではあるが、佐藤泉は、『濁つた頭』の一人称の〈語り〉について注目している。『濁つた頭』の〈語り〉からは、『それから』の代助に通じるような、「身体内部」を注視する「観察者」の視点が見出せるという（「観察者の個人主義――岩野泡鳴『均質な風景』の棄却――」（「国文学研究」127、一九九九・三）。

＊9　「土村先生という〈罪〉――『濁つた頭』を読む――」「日本文学」一九八九・一、＊7前掲書所収。

＊10　「志賀直哉『濁つた頭』の輪郭」「日本文芸研究」42―2、一九九〇・七、＊7前掲書所収。

＊11　『志賀直哉全集』第一巻、岩波書店、一九七三・五。

＊12　明治四十年代の自然主義文学の流行以降、〈性欲〉が「脳」の〈病〉（「脳病」）をもたらすという俗説が広く共有されていった。川村邦光『セクシュアリティの近代』（講談社、一九九六・九）に詳しい。
＊13　「『濁つた頭』を書く時は、『性欲の力』といふ事を絶えず忘れないやうにして書かねばならぬ」という明治四十四年二月一日の日付の「日記」も残されている（＊11前掲書第一巻）。
＊14　小田亮『性』（三省堂、一九九六・一）を参照されたい。
※『濁つた頭』引用は『志賀直哉全集』第一巻、岩波書店、一九七三・五に拠る。

第十章　『それから』「遊民」の共同性

1　浮上する「遊民」

『それから』（「東京・大阪朝日新聞」明治四十二年六月〜十月）には、労働を拒む男性が登場する。彼、代助は、働かない理由を問われたとき、「何故働かないつて、そりや僕が悪いんぢやない。つまり世の中が悪いのだ」（六）と答えている。

このように「世の中」を批判する代助を、「時代閉塞の現状」（明治四十三年八月）を書き残した石川啄木と並べて賞賛することはできるのだろうか。啄木は、自身が感じた「時代閉塞」の状況を、「青年」という立場から語る。

我々青年を囲繞する空気は、今やもう少しも流動しなくなつた。強権の勢力は普く国内に行亘つてゐる。現代社会組織は其隅々まで発達してゐる。――さうして其発達が最早完成に近い程度まで進んでゐる事は、其制度の有する欠陥の日一日明白になつてゐる事によつて知ることが出来る。

啄木は、「青年を囲繞する空気」の流れを察知することによって、社会問題に迫っていく。しかし、啄木の言う「我々青年」というカテゴリーの内部には、カテゴリーの混乱をもたらすような曖昧な領域が存在していることが、次の文章からうかがえる。

中途半端の教育は其人の一生を中途半端にする。彼等は実に其生涯の勤勉努力を以てしても猶且三十円以上の月給を取る事が許されないのである。無論彼等は其に満足する筈がない。かくて日本には今「遊民」といふ不思議な階級が漸次其数を増しつつある。今やどんな僻村へ行つても三人か五人の中学卒業者がゐる。さうして彼等の事業は、実に、父兄の財産を食ひ減す事と無駄話をする事だけである。

啄木が書き記した「遊民」とは、「其生涯の勤勉努力を以てしても猶且三十円以上の月給を取る事が許されない」ために労働意欲を失った者たちのことである。明治四十年の大学卒業者の公務員の初任給が五十円であったのに比較すると[*1]三十円の月給とは決して多いとは言えないが、巡査の初任給の十二円（明治三十九年）と比較すれば[*2]、三十円という給与が得られるにもかかわらず仕事をしない者と考えることもできなくはない。まず確認したいのは、啄木の語る「遊民」とは、仕事がない、あるいは最底辺の賃金しか得ることのできない生活困窮者である「貧民」とは異なっているということである。

その上で、啄木の言説において、「父兄の財産を食ひ減す事と無駄話をする事」しかなく無為に日々を送る「遊民」たちは、「時代閉塞」の状況に対して鋭く迫る「青年」から差異化されているということに注意したい。啄木は、「我々青年を囲繞する空気」の停滞を指摘しつつも、「遊民」を国家の「強権」に抵抗する「青年」となりえない「中途半端」な存在とみなしている。啄木は、「遊民」の存在に社会の閉塞状況を見出したものの、「遊民」のなかに権力への抵抗の契機を読みとろうとはしていない。

ところで、『それから』の代助もまた、「遊民」と名指しされる存在である。代助の父は、働かない彼に「三十になつて遊民として、のらくらしてゐるのは、如何にも不体裁だな」（三）と苦言を呈している。しかし、これまでの研究において、代助は「遊民」ではなく「高等遊民」とみなされてきた[*3]。日本近代文学研究において「遊民」は「高等遊民」と差異化され、「高等遊民」が問題化される一方で「遊民」の方は取り上げられてこなかった。

「遊民」問題を先駆けて取り上げた論文に、熊坂敦子「『高等遊民』の意味[*4]」がある。明治四十年代末に、高等教育を受けているにもかかわらず適当な働き口がなく就労しない青年たちの存在が顕在化し、社会問題となっていたことがこの論文で指摘されたのである。

熊坂論は、明治四十四年から四十五年にかけてメディアでは盛んに「遊民」問題が取り上げられていたことを調査し、〈高等遊民の多い国家は、文明が発展する〉という言説に注目している。そして、『それから』『彼岸過迄』といった漱石の小説に登場する「高等遊民」は「社会の批判者」として存在しながらも、自分の内的世界に自閉しているため積極的な社会批判を行ってはいないと結論付けている。

このように「遊民」から「高等遊民」を抽出し、「高等遊民」になんらかの批評性を見出そうとする言説は、「遊民」問題が噴出した当時から見られるものである。漱石の門下生である安倍能成は、「遊民」を、仕事が得られず生活に困っている者と、豊かな資産を持つために趣味や芸術、学問に専念できる「高等遊民」とに分類し、後者を高く評価する。[*5] しかし、「遊民」と「高等遊民」を差異化することは、「高等遊民」という存在の影に「遊民」を置くことでもある。その結果、「遊民」という存在に内在していたはずの問題が見えなくなってしまう。

日露戦争後の明治四十年以降、日本経済は慢性的不況に陥り、明治四十三年六月には、明治天皇暗殺計画を理由に幸徳秋水ら社会主義者が一斉検挙されるという大逆事件が起きる。周知の通り、この事件の直後に啄木は「時代閉塞の現状」を執筆した。奇しくも啄木が「遊民」を「不思議な階級」と語っているように、自ら労働を拒む存在である「遊民」は、「階級」という概念や経済問題では十全に把握することができない。そもそも、「遊民」とは、学校教育を受けた後、自分が望ましいと思う社会的位置を既存の社会のなかに見出すことができない者である。彼らが直面しているのは、単に仕事がない、あるいは仕事をしないという現実的な問題に加えて、やりたい仕事に就けない、あるいは従事したい職業がない、というナルシシズムとイメージの問題を含む自己実現の困難さであるだろう。彼らは、明治初期に共有されていた「立身出世」というイデオロギーが機能停止に陥った後、自己と社会を接続させる理念を得られないでいる。そのため、彼らは自ら進んで社会に対する抵抗の主体となるどころか、そもそも、十全に社会的な主体とはなり得ていない。しかし、それゆえに、「遊民」には新たに批評的な可能性が存在しているとみなすこともできる。

『それから』の代助については、「高等遊民」問題に加えて、彼の男性性をめぐって評価がなされてきた。駒尺喜美は、代助に明治時代に理想とされた男性像とは異なる姿が描き出されているとして、フェミニズム批評の立場から、代助を「新しい男」として評価する。[*6] 確かに、テクストを、「旧時代の日本を乗り超え」(一)、今や社会に批判的な代助と、「御維新のとき、戦争に出た経験」(三)を有する保守的な代助の父との対立を中心化して読み解けば、新旧男性像の差異の構図が浮かび上がる。[*7]

だが、一方で、三千代との関係に注目した場合、代助の〈新しさ〉には急に疑いが持たれてくる。石原千秋は、代助の恋愛について、「〈家〉から離別して、もう一つの〈家〉を作るために三千代との〈恋〉を必要としている」[*8]と論じている。このように〈家〉を欲望する代助に注目すると、代助と彼の父との差異は消滅してしまうことになるだろう。また、『それから』というテクストの構造に注目すると、女性を媒介とすることによって成立する男性同士の関係が浮上する。代助と平岡、そして代助と菅沼の関係をつなぐ三千代は、男性同士の絆を維持するための媒介として存在していると見ることもできる。[*9]

以上のように先行研究を見渡してみると、『それから』の代助の評価は錯綜しているといえよう。ここでは、代助の男性性、および、テクストのイデオロギー的な限界を明らかにしつつ、労働を拒む「遊民」としての代助の可能性を考察していきたい。

2 〈働かない男〉の批評性

代助が働かない理由は、なによりもまず、実家から生活費の援助を受けているからである。彼は、「月に一度は必ず本家へ金を貰ひに行く」（三）のであり、「代助は親の金とも、兄の金ともつかぬものを使つて生きてゐる」（三）ために、就労する必要に迫られていない。[*10] 一方、代助自身は、自分が働いていないことに批評性を見出そうとしている。代助の理屈では、働かないことは国家批判となる。代助は「何故働かない」（六）と尋ねた平岡に向かって、次のように語っている。

何故働かないつて、そりや僕が悪いんぢやない。つまり世の中が悪いのだ。もつと、大袈裟に云ふと、日本対西洋の関係が駄目だから働かないのだ。第一、日本程借金を拵らへて、貧乏震ひをしてゐる国はありやしない。此借金が君、何時になつたら返せると思ふか。そりや外債位は返せるだらう。けれども、それ許りが借金ぢやありやしない。日本は西洋から借金でもしなければ、到底立ち行かない国だ。それでゐて、一等国を以て任じてゐる。さうして、無理にも一等国の仲間入をしやうとする。（六）

ここで、代助は、明治政府が目指した近代国家としての日本を批判している。『それから』というテクストでは、「東京朝日新聞」に明治四十二年一月から五月まで連載された小説『煤烟』を読む代助の姿が描写されていることから、物語の現在時が明治四十二年に設定されていることが明らかとなる。代助は、日露戦争後、近代国家として「一等国」となったと主張する政府や世論に対して、未だ不十分な近代化しか遂げておらず「西洋」に及ぶものではないと述べる。

この代助の国家批判は、さらに資本主義批判へと重なっていく。代助は、帰京して東京に新居を構えた友人の平岡を訪ね、次のような感慨にふけっている。

平岡の家は、此十数年来の物価騰貴に伴れて、中流社会が次第々々に切り詰められて行く有様を、住宅の上に善く代表してゐる、尤も粗悪な見苦しき構へである。とくに代助には左様見えた。

門と玄関との間が一間位しかない。勝手口も其通りである。さうして裏にも、横にも同じ様な窮屈な家が建てられてゐる。東京市の貧弱なる膨脹に付け込んで、最低度の資本家が、なけなしの元手を二割乃至三割の高利に廻さうと目論で、あたぢけなく拵へ上げた、生存競争の記念である。（六）

平岡の「粗悪な見苦し」い借家は、「資本家」が利益を上げるために建てたものであり、東京市中に「梅雨に入つた蚤の如く、日毎に、格外の増加律を以て」（六）増え続けている。さらに代助は、この平岡の家を「敗亡の発展」（六）「目下の日本を代表する最好の象徴《シンボル》」（六）と呼んでおり、「資本家」の利益優先に都市が「貧弱」な発展を遂げていくことに、近代国家を名乗る日本の問題を見ている。

しかし、「生存競争」として語られる資本主義経済こそ、実際には「中流社会」存立の基盤となっている。「中流社会」は、給与を得て生計を立てている都市中間層から成る。家督を継ぐことのできない次男である代助は、実家からの生活費の援助がなければ資本主義経済に参加せざるを得ない位置にある。[*11] 代助にとって、資本主義経済は単に批判して済むに留まらないものである。この問題は、代助による父への批判において現れる。

代助の父は長井得といつて、御維新のとき、戦争に出た経験のある位な老人であるが、今でも至極達者に生きてゐる。役人を已めてから、実業界に這入つて、何か彼かしてゐるうちに、自然と金が貯つて、此十四五年来は大分の財産家になつた。（三）

この父の経歴に代助は欺瞞を見出している。父は、「役人」として働いた後、「実業界」に入り「自然と金が貯つ」たわけではなく、「役人」であったことの利権を最大限に生かして、「人為的に且政略的に」（八）事業を行ったために利益を手にしたと代助は見当をつけている。父の活動は、〈国のため〉から〈金のため〉へと目的が替わっているはずなのだが、父はそれを認めようとはせず、「今利他本位でやつてるかと思ふと、何時の間にか利己本位に変つてゐる」（三）というように、行為の目的をすり替えて平気でいるところに、代助の父への困惑と批判が存在する。この父への批判から、代助にとって資本主義が認識の枠組みを揺るがすものとして現れていることが分かる。資本主義社会に生きることは、〈国のため〉という「御維新」以来の論理とは異なる世界に身を置くことになるはずである。しかし、父は、国家主義と資本主義を難なく接合させている。

　さらに父は、働かない代助に次のように言って聞かせさえする。

　「さう人間は自分丈を考へるべきではない。世の中もある。国家もある。少しは人の為に何かしなくつては心持ちのわるいものだ。」（三）

　「奮発して何か為るが好い。国民の義務としてするが好い」（三）

　この父の言葉に対して、代助は「国家社会の為に尽して、金が御父さん位儲かるなら、僕も尽しても好い」（三）と陰で皮肉を言うが、それが皮肉であるのは、現在の代助にとって〈国のため〉という目的がもはや意味をなさないものとなっている同時に、〈金のため〉という目的が、彼にとっては目的とならないからである。〈金〉とは、目的ではなく、生活のための手段にすぎない。そして、生活に必要な金銭を得るために働くことは、真の労働とはなり得ない。「あらゆる神聖な労力は、みんな麺麭を離れてゐる」（六）、「生活の為めの労力は、労力の為めの労力でない」（六）と代助は語る。代助は、労働を、「麺麭」のため、つまり生活のための労働と「労力の為めの労力」とに分け、「労力の為めの労力」に高い価値を見出している。「麺麭」を得ること、生活していくことは生命維持の前提であり、生きていくために金が必要なのは当然のことである。行為する主体が存立するための前提としてあってしかるべきこと、主体たり得るためには当たり前のことは、行為の目的とはならないのだ。

では、なぜ代助は、自らが評価する「労力の為めの労力」、労働のための労働を行わないのか。それは、「労力の為めの労力」という理念には、労働という行為があるだけで、目的の水準が存在していないからである。労働の目的を見失った代助は、働かないのではなく、働くことができないでいる。

代助は、自身が働かないことの口実として、国家批判と資本主義批判を披露していた。しかし、口実の内容ではなく代助が働くことができないという事態にこそ今日的な批評性が存在する。代助は、〈国のため〉という目的を信じることができず、それに替わる目的を持つことができない。しかし、〈金のため〉に利益を上げるという資本主義経済の原則を受け入れることもしない。彼は、目的に向かって行動する主体となることの不可能性に直面している。そして、代助はこの事態を前にして、行動する主体として自律した個人となることとは異なる論理のなかに自身を位置づけようと模索しているのだ。

彼の考によると、人間はある目的を以て、生れたものではなかつた。之と反対に、生れた人間に、始めてある目的が出来て来るのであつた。（十一）

代助は、目的というものについて、予め存在するものではなく、生きていく過程のなかで作られていくもの、「ある目的が出来て来る」ものであると考えようとしている。つまり、目的というものを、閉じて完結したものとしてではなく、行為に向かって開かれた、生の過程のなかでその都度浮上するものとみなそうとする。そして、そのように目的の意味を組み替えたとき、行為する主体の存在様態も変化することになる。主体もまた、閉じて自己完結したものではなく、行為を働きかけ、あるいは働きかけられる他者との関係のなかに開かれているものとして現れるのである。

働かない代助を父が「誠実と熱心が欠けてゐる」（三）と非難したとき、代助は次のように考えている。

代助の考によると、誠実だらうが、熱心だらうが、自分が出来合の奴を胸に蓄はへてゐるんぢやなくつて、石と鉄と触れて火花の出る様に、相手次第で摩擦の具合がうまく行けば、当時者二人の間に起るべき現象である。自分の有する性質と云ふよりは寧ろ精神の交換作用である。だから相手が悪くつては起り様がない。（三）

代助は、「誠実」で「熱心」な行為を、自律し完結した個人の行為としてではなく、関係性のなかで生じる「交換作用」であるとみなしている。行為とは個人によって可能になるのではなく、「当時者二人」の間で、開かれた共同性のなかで実現されるものとなる。

代助が構築しようとする新たな論理を見ると、代助が労働を拒むことに内在する批評性が明らかになる。代助は、「食ふ為め」（六）の労働について、「猛烈には働らけるかも知れないが誠実には働き悪いよ」（六）と語っている。このことから、彼は「誠実」に働くことを望んでいることが分かる。代助は、「誠実」という言葉を、共同性のなかで現れる「交換作用」として意味づけているのであり、彼のイメージする労働とは、個人によってなされる行為としてではなく、関係性のなかに開かれたものということになる。

そして、関係性のなかに労働を位置づけたとき、「食ふ」ため、「麺麭」を得るため、つまり生活のために働く、あるいは働かなくてはいけないという論理からは顕在化することのなかった問題が見えてくる。自由に行為する主体、自律した主体となるために、生活を維持し続けるだけの金を得ることは当然のことであって、この当然のことが実現されないということ、生存のための金銭が得られないということは、悲惨なことであり、改善すべき重大な問題である。だから、生きるために働かなければいけない、という論理は、生存を閉じた個人、自律した労働主体に限定しているために不十分なものということができる。生存すること、労働することを、自律した個人という認識の枠組みが排除しているものへと開くこと、それが働かないことの批評性となるのだが、しかし、代助自身は、個人として主体化することと、共同性のなかに自身を開くこととの間で揺れ動いている。

3　傷ついたホモソーシャル共同体

代助は、物語の現在時に、かつて彼が属していた共同体の崩壊に直面している。時系列上に確認してみよう。彼は、「三四年前」（六）までは男性たちの絆によって結ばれた共同体に一体感を見出していた。

其時分は親爺が金に見えた。多くの先輩が金に見えた。相当の教育を受けたものは、みな金に見えた。だから自分の渡金が辛かつた。早く金になりたいと焦つて見た。（六）

代助は、現在は批判の対象である父を、かつて「金」として尊敬していたのであり、父ばかりではなく、「相当の教育を受けた」年上の男性たちを尊重していた。さらに、その絆は、同世代の男性である平岡に対しても結ばれていたのである。

代助と平岡とは中学時代からの知り合で、殊に学校を卒業して後、一年間といふものは、殆んど兄弟の様に親しく往来した。其時分は互に凡てを打ち明けて、互に力に為り合ふ様なことを云ふのが、互に娯楽の尤もなるものであつた。この娯楽が変じて実行となつた事も少なくないので、彼等は相互の為めに口にした凡ての言葉には、娯楽どころか、常に一種の犠牲を含んでゐると確信してゐた。そうして其犠牲を即座に払へば、娯楽の性質が、忽然苦痛に変ずるものであると云ふ陳腐な事実にさへ気が付かずにゐた。（二）

代助は平岡との間に「兄弟の様」な絆を結ぶこと、「犠牲」を払ってでも「互に力に為り合ふ」という関係を構築することを目指していた。注意しておきたいのは、相手のために「犠牲」を払うという行為は、相互間に親密な絆が存在する場合には「犠牲」のままでは終わらないということである。「犠牲」には、男性間の絆の強化という大きな見返りが付いてくるはずなのだ。それにもかかわらず「其犠牲を即座に払へば、娯楽の性質が、忽然苦痛に変ずるものであると云ふ陳腐な事実にさへ気が付かずにゐた」と語られるのは、語りの現在時において、代助が属していたはずの男性間の絆が失われてしまったからに他ならない。この絆の喪失について、代助は、現在から遡るところの「三四年前」に「全く彼れ自身に特有な思索と観察の力によつて」（六）代助自身が変化した結果の出来事であると認識している。しかし、テクストに「三四年前」という時間が記されていることによって、その背後の歴史的な出来事の存在が明らかになる。物語の現在時が明治四十二年となっていることから換算すると、「三四年前」とは明治三十八年から三十九年ということになる。言うまでもなく、明治三十八年とは日露講和条約が調印された年に他ならない。したがって、代助は、日露戦後という歴史状況のなかで変化したことになり、そして、彼が属していたはずの男性間の絆を失ってしまったといえるのである。

では、日露戦後の状況とはどのようなものとして代助にとらえられていたのだろうか。テクストには興味深いエピソードが語られている。代助は、平岡との会話のなかで「軍神広瀬中佐」（十三）を例に出して現代の状況について語っている。

広瀬中佐は日露戦争のときに、閉塞隊に加はつて斃れたため、当時の人から偶像視されて、とう〳〵軍神と迄崇められた。けれども、四五年後の今日に至つて見ると、もう軍神広瀬中佐の名を口にするものも殆んどなくなつて仕舞つた。英雄の流行廃はこれ程急劇なものである。（十三）

日露戦争時には「軍神」「英雄」として称えられた広瀬中佐は、日露戦後の「今日」に到ってすっかりその「流行」が「廃」れてしまったというのだ。さらに代助は、この例から「斯う云ふ偶像にも亦常に新陳代謝や生存競争が行はれてゐる」（十四）という結論を導き出している。

このエピソードからは、男性間の絆が資本主義経済によって浸食されているという日露戦後の状況が明らかになる。男性間の絆を象徴する一つの頂点とも言えた広瀬中佐という存在は、「流行」として瞬く間に消費され、今や顧みられなくなってしまった。日露戦後とは、消費活動の「新陳代謝」を支えに資本主義経済がますます拡大していく時代であり、経済競争としての「生存競争」の時代となったのである。

さらに、物語の現在時である明治四十二年は、テクストにおいて「どうも近頃は不景気で」（一）、「此不景気ぢや仕様がない」（六）と語られているように、戦後の一時的な好景気が終結し、不況下へと突入していた時代である。テクストでは、「日糖事件」（八）、「東洋汽船」（八）などの汚職事件の報道が言及され、代助は「自分の父と兄の関係してゐる会社」（八）もまた、この不況下のなかで「いつ何んな事が起るまいものでもない」（八）と予想している。

したがって、代助の「三四年前」からの変化とは、代助個人の問題というより、日露戦後の経済状況の問題と考えられよう。戦後の資本主義経済の急激な発展とその後の経済不況は、男性間に経済競争としての「生存競争」を強いることになり、男性間の絆を破壊してしまったのだ。この影響は、代助だけが被ったものではなく、平岡にも大きな打撃を及ぼしている。代助は三年ぶりに再会した平岡について、次のような感想を持っている。

平岡は三年前新橋で分れた時とは、もう大分変つてゐる。彼の経歴は処世の階子段を一二段で踏み外したと同じ事である。まだ高い所へ上つてゐなかつた丈が、幸と云へば云ふ様なものゝ、世間の眼に映ずる程、身体に打撲を受けてゐないのみで、其実精神状態には既に狂ひが出来てゐる。（四）

代助から見て、仕事に失敗して戻ってきた平岡は、男性間の「生存競争」に敗れ、「精神状態」の危機を迎えた存在として現れている。平岡は、「資本を頭の中へ注ぎ込んで、月々其頭から利息を取つて生活しやうと云ふ人間」（六）として資本主義経済に生きる、「生存競争」に晒され、男性間の絆を構築することのできない、狂った男性なのである。代助は、平岡との絆の喪失を、「現代の社会」（八）の問題としてとらえている。

平岡はとう〳〵自分と離れて仕舞つた。逢ふたんびに、遠くにゐて応対する様な気がする。実を云ふと、平岡ばかりではない。誰に逢つても左んな気がする。現代の社会は孤立した人間の集合体に過なかつた。大地は自然に続いてゐるけれども、其上に家を建てたら、忽ち切れ〱になつて仕舞つた。家の中にゐる人間も亦切れ切れになつて仕舞つた。文明は我等をして孤立せしむるものだと、代助は解釈した。（八）

日露戦後に急激な発達を遂げた資本主義経済こそが「現代の社会」を動かしているのであり、代助が享受する「文明」とは、経済発展によって支えられた近代化に他ならない。この状況を、代助は、かつてあった共同性の崩壊、人間の「孤立」としてとらえているが、もちろん、代助が存在すると思っていた共同体とは、すべての人間を含むものではなく、父、兄、そして「相当の教育を受けた」（六）男性たちからなるホモソーシャル共同体である。[*12] 代助にとって、ホモソーシャル共同体は失われたものとしか感じられず、もはや男性と親密な関係を結ぶことは困難となっている。彼が親しくできるのは、嫂である梅子という女性か、梅子の子どもたちに限られている。

近頃代助は元よりも誠太郎が好きになつた。外の人間と話してゐると、人間の皮と話す様で歯痒くつてならなかつた。けれども、顧みて自分を見ると、自分は人間中で、尤も相手を歯痒がらせる様に拵えられてゐた。是も長年生存競争の因果に曝された罰かと思ふと余り難有い心持はしなかつた。（十一）

代助は、梅子の子どもの誠太郎に親しみを持っており、「誠太郎の相手をしてゐると、向ふの魂が遠慮なく此方へ流れ込んで来るから愉快である」（十一）という感情を抱く。「向ふの魂が遠慮なく此方へ流れ込んで来る」とは、代助が「孤立」した個人であることを越えて、他者との関係性のなかで自らを開かれたものとして差し出すことが可能となっている状態といえよう。代助が誠太郎とこのような絆を結ぶことができるのは、誠太郎がまだ子どもであって「生存競争」に巻き込まれていないためであり、誠太郎が成長したときには、「到底人間として、生存する為には、人間から嫌はれると云ふ運命に到着するに違ない」（十一）と代助は予測する。代助にとって、他者との絆のなかに自己を開くこと、共同性のなかに身を置くことは、もはや困難なものとしてあり、傷ついた男性間の絆としての「生存競争」から脱出し、自己の主体を確立することが課題となっている。

4　退化の論理

「生存競争」に晒され、男性同士の間に絆を見いだせない代助は、新たな論理を参照することによって自身のアイデンティティを定位しようと試みる。それが、社会ダーウィニズムの枠組みである。テクストにおいて資本主義社会下の経済競争として語られていた「生存競争」は、適者生存という問題へと接合されることになる。

代助は父に「三十になつて遊民として、のらくらしてゐるのは、如何にも不体裁だな」（三）と言われたとき、次のように思う。

> 代助は決してのらくらして居るとは思はない。たゞ職業の為に汚されない内容の多い時間を有する、上等人種と自分を考へてゐる丈である。（三）

社会ダーウィニズムの枠組みでは、優れた人種こそが進化した者であり、「生存競争」のなかで生き残るにふさわしい存在とみなされる。代助は、「上等人種」を自称し、自己に特権性を付与しようとする。同時に、代助は父を「神経未熟の野人」（三）、「頭脳の鈍い劣等な人種」（九）とみなし、劣った存在として否定する。さらに、この論理は拡大される。

> 斯う西洋の圧迫を受けてゐる国民は、頭に余裕がないから、碌な仕事は出来ない。悉く切り詰めた教育で、さうして目の廻る程こき使はれるから、揃つて神経衰弱になつちまふ。話をして見給へ大抵は馬鹿だから。（六）

代助は、「国民」をも「神経衰弱」に陥った衰えた存在として否定する。同様に、平岡についても、「平岡は其時顔の中心に一種の神経を寄せてゐた」（四）、「精神状態には既に狂ひが出来てゐる」（四）として、「神経」を病んだ劣等な者とみなす。このように、代助は、自分以外のすべての男性を否定することで、自己を進化した優れた者と位置づけようとする。しかし、事は単純には終わらない。

二十世紀の日本に生息する彼は、三十になるか、ならないのに既に nil admirari の域に達して仕舞つた。彼の思想は、人間の暗黒面に出逢つて喫驚する程の山出ではなかつた。彼の神経は斯様に陳腐な秘密を嗅いで嬉しがる様に退屈を感じてはゐなかつた。否、是より幾倍か快よい刺激でさへ、感受するを甘んぜざる位、一面から云へば、困憊してゐた。

代助は平岡のそれとは殆んど縁故のない自家特有の世界の中で、もう是程に進化――進化の裏面を見ると、何時でも退化であるのは、古今を通じて悲しむべき現象だが――してゐたのである。（二）

ここで、代助は平岡と自身を比較し、自己を「進化」した人間とみなしている。だが、「進化――進化の裏面を見ると、何時でも退化である」という語りに注意すると、進化という状態は、それが安定的に維持されるとみなされているのではなく、いつでも退化へと転落してしまう、不安定な両義的なものととらえられていることが分かる。

このように進化と退化を両義的なものとみなすテクストの論理は、マックス・ノルダウ『退化論』（Max Nordau "Die Entartung" 1892）を参照したものである。ヨーロッパ世紀末文化において一世を風靡した『退化論』は、その英訳書 "Degeneration" が漱石の蔵書に含まれており、日本では一九一四（大正三）年三月に大日本文明協会から『現代の堕落』として翻訳書が出版されている。『退化論』の基本的な論旨は、文明が進化を遂げると、文明社会に生きる人間に疲労が蓄積し、人々は退化して文明は終末を迎えるというものである。

大都会の住民は仮令、最も富有なるものと雖、絶えず望ましからざる影響を受け、其生活力を減少せしめらる。彼等は腐敗せる空気を呼吸せざるべからず。彼等は新鮮ならざる、或は腐敗せる、或は劣質の食物を食はざるべからず。又彼らの神経は絶えず興奮せらる。されば大都会の住民は、恰も湿地の住人に比せらるべきものにして、湿地の住人が知らず識らずの中に毒気を受け、マラリアの犠牲となるが如く、大都会の住民は知らず識らずの中に毒気を受けて変質の犠牲となる。[*13]

文明化した大都会の住民はその「神経」が「絶えず興奮」させられるため「変質」つまり退化の犠牲となるという言説は、進化した人物であるはずの代助の「神経」が「困憊」し「nil admirari」（無感動）になっているという『それから』の語りと重なり合う。[*14] このような退化の論理によれば、進化を遂げた人間であるほど「神経」が疲労し、「神経衰弱」に陥り退化してしまう。進化した男性としての代助の特権性は、彼の「神経」によって常に脅かされている。

自分の神経は、自分に特有なる細緻な思索力と、鋭敏な感応性に対して払ふ租税である。高尚な教育の彼岸に起る反響の苦痛である。天爵的に貴族となつた報に受る不文の刑罰である。是等の犠牲に甘んずればこそ、自分は今の自分に為れた。（一）

このように、代助は常に自身の「神経」を意識している。彼は、「天爵的に貴族となつた」自己、進化した自己という位置を維持するために「神経」に注意を払い、「神経衰弱」となって退化した男性たちとの差異を刻まなければならない。その際、テクストでは、さらに新たな論理が参照されることになる。

5　神経から無意識へ

「神経」に配慮する代助の姿は、次のように語られている。

代助は時々尋常な外界から法外に痛烈な刺激を受ける。それが劇しくなると、晴天から来る日光の反射にさへ耐え難くなる事があつた。さう云ふ時には、成る可く世間との交渉を稀薄にして、朝でも午でも構はず寐る工夫をした。其手段には、極めて淡い、甘味の軽い、花の香をよく用ひた。瞼を閉ぢて、瞳に落ちる光線を謝絶して、静かに鼻の穴丈で呼吸してゐるうちに、枕元の花が、次第に夢の方へ、躁ぐ意識を吹いて行く。是が成功すると、代助の神経が生れ代つた様に落ち付いて、世間との連絡が、前よりは比較的楽に取れる。(十)

この語りにおいて、「神経」は、外界からの「刺激」を感受し、身体の内界へと「刺激」を伝達させる媒体として描写されている。佐藤泉は、この「神経」のレトリックにおいて精神物理学の枠組みが参照されていると指摘する。[*15]精神物理学の理論的枠組みは、外的刺激と身体感覚との関係を関数として定式化した生理学者ウェーバーによって基礎付けられ、実験心理学の創始者フェヒナーによって『精神物理学原論』(Fechner Gustav "Element der Psychophysik" 1860)としてまとめられた。精神物理学では、「精神」つまり人間の心理を外的刺激の反応態とみなし、刺激と感覚を測定し記述することによって、人間心理の対象化が目指される。このとき刺激の伝達回路として神経が焦点化されることになる。

『それから』においても、代助の身体は刺激の反応態として描かれている。「外界から法外に痛烈な刺激を受けると「神経」が激しく震動して代助の身体は疲労し、一方で、「極めて淡い、甘味の軽い、花の香り」という刺激を感受すると「神経」の活動は沈静化して、身体に睡眠がもたらされる。代助の身体は、刺激に対して徹底して受動的なものとして描かれている。

このように、外的刺激に接合されることによっていかようにも変容する身体感覚という認識の枠組みと、刺激と感覚を測定することによって人間を捕捉しようとする試みは、『それから』の語りと精神物理学の両者に共通するものである。そして、ジョナサン・クレーリーは、このような精神物理学の認識枠組みの背景に、人間の身体を交換可能なものとして把握し、管理することを目指す欲望が存在していると指摘する。[*16]外的刺激の強度を管理することで、刺激の受動態としての身体を生産機械になめらかに接続することが可能となる。人間と機械とをシステマティックに接合することこそ近代の機械工業生産において目指された課題である。精神物理学という学問領域は、産業化が進む歴史状況のなかから生まれたものといえる。

そして、精神物理学の枠組みを共有している『それから』においても、機械に接続される身体という問題が浮上する。

（二）

寐ながら胸の脈を聴いて見るのは彼の近来の癖になつてゐる。動悸は相変らず落ち付いて確に打つてゐた。彼は胸に手を当てた儘、此鼓動の下に、温かい紅の血潮の緩く流れる様を想像して見た。是が命であると考へた。自分は今流れる命を手の掌で抑へてゐるんだと考へた。それから、此掌に応へる、時計の針に似た響は、自分を死に誘ふ警鐘の様なものであると考へた。此警鐘を聞くことなしに生きてゐられたなら、――血を盛る袋が、時を盛る袋の用を兼ねなかつたなら、如何に自分は気楽だらう。如何に自分は絶対に生を味はひ得るだらう。

ここで、代助の心臓の鼓動は「時計の針に似た響」として語られている。代助の心臓は、生命体として「温かい紅の血潮」を奔流させつつも、「血を盛る袋が、時を盛る袋の用を兼ね」てしまう。彼の心臓は時計という機械に接合し、彼の生命は「絶対に生を味は」うことのできないままに機械的な運動を続けていく。代助は、労働を拒んでいるにもかかわらず、その身体は、機械＝身体として編成されつつある。これは、代助が精神物理学の枠組みに従って、自身の身体を捕捉しようとしているからに他ならない。しかし、同時に、代助の身体は、精神物理学を超え出ていく。

実を云ふと、自分は昨夕寝つかれないで大変難儀したのである。例に依つて、枕の傍へ置いた袂時計が、大変大きな音を出す。夫が気になつたので、手を延ばして、時計を枕の下へ押し込んだ。けれども音は依然として頭の中へ響いて来る。其音を聞きながら、つい、うと〳〵する間に、凡ての外の意識は、全く暗窖の裡に降下した。が、たゞ独り夜を縫ふミシンの針丈が刻み足に頭の中を断えず通つてゐた事を自覚してゐた。所が其音が何時かりん〳〵といふ虫の音に変つて、奇麗な玄関の傍の植込みの奥で鳴いてゐる様になつた。――代助は昨夕の夢を此所迄辿つて来て、睡眠と覚醒との間を繋ぐ一種の糸を発見した様な心持になつた。（五）

この語りにおいても、「時計」や「ミシン」といった機械装置と、それに接続される身体が問題になっている。「時計」の音の機械的な刺激が「頭の中へ響いて来る」という感覚、「ミシンの針」の運動音の刺激が「頭の中を断えず通つてゐた」という状態、代助の身体を貫くこれらの意識の様態が記述される一方で、同時に、精神物理学の枠組みを超えた領域にまで語りは到達している。それは、「奇麗な玄関の傍の植込みの奥」で虫が「りん〳〵」と鳴いているという「夢」の記述である。

引用部分の直前に、代助はかつて「自分が如何にして夢に入るか」（五）を解明しようと試みていたこと、そして、その試みは「自分の不明瞭な意識を、自分の明瞭な意識に訴へて、同時に回顧しやうとするのは、ジエームスの云つた通り、暗闇を検査する為に蠟燭を点したり、独楽の運動を吟味する為に独楽を抑へる様なもの」（五）で、無意味であることが語られている。この「ジエームス」とは、アメリカの哲学者で心理学者ウィリアム・ジェームズ（William James）を指す。ジェームズは、『心理学原論』（The Principles of Psychology 1890）を執筆し[*17]、さらに大学の教科書用として『心理学原論』の縮刷版である『心理学要論』（Psychology, Briefer Course 1892）を発表して、アメリカ心理学の基礎を築き上げた人物である。

ウィリアム・ジェームズは、心理学について、「自然科学」であり、「意識状態そのものの記述および説明」を行うものであると定義する。そして、「意識状態」について、次のような説明を行う。

われわれは意識の状態を、できる限りその考えられる神経的条件と関連づけて研究するつもりである。今日では神経系統は、印象を受け、固体およびその種族を保存させる反応を起こさせる機械でしかないと考えられている。[*18]

科学としての心理学は、人間の心理を「神経」の機械的反応として捉え、それ以外の要素を一切取り扱うことはない。なぜなら、「すべての科学は、一定のデータを疑うことなく受け容れ」るものだからである。「少し細かく考えれば現れてくる不可解な部分については少しも悩もうとしない」、「仮定の中に含まれている困難には目をつむっている」という態度こそ、科学的であるとジェームズは論じる。

このようなジェームズの心理学において対象化されるのは、「意識状態」において自覚され得る感覚刺激に留まる。そのような感覚は、データとして数値化されることによって、科学的な客観性を獲得する。ここでは、観察者はもちろんのこと、被観察者もまた常に客観的な「意識」を保つことが求められている。したがって、無意識の状態としての夢は、観察の対象となることはない。

代助による自身の感覚の探求は、覚醒した意識の状態から睡眠と夢へという無意識の状態へと滑り込んでいく。「睡眠と覚醒との間を繋ぐ一種の糸」、無意識世界への入り口を見つけたと感じたとき、代助はジェームズの心理学にはなかった可能性を感じている。彼は「正気の自己の一部分を切り放して、其儘の姿として、知らぬ間に夢の中へ譲り渡す方が趣があると思」(五)うのである。しかし、同時に、「此作用は狂気になる時の状態と似て居はせぬか」(五)とも考え付く。代助の身体に内在している無意識という領域において、ジェームズが確立しようとした客観性は破壊されてしまう。同様に、代助の身体は、精神物理学が人間心理に対して打ち立てようとしていた超越性をも破壊していく。

此間、ある書物を読んだら、ウエーバーと云ふ生理学者は自分の心臓の鼓動を、増したり、減したり、随意に変化さしたと書いてあつたので、平生から鼓動を試験する癖のある代助は、ためしに遣つて見たくなつて、一日に二三回位怖々ながら試してゐるうちに、何うやら、ウエーバーと同じ様になりさうなので、急に驚ろいて已めにした。

湯のなかに、静かに浸つてゐた代助は、何の気なしに右の手を左の胸の上へ持つて行つたが、どん〳〵と云ふ命の音を二三度聞くや否や、忽ちウエーバーを思ひ出して、すぐ流しへ下りた。さうして、其所に胡座をかいた儘、茫然と、自分の足を見詰めてゐた。すると其足が変になり始めた。どうも自分の胴から生えてゐるんでなくて、自分とは全く無関係のものが、其所に無作法に横はつてゐる様に思はれて来た。さうなると、今迄は気が付かなかつたが、実に見るに堪えない程醜くいものである。毛が不揃に延びて、青い筋が所々に蔓つて、如何にも不思議な動物である。（七）

この「ウエーバーと云ふ生理学者は自分の心臓の鼓動を、増したり、減したり、随意に変化さした」というエピソードには、人間存在を操作可能なものとして対象化したいという精神物理学の欲望が集約されている。「ウエーバーと同じ様になりさう」な予感を備える代助の感覚の描写からは、身体という領域を余すところ無く対象化しようとするとき、どのような事態が生じることになるかが示されている。人間の身体を客観的に把握するという行為は、ジェームズの科学的な態度がそうだったように、客観的なデータとして記述できない領域を切り捨てるということだった。身体のすべてを捕捉するということは、切り捨てたはずのものを再び捉えようとする行為となる。このとき、維持されていたはずの客観性は崩壊し、観察者の超越性は失われてしまう。身体の所有者として自己の身体を客観的に観察していたはずの代助の前に、「如何にも不思議な動物」が現れてしまう。代助からは、身体の所有者、観察者としての超越性は完全に失われており、身体は自己の意識によってコントロールできるものではなく、「自分とは全く無関係のものが、其所に無作法に横たはってゐる様に」感じられてしまう。

神経を観察し、管理していたはずの代助は、管理することのできない無意識という領域に直面している。

6 葛藤するジェンダー

『それから』というテクストには、精神物理学やジェィムズの心理学の枠組みにおいては焦点化されなかった無意識という領域が浮上している。それは、未だ無意識として名づけられてはいないものの、自己意識によって統御できない身体領域として体感されるものとして描かれる。代助の身体には無意識が充満しており、代助自身のアイデンティティはそれによって脅かされてしまうが、そもそも代助が無意識に直面してしまうのは、彼が自己のアイデンティティの根拠をもはや自己身体においてしか見出せないためである。男性間の絆に参加することのできない代助は、自己自身で自己を定位せねばならず、その時見出されるのが身体という存在なのである。

代助は其ふつくらした頬を、両手で両三度撫でながら、鏡の前にわが顔を映してゐた。丸で女が御白粉を付ける時の手付と一般であつた。実際彼は必要があれば、御白粉さへ付けかねぬ程に、肉体に誇りを置く人である。彼の尤も嫌ふのは羅漢の様な骨骼と相好で、鏡に向ふたんびに、あんな顔に生れなくつて、まあ可かつたと思ふ位である。其代り人から御洒落と云はれても、何の苦痛も感じ得ない。それ程彼は旧時代の日本を乗り超えてゐる。（一）

ここで代助は、「旧時代の日本を乗り超えてゐる」人物と語られるが、では彼の〈新しさ〉とは一体何か。吉田凞生は、鏡に向かう代助をナルシストと定義する。[*19] しかし、「彼の尤も嫌ふのは羅漢の様な骨骼と相好で、鏡に向ふたんびに、あんな顔に生まれなくて、まあ可かつたと思ふ」という代助に焦点化した語りからは、代助がナルシストとして鏡の反映のなかに自足しているわけではないことがうかがえる。代助の視線は、鏡のなかの自己を捉えると同時に、鏡のなかには見ることのできない「羅漢の様な骨骼と相好」を想定してもいる。つまり、代助は、自己の身体像を認識する際に自己の身体を「羅漢の様な」身体と比較し、差異化することによって自己身体を確認していることが分かる。代助のナルシシズムには、痩せた身体を否定し、美しい身体に価値を与えるという審美性が備えられている。この審美性には、文化的な背景が存在している。

ジョージ・L・モッセは、世紀末転換期のヨーロッパにおいて〈美しい身体＝健康な身体〉という〈理想的な身体像〉のイメージが広がり、それが男性的価値としてジェンダー化されたことを明らかにしている。[*20]健康な身体に審美性を見出し、そこに男性性を付与するという価値観には社会ダーウィニズムのイデオロギーが現れている。ノルダウ『退化論』では、神経衰弱を病んで退化した者は、その身体も衰弱しているとされる。そして、代助もまた、この価値観を共有している。代助は、「西洋の圧迫を受けてゐる国民」（六）は「神経衰弱」を病んでおり、さらに「精神の困憊と、身体の衰弱とは不幸にして伴なつてゐる」（六）と語っている。

したがって、代助は、鏡のなかの身体に注視することで、「旧時代の日本を乗り超え」た自己、「西洋の圧迫を受けてゐる国民」（六）とは異なる自己を確認しているといえよう。しかし、鏡の中での自己確認とは、自己によって自己を確認する行為であり、つまりは自己内対話にすぎない。ここではアイデンティティの保証を与える人物と、与えられる人物とが同一であり、そのような形で行われる自己確認には、常に曖昧さが残されてしまう。代助は自己身体の確かさによって自己確認を行おうとするが、代助の身体は、その内奥において自己ならざる自己の領域を抱えている。

『それから』というテクストは、代助のこのような自己確認の決定不可能性を、彼のジェンダー上の葛藤として語る。鏡を見る代助は、「丸で女が御白粉を付ける時の手付と一般」な、〈女性化〉した存在と語られる。同様に、代助は、「彼は人の羨やむ程光沢の好い皮膚と、労働者に見出しがたい様に柔かな筋肉を有つた男であつた」（十一）と語られ、彼の「光沢の好い皮膚」と「柔かな筋肉」は「男」としての〈男性性〉を保証してはいるが、実際に代助が肯定する身体イメージとは、彼が否定しているはずの「労働者」の身体なのである。代助は、ブランギンの描いた港の絵、「背景に船と檣と帆を大きく描いて、其余つた所に、際立つて花やかな空の雲と、蒼黒い水の色をあらはした前に、裸体の労働者が四五人ゐた」（十）という絵を眺めたとき、その労働者の身体に男性身体の理想像を見てしまう。「代助は是等の男性の、山の如くに怒らした筋肉の張り具合や、彼等の肩から背へかけて、肉塊と肉塊が落ち合つて、其間に渦の様な谷を作つてゐる模様を見て、其所にしばらく肉の力の快感を認めた」（十）のである。

このように、代助のアイデンティティ確立の困難さは、彼のジェンダー・アイデンティティの不安定性として語られていく。そして、代助は、自己確立を図るために〈男らしさ〉を定位することを試みるが、それは女性ジェンダーとの差異を刻むことによって行われる。

代助は、実家の客間の欄間に自ら注文した絵を描かせている。「欄間の周囲に張つた模様画は、自分の知り合ひの去る画家に頼んで、色々相談の揚句に成つたものだから、特更興味が深い」（三）というように、その絵は代助にとって思い入れの強いものである。

部屋を出る時、振り返つたら、紺青の波が摧けて、白く吹き返す所丈が、暗い中に判然見えた。代助は此大濤の上に黄金色の雲の峰を一面に描かした。さうして、其雲の峰をよく見ると、真裸な女性の巨人が、髪を乱し、身を躍らして、一団となつて、暴れ狂つてゐる様に、旨く輪廓を取らした。代助はヴルキイルを雲に見立てた積で此図を注文したのである。彼は此雲の峰だか、又巨大な女性だか、殆んど見分けの付かない、偉な塊を脳中に髣髴して、ひそかに嬉しがつてゐた。（七）

代助が注文した「模様画」とは、「雲の峰だか、又巨大な女性だか、殆ど見分けの付かない、偉な塊」の絵であり、その絵のイメージを「脳中に髣髴して、ひそかに嬉しがつてゐた」ということから、その絵は代助自身が内面化しているイメージであると考えることができる。それは、「巨人が、髪を乱し、身を躍らして、一団となつて、暴れ狂」う身体像であり、定まった形を持たずに流動していく「波」や「雲の峰」のシルエットによってぼんやりと現れる裸体の姿である。この身体には「女性」というジェンダーが与えており、さらに、代助はこれに死の女神である「ヴルキイル」の名を与えている。ここに代助が女性というジェンダーに付与しようとする意味が明らかになる。それは、男性に死をもたらす存在としての女性、死のイメージとしての女性である。[*21]

この絵画に現れた特徴は、代助が好んでいたもう一方の絵であるブランギンの絵画と比較すると、さらに明確となる。二枚の絵画は、いずれも海と空を舞台としたものである。それにもかかわらず、そこには全く異なる意味を担わされた身体が描かれている。ブランギンの絵には「山の如くに怒らした筋肉」「肉の力」といった明確な物質性を備え輪郭付けられた身体が、かたや「ヴルキイル」の絵には「雲の峰だか、又巨大な女性だか、殆ど見分けの付かない」ぼんやりとした身体像が描かれていた。両者には、〈固定的／流動的〉、〈生命／死〉という、相対立する意味が配分されており、それらの意味は、〈男／女〉というジェンダーへと収斂する。

そうすると、〈女性〉として形象化されているのは、非物質であり、不定形なもの、規定できないもの、つまり、表象できないものの表象ということになる。そのような〈女性〉の表象とは、イリガライの言葉を借りれば「言説の中に登記された、ただし欠如として登記された女[*22]」といえよう。代助において、〈女性〉とは、表象の不可能性を覆い隠す表象であり、二項対立的秩序を維持し、〈男性〉というジェンダーを確たるものとするための補完物となる。

このように考えたとき、代助にとって三千代という存在もまた、代助が自己のアイデンティティを安定化させるために必要とされていることが分かる。代助にとって、三千代は、代助の無意識の領域であった睡眠と覚醒の間を行き来できる存在として現れる。

彼は幸にして涼しい心持に寐た。けれども其穏やかな眠のうちに、誰かすうと来て、又すうと出て行つた様な心持がした。眼を醒まして起き上がつても其感じがまだ残つてゐて、頭から拭ひ去る事が出来なかつた。（十）

代助は、睡眠中であるにもかかわらず三千代の気配を感じ取っている。三千代とは、代助の身体に内在する自己ならぬ自己としての無意識に入り込むことができ、さらに代助の無意識の体現者となる。[*23] 代助は「彼は病気に冒された三千代をたゞの昔の三千代よりは気の毒に思つた」（十三）というように、「心臓病」（四）を病み死の影を背負う三千代に、かつての三千代には抱くことのなかった愛着を感じているが、そこには三千代に病んだ女性、死の影を帯びた女性というジェンダーを付与することによって、自身を生命に満ちた男性として主体化しようという欲望を見出すことができる。彼は、自身が抱えている自己ならぬ自己の領域を三千代という他者に投影することによって、自身を確固とした男性主体として定位することを目指しているといえる。

なぜなら、代助が三千代へと接近していく過程を通じて、代助は、彼が失っていたはずの超越的な対象、自らが従うべき価値規範を取り戻すことができるからである。

彼は三千代と自分の関係を、天意によつて、――彼はそれを天意としか考へ得られなかつた。――発酵させる事の社会的危険を承知してゐた。（十三）

この引用部から分かるように、代助にとって三千代との間柄は、二者関係として想定されてはおらず、「天」という超越的な第三項を介在させることによって認識されるものとなっている。つまり、このとき代助は、「天」という超越性へと同一化を図っていることになる。

賽を投げる以上は、天の法則通りになるより外に仕方はなかつた。賽を手に持つ以上は、又賽が投げられ可く作られたる以上は、賽の目を極めるものは自分以外にあらう筈はなかつた。代助は、最後の権威は自己にあるものと、腹のうちで定めた。（十四）

三千代への愛をめぐる選択肢において、代助が「天」に従うことと、自己決定権を持つことが同義となっている。代助は、三千代への愛という理念を想定することによって、「天」と同一化し、自身に「権威」を与えることが可能となる。

7　ロマンティック・ラブの彼方へ

代助は三千代と関係を結ぶことによって、彼自身のアイデンティティを確立し、揺ぎない個人として主体化を果たそうとする。しかし、『それから』で語られる「愛」とは、単に近代の男性の主体化のドラマに収まるものではない。それは、代助から主体を放棄させ、新たな生存の様態へと彼を導いていく力を備えたものとして描かれてもいる。

代助は、行為の目的について、「人間はある目的を以つて、生まれたものではなかつた。之と反対に、生まれた人間に、始めてある目的が出来て来るのであつた」（十一）という思考をめぐらせていた。このような認識は、目的に向かって行為する主体とは異なる存在のあり様を行為者にもたらすことになる。代助は、行為を自己完結したものとみなすのではなく、他者との「交換作用」のなかに行為を開くことをイメージしていた。代助は、この「目的」からの脱出を、三千代との「愛」において初めて実現させることになる。代助は、三千代への「愛」を「自然の愛」（十三）と語る。そして、代助にとって、「自然」という審級は、目的と行為という認識の枠組みから自己を解き放つものとして現れる。

彼は父と違つて、当初からある計画を拵らえて、自然を其計画通りに強ひる古風な人ではなかつた。彼は自然を以つて人間の拵えた凡ての計画よりも偉大なものと信じてゐたからである。（十三）

このとき、「生まれた人間に、始めてある目的が出来て来る」という思考は、「自然」に従うという論理へと結晶化している。代助は、三千代との関係を発展させるか、それとも退くかという問題について、「自然の児にならうか、又意志の人にならうか」（十四）と迷った上で、「意志」を持って「目的」を実現するという行為主体の論理を退ける。このとき、代助には新たな生存の様態がもたらされる。

> 「今日始めて自然の昔に帰るんだ」と胸の中で云つた。斯う云ひ得た時、彼は年頃にない安慰を総身に覚えた。何故もつと早く帰る事が出来なかつたのかと思つた。始から何故自然に抵抗したのかと思つた。彼は雨の中に、百合の中に、再現の昔の中に、純一無雑に平和な生命を見出した。其生命の裏にも表にも、慾得はなかつた、利害はなかつた、自分を圧迫する道徳はなかつた。雲の様な自由と、水の如き自然とがあつた。さうして凡てが幸であつた。だから凡てが美しかつた。
>
> やがて、夢から覚めた。此一刻の幸から生じる永久の苦痛が其時卒然として、代助の頭を冒して来た。彼の唇は色を失った。彼は黙然として、我と吾手を眺めた。爪の甲の底に流れてゐる血潮が、ぶる〳〵顫へる様に思はれた。彼は立つて百合の花の傍へ行つた。唇が瓣に着く程近く寄つて、強い香を眼の眩う迄嗅いだ。彼は花から花へ唇を移して、甘い香に咽せて、失心して室の中に倒れたかつた。（十四）

代助にとって、「自然の昔に帰る」こと、「自然」に従うこととは、「雨の中に、百合の中に、再現の昔の中」に自己身体を接続させ、「夢」のなかへと自身を導くこととしてある。このとき代助は、百合の花の香りが強烈に立ちこめる雨に閉じ込められた部屋のなかで、百合の香りという刺激によって身体感覚を最大限に振動させ、身体を受動化させることを契機として、自己のアイデンティティを脅かしていた無意識の領域へと降り立とうと試みている。このとき代助は、意識によって自己身体を統御する主体、自立した人間存在としてではなく、植物の刺激が浸透して行く受動的な存在として、いわば〈植物＝人間〉として在ろうとしている。「唇が瓣に着く程近く寄つて、強い香を眼の眩う迄嗅」ぎ、「甘い香に咽せて、失心して室の中に倒れた」いという代助は、自己身体のコントロールを完全に放棄して、主体であることから退いて自らを植物化すること、植物と一体化することを望んでいる。

そして、「自然の昔に帰る」とは、代助にとって、三千代と完全なる一体化を遂げるという出来事でもある。テクストでは、「僕の存在には貴方が必要だ」（十四）という代助の三千代への言葉は「官能を通り越して、すぐ三千代の心に達した」（十四）と語られる。[*24]『それから』において、「心」は、人間存在を徹底した受動態とみなし、その受動性のさなかに人間を位置づけようという精神物理学の論理のさらなる極北として定位されている。「心」とは完璧なまでの受動態であり、「心」を有する身体は、「官能」という情動をもすべてはぎとられ、ただ外界の刺激に浸されてそこに在り続けるしかない。「自然の昔に帰る」こととは、主体としての生存を解除して植物化すること、あるいは、身体の機能を喪失して「恋愛の彫像の如く」（十四）に凝固すること、その受動性の果てに自己を共同性へと開くことを意味する。

このような脱-主体化の論理は、既存の制度を超えてしまう。代助は平岡と婚姻関係にある三千代を「愛」することについて、「世間の掟と定めてある夫婦関係と、自然の事実として成り上がつた夫婦関係とが一致しなかつたと云ふ矛盾なのだから仕方がない」（十六）と考えている。「自然」に従うことは、「世間の掟」を越えるものとされるのである。しかし、代助は、結婚制度を否定しているわけではなく、彼は愛と結婚を一致させるというロマンティック・ラブを完遂しようとしている。代助は、父の薦める縁談を、「心を束縛する事の出来ない形式は、いくら重ねても苦痛を増す許である」（十四）という「論法」（十四）によって断ろうとする。彼にとって、結婚という形式は、「愛」という「心」の在り様を表現するものでなくてはならない。だからこそ、代助は平岡に向かって次のように語るのである。

「三千代さんは公然君の所有だ。けれども物件ぢやない人間だから、心迄所有する事は誰にも出来ない。」（十六）

この代助の論理において、愛と結婚の一致という名の下に女性を再生産の過程に組み入れていたロマンティック・ラブ・イデオロギーの欺瞞が乗り越えられてしまう。代助にとって、「心」は「所有」の対象とはならなず、意識の管理を超えて受動的に共振するもの、共有されるものとなる。ロマンティク・ラブの彼方で、結婚は「所有」ではなく、〈共有〉の形式となる。

しかし、この共有の形式は、テクストにおいて明確な形として現れては来ない。

> 三千代は精神的に云つて、既に平岡の所有ではなかつた。代助は死に至る迄彼女に対して責任を負ふ積であつた。（十六）

「所有」の論理を否定した代助は、替わって「責任」という論理を持ち出すが、脱-主体の様態としての〈共有〉は、責任主体を前提とする論理によって表現することはできない。

そして、テクストでは、〈共有〉という形式を表現することができないままに、代助と三千代の身体だけが共振していく。沈んだ、静かな美しさを湛えた三千代の顔の背後に、激しい感情を奔流させる「歇私的里」の三千代が潜んでいる。

> 「だつて、放つて置いたつて、永く生きられる身体ぢやないぢやありませんか」
> 代助は硬くなつて、竦むが如く三千代を見詰めた。三千代は歇私的里の発作に襲はれた様に思ひ切つて泣いた。
> 一仕切経つと、発作は次第に収まつた。後は例の通り静かな、しとやかな、奥行のある、美くしい女になつた。眉のあたりが殊に晴れ〴〵しく見えた。（十六）

この三千代の「歇私的里」は、代助に伝染していくのである。代助は平岡の前で、「己を支ふる力を用ひ尽し」て「発作」（十六）を起こし、「眼のうちに狂へる恐ろしい光」（十六）が浮かんでしまう。

この身体の共振という問題に配慮すると、『それから』の結末である代助の「真赤」な「世の中」（十七）への出発は、単に代助の陥った狂気の表象とみなすに留めておくことはできないだろう。

彼の頭は電車の速力を以て回転し出した。回転するに従つて火の様に焙つて来た。是で半日乗り続けたら焼き尽す事が出来るだらうと思つた。（十七）

この代助の出発とは、未だ言語化されてはこなかった世界への出発となる。それは、徹底した受動態として自己を生存させること、脱-主体として世界に存在し、共同性のなかに自己を開くこと、そのような試みへの出発とみなすことができるのである。

8　新たな存在の様態へ

代助の身体は、既存の社会規範を超えていく。彼の身体は、社会秩序に組み込まれることはなく、社会の存在様態を変容させる可能性を潜在させている。「遊民」は、労働を拒むがゆえに、資本主義社会の基礎となる所有関係に回収されることがなく、共同性へと開かれている。この「遊民」の身体において、自己意識によって補足することのできない領域としての無意識が顕在化する。人間の心理を描き出そうとする小説の試みは、「遊民」の無意識の再現へと結実する。

石川啄木は、明治四十三年に「時代閉塞の現状」を記し、「自然主義文学」の問題点として、「自己主張的傾向」と「一方それと矛盾する科学的、運命論的、自己否定的傾向（純粋自然主義）」とが結合していることを指摘し、その原因について、文学が未だかつて「国家」が及ぼす権力に対して対抗しようと意識したことがないこと、「我々日本の青年は未だ嘗て彼の強権力に対して何等の確執をも醸した事が無い」ことを指摘する。そして、啄木は、「今や我々青年は、此自滅の状態から脱出する為に、遂に其『敵』の存在を意識しなければならぬ」と主張する。この啄木の主張は、中野重治以来、文学者が、そして日本近代文学研究が評価し続けてきたものである。[*25]

しかし、自然主義文学を含めた明治三十年代から四十年代の小説は、啄木が論じたような「自己主張的傾向」と「自己否定的傾向」との間で矛盾を抱えた自己を描くことに留まらず、「自己主張」でも「自己否定」でもない自己、自己でありながら自己によっては補足することのできない「自己」としての無意識を描くことを目指していた。このような無意識を備えた「自己」を表象する試みは、『それから』において「遊民」という存在として表象された後、大正期の小説へと引き継がれていく。「遊民」とは、労働を拒むがゆえに、「国家」の基盤をなす「国民」へと主体を形づくろうとする権力から逸脱していく。小説が描き出したのは、啄木が求めるような「国家」に対抗する個人としての自己ではなく、「国家」の要請を逸脱していく人間、個人でありながら共同性へと開かれてしまう人間であった。

小説が個人の視覚を再現することを目指したとき、小説には、各々の身体に備えられた固有性と、それらの身体によってとらえられた世界が再現されることになった。その身体の表象の可能性を突き詰めていったとき「遊民」の身体が描き出されたのである。小説は、人間の身体に備えられた無意識の力に注目し、無意識を描き出そうと試みてきた。そのとき小説は、既存の社会を超える共同性を表象することに向かった。無意識とは、人間の固有性を再現することを目指した小説というジャンルによって描き出された、共同性へと開かれた身体の様態なのである。

注

＊1　週刊朝日編『値段史年表』朝日新聞社、一九八八・六。

＊2　＊1前掲書。

＊3　熊坂敦子「『高等遊民』の成立」『夏目漱石の研究』桜楓社、一九七三・三、長島裕子「『高等遊民』をめぐって――

『彼岸過迄』の松本常三――」「文芸と批評」一九七九・一二、石原千秋編『夏目漱石　反転するテクスト』有精堂、一九九〇・四所収、米田利昭「高等遊民とは何か――『彼岸過迄を読む』」「日本文学」一九八九・一一、『夏目漱石反転するテクスト』所収。

＊4　＊3前掲熊坂論文。

＊5　「文壇の高等遊民」「東京朝日新聞」一九一一〈明治四四年〉・八・三〇、三一。

＊6　『漱石という人』思想の科学社、一九八七・一〇。

＊7　小森陽一は、漱石の小説に描かれた男性像について「明治に入って新たにつくられた、近代的な父権制社会、学校や軍隊、官僚組織や会社などでつくり出されたホモソーシャルな関係から、ことごとくドロップアウトしていくように方向づけられてい」るとして、「明治的父権制社会における男性性」からの差異を見る（『漱石を読みなおす』ちくま新書、一九九五・六）。このような批評は、『それから』において、代助とその父という二者間の差異を前景化したときに機能するだろう。

＊8　「反＝家族小説としての『それから』」「東横国文学」19、一九八七・三、『反転する漱石』青土社、一九九七・一一所収。

＊9　漱石のテクストにおいて、男性間の絆を維持するために〈妹の交換〉が行われている。小森陽一「漱石の女たち――妹たちの系譜」（「文学」一九九一・一）を参照されたい。

＊10　石原千秋は、家制度という観点から代助が実家から生活費の援助を受けている理由について考察し、明治民法では戸主は親族の扶養の義務を負うと定められているため、生活費の援助は「代助の権利」であること、さらに、代助という名は、跡取りの「代わり《スペアー》でしかないことを象徴して」おり、父によって跡取りの代わりとして扶養されてきたことを論じている（＊8前掲論文）。

＊11　漱石テクストにおいて次男が家制度のマージナルな位置に置かれており、制度を揺るがす危険な存在として描かれていることは、石原千秋『漱石の記号学』（講談社、一九九九・四）に詳しい。

＊12　ホモソーシャル共同体については、イヴ・K・セジウィック『男同士の絆』（名古屋大学出版会、二〇〇一・二）を参照のこと。
＊13　『現代の堕落』大日本文明協会、一九一四〈大正三年〉・三。
＊14　『それから』において『退化論』が参照されていること、また、漱石が『退化論』の影響を受けていることについては、藤尾健剛「漱石とM・ノルダウ『退化論』」（「香川大学国文学研究」15、一九九〇・九）、小森陽一『漱石を読みなおす』（7前掲書）、谷内田浩正「ボディビルダーたちの帝国主義――明治と世紀末転換期ヨーロッパの身体文化」（「漱石研究」5、一九九五・一一）を参照されたい。
＊15　『漱石　片付かない〈近代〉』日本放送出版協会、二〇〇二・一。
＊16　『観察者の系譜』十月社、一九九七・一一、『知覚の宙吊り』平凡社、二〇〇五・八。『知覚の宙吊り』では、精神物理学の理論的な射程圏と、その歴史的背景が考察されている。
＊17　『心理学原論』は、漱石の蔵書に含まれている。小倉脩三『夏目漱石　ウィリアム・ジェームズ受容の周辺』（有精堂、一九八九・二）では、ウィリアム・ジェームズの思想が漱石に与えた影響が考察されている。
＊18　『心理学』上巻、岩波文庫、一九九二・一二。
＊19　「代助の感性――『それから』の一面――」「国語と国文学」一九八一・一、『漱石作品論集成　第六巻　それから』桜楓社、一九九一・九所収。
＊20　『ナショナリズムとセクシュアリティ』（柏書房、一九九六・一一）。また、サンダー・ギルマン『健康と病――差異のイメージ』（ありな書房、一九九六・一二）でも、この問題が取り上げられている。
＊21　このような女性ジェンダーのイメージは、ヨーロッパ世紀末芸術においてしばしば出現するものである。ブラム・ダイクストラ『倒錯の偶像』（パピルス、一九九四・四）に詳しい。
＊22　リュース・イリガライ『ひとつではない女の性』勁草書房、一九八七・一一。
＊23　第十章における代助の眠りについては、中山昭彦による「孤独を約束していたはずの水の眠りには、三千代という

他者が紛れ込んでしまう」（「〝間〟からのクリティーク」「国語国文研究」97、一九九四・一二）という指摘が存在する。また、石原千秋も、「三千代は代助の意識と無意識との間を自由に行き来できる唯一の人物」と述べている（「言葉の姦通――『それから』の冒頭部を読む――」、熊坂敦子編『迷羊のゆくえ――漱石と近代』翰林書房、一九九六・六、＊8前掲書所収）。

＊24 もちろん、この「自然の昔」という論理が男性中心主義の論理にすぎず、そこには三千代という女性の視点が抑圧されているということもできる。中山和子は、フェミニズム批評の立場から、代助が構築した「自然の昔」の人工性を批判している（「『それから』――〈自然の昔〉とは何か――」「国文学」一九九一・一、『漱石・女性・ジェンダー』翰林書房、二〇〇三・一二所収）。

＊25 「時代閉塞の現状」の今日までの評価と、その問題については、中山和子「魚住折蘆の文学史的位置――啄木の再検討」（『差異の近代』翰林書房、二〇〇四・六所収）で考察されている。

※「時代閉塞の現状」引用は『石川啄木全集』第四巻、筑摩書房、一九八〇・三、『それから』引用は『漱石全集』第六巻、岩波書店、一九九四・五に拠る。

第十一章　『行人』　歇私的里者のディスクール

1　構成への意識

『行人』（「東京・大阪朝日新聞」大正元年十二月〜大正二年十一月）は、「構成的破綻」が指摘されてきたテクストである。[*1]例えば、大岡昇平は、「一人の高度の知識人の内面を描いた」ことが「塵労」以前と以後との間に断絶を生み、「筋から遊離して主題を分裂させ」るという「構成的破綻」がもたらされたと考察し、『思想』はそのまま文学の素材となることはできない」と結論付けている。[*2]

また、柄谷行人は、「『行人』は「Hからの手紙」の部分と明らかに断絶している」と指摘した上で、しかし、「これをたんに構成的破綻とよんでしまうならば、不毛な批評に終わるほかはない」と述べている。柄谷によれば、この「断絶」は「どのように筋を仕組んでも」表現することのできないものが描かれようとした結果なのだという。[*3]

これら大岡、柄谷の両者の論では、〈知識人〉としての一郎という小宮豊隆以来の〝伝統的な〟解釈コードを共有した上で、そのコードを中心化してテクスト全体の意味を統合することが試みられている。その結果、テクストから「構成的破綻」という事態が浮上するのだ。

しかし、『行人』というテクストにおいては、〈知識人〉であるはずの一郎は、語り手の二郎によって「兄の方が、傍から見ると、もうそろ〱神経衰弱の結果、多少精神に狂ひを生じ懸かけて、自分の方から恐ろしい言葉を家中に響かせて狂ひ廻らないとも限らない」(「帰ってから」三十一)として、「狂気」の淵に向かいつつある存在と語られている。

さらに、一郎の「狂気」には、ジェンダー・トラブルさえ生じているのだ。二郎は、一郎を「歇私的里」として語るのである。

兄が自分より神経質な事は、兄も自分もよく承知してゐた。けれども今迄兄から斯う歇私的里的に出られた事がないので、自分も実は途方に暮れて仕舞つた。(「兄」二十)

この一郎のヒステリーをめぐる記述については、〈知識人〉としての一郎という解釈コードの力によって、現在までことさらの意味を見出されてはこなかった。[*4] しかし、「狂気」さらには「歇私的里」の影が閃く一郎とは、〈知識人〉の姿と矛盾するものではないのだろうか。『それから』は、「構成的破綻」が内在化されたテクストであるのみならず、語りのレベルでも「破綻」しているのだろうか。

ところで、佐藤泉は、『行人』の語りに注目すると、構成への方法論的意識を見出すことができると指摘する。[*5] 一郎について報告を行う「観察者」二郎の語りには、「観察者という新しい『主』を持ち込み従来の主人公の中心的な位置、それにともなう筋の展開の在り方をずらす、というきわめて明晰な方法論」がうかがえると述べている。[*6]

この指摘を踏まえた上で、ここでは、二郎を視点人物とする一人称の語りの構造について検討する。語り手の二郎は、単なる「観察者」というより、謎を解き明かそうとする「観察者」ではないだろうか。謎の探究の過程で、テクストでは、「狂気」や「歇私的里」といった言葉が呼び出されるのではないか。テクストの分析を通じて、『行人』の語りおよび構成は、「小説」ジャンルの革新を意識した方法論に基づくものであったことを明らかにしたい。

2　死角を備えた一人称の語り

『行人』は、当時盛んに探求され始めていた、人間の内面という領域に注目したテクストである。[*7]「君の心と僕の心とは一体何処迄通じてゐて、何処から離れてゐるのだらう」（「塵労」三十六）と問う一郎は、「心」という問題に憑かれている。「他の心は外から研究はできる。けれども其心に為つて見る事は出来ない」（「兄」二十一）という一郎の言葉からは、『行人』というテクストにおける「心」をめぐるパラダイムを見ることができる。「心」は、〈他者〉にまつわる問題としてとらえられていたのだ。

『行人』の語りは、この「心」の探求を視野に入れた、一つの小説技法上の試みとして考えることができる。語り手の二郎は、すべてを見とおすことができない、死角を備えた語り手である。この二郎の死角とは、他者の「心」が分からないということにある。二郎は「心と心は只通じてゐるやうな気持がする丈で、実際向ふと此方とは身体が離れてゐる通り心も離れてゐるんだから仕様がない」（「兄」二十一）と思う人物なのだ。二郎がとらえた風景とは、〈分からない他者〉が登場する世界の再現となる。

ここで、死角を備えた一人称の語りという小説技法は、小説の構成上の問題を生み出してしまうことを確認しておきたい。すべてを見通すことができない語りは、必然的に謎をはらんでしまう。語り手が知覚できないものとしての死角がテクストに示される以上、そこには謎が生じるのだ。したがって、死角を備えた一人称の語りを採用した小説では、語りに内在する謎を小説の構成面においてどのように組み込んでいくのか、ということが課題にならざるをえない。

『行人』には数多くの謎が仕掛けられている。死角を備えた一人称の語り手である二郎は、同時に、伏線としての謎を仕掛ける存在でもあるのだ。その結果、『行人』という小説には、独自の構成が備えられることになる。
まず冒頭部を見てみよう。

> 梅田の停車場を下りるや否や自分は①母から云ひ付けられた通り、すぐ俥を雇つて岡田の家に馳けさせた。岡田は母方の遠い縁に当る男であつた。自分は彼が果して母の何に当るかを知らずに唯疎い親類とばかり覚えてゐた。
>
> 大阪へ下りるとすぐ彼を訪ふたのには理由があつた。自分は此処へ来る一週間前②或友達と約束をして、今から十日以内に阪地で落ち合はう、さうして一所に高野登りを遣らう、若し時日が許すなら、伊勢から名古屋へ廻らう、と取り決めた時、何方も指定すべき場所を有たないので、自分はつい岡田の氏名と住所を自分の友達に告げたのである。
>
> （「友達」一）
>
> （傍線は論者）

この『行人』の冒頭部だけでも、既に二つの謎が仕掛けられていることが分かる。二郎は母から何を言いつけられているのか（傍線部①）と、「或友達」とは誰か（傍線部②）という謎である。これらの謎は、テクストのその後の展開のなかで、伏線として機能していく。

先の冒頭部は、二郎が岡田を訪問する場面であり、傍線部①②から導き出される二つの謎は、いずれも、二郎の岡田訪問の動機にかかわっている。二郎はなぜ岡田を訪ねたのか。二郎の岡田訪問には、お貞さんの結婚にまつわる二郎の母からの依頼（傍線部①）と、友人の三沢との約束（傍線部②）という二つの動機がある。謎は、二郎の岡田訪問という行為の動機をめぐって仕掛けられている。

『行人』の特異な点は、さまざまな伏線をたどって二郎の行為の動機の詳細が明らかにされた結果、さらなる謎に行き着いてしまうということなのだ。二郎の岡田訪問の動機の一つである、三沢との約束について検討してみよう。

三沢との旅の約束は、三沢の病気によって取りやめになる。二郎は三沢の入院騒動に巻き込まれ、退院の日に、三沢から、かつて三沢の家に預けられていた「精神病の娘さん」をめぐるエピソードを聞く。

この「精神病の娘さん」という人物が、傍線部②から派生する謎の果てに導き出される最後の謎である。「娘さん」は果たして三沢のことを想っていたのか。「病人の事だから恋愛なんだか病気なんだか、誰にも解る筈がない」（「友達」三十三）という「精神病の娘さん」をめぐる謎は、他の謎に対して上位の審級にある。

同時に、この「精神病の娘さん」の謎は、傍線部①から派生する二郎の岡田訪問の動機である、お貞さんの結婚をめぐるエピソードにも現れる。お貞さんの結婚問題は二郎の予想以上に速く進展し、納得できない二郎は次のように思う。

自分は病気で寝てゐるお貞さんに此様子を見せて、有難いと思ふか、余計な御世話だと思ふか、本当の所を聞いて見たい気がした。同時に三沢が別れる時、新しく自分の頭に残して行つた美しい精神病の「娘さん」の不幸な結婚を連想した。（「兄」四）

ここから、二郎の岡田訪問をめぐる二つの動機は、いずれも「精神病の娘さん」の謎に行き着くことが分かる。さらに「精神病の娘さん」の謎は、二郎の次なる行動となる、母と兄夫婦とを伴った旅行をめぐるエピソードにおいても登場する。この旅行の動機は、やはり謎として提示されている。なぜ二郎と母と兄夫婦とは、一緒に旅行することになったのか。その理由について語り手は次のように述べる。

それが斯う変な形になつて現れたのは何ういふ訳だか、自分には始めから呑み込めなかつた。母は又それを胸の中に畳込んでゐるといふ風に見えた。母ばかりではない、兄夫婦も其処に気が付いてゐるらしい所もあつた。（「兄」五）

この旅行の動機に関する謎は、明確に解き明かされないまま、伏線として機能し続け、直という人物へと収束していく。二郎たちの旅行は、直の「貞操を試す」旅の様相を帯びるのだ。そして、直の「本体」が知りたいという思いに憑かれた一郎は、次のように語ることになる。

「噫々女も気狂にして見なくつちや、本体は到底解らないのかな」（「兄」十二）

このように、『行人』で「精神病の娘さん」によって表される謎は、二郎が直面する最終的な謎の審級を構成する。岡田を訪ねた二郎は、「精神病の娘さん」は誰を想っているのかという謎に、また、結婚をめぐるお貞さん自身の「本当の所」とは何かという謎に、旅先では、直の「本体」とは何かという謎に出会う。つまり、テクストにおいて「精神病の娘さん」は、〈女は何を欲望しているのか〉という問いを発信するコードとなっているのである。

『行人』では、「精神病の娘さん」の謎をメトニミー的に展開することによって、〈女は何を欲望しているのか〉という謎が問われ続けている。このとき、〈女は何を欲望しているのか〉という問いは、二郎の行動の動機にまつわる一連の伏線の果てに登場していることを確認しておきたい。二郎が岡田を訪ねた理由は何か、二郎はなぜ一郎たちと旅に出ることになったのか。これらの二郎の動機をめぐる問いは、では、どうして〈女の欲望〉に関する問いに行き着いてしまうのだろうか。

実は、「精神病の娘さん」の謎をめぐるメトニミー的展開は、〈女は何を欲望しているのか〉という謎だけではなく、〈二郎は何を欲望しているのか〉という謎をも含んでいるのだ。二郎は、一郎との関係の悪化の原因について「君がお直さん抔の傍に長く喰付いてゐるから悪いんだ」と三沢に指摘され、次のように思う。

自分は始めて彼の咽喉を洩れる嫂の名を聞いた。又其嫂と自分との間に横はる、深くも浅くも取れる相互関係をあらはした彼の言葉を聞いた。さうして驚きと疑の眼を三沢の上に注いだ。其中に怒を含んでゐると解釈した彼は、「怒るなよ」と云つた。其後で「気狂になつた女に、しかも死んだ女に惚れられたと思つて、己惚てゐる己の方が、まあ安全だらう。其代り心細いには違ない。然し面倒は起らないから、幾何惚れても、惚れら

れても一向差支ない」と云つた。（「帰つてから」二十三）

ここで、「精神病の娘さん」の謎は、二郎と直との関係とは何かという謎に、つまり〈二郎は何を欲望しているのか〉という謎へと変換されていることが分かる。二郎は、他者としての女の「心」が分からないだけではなく、なによりもまず自己の「心」が分からない人物なのだ。

『行人』の死角を備えた一人称の語りは、テクストにおいて二郎の行為の動機を謎として提示し、さらにそれらを「精神病の娘さん」の謎へと収束させる。そのとき繰り返される「精神病の娘さん」のコードのメトニミー的展開は、〈女は何を欲望しているのか〉という問いを、さらに、〈二郎は何を欲望しているのか〉という問いを構成する。つまり、『行人』の死角を備えた一人称の語りは、二郎の欲望をめぐる謎解きの構成を潜在させているといえよう。しかし、『行人』というテクストは、謎解きをめぐって、二郎の欲望という問題とは全く異なる解答を用意するのだ。

3 精神分析的構成

『行人』では、「精神病の娘さん」の謎をメトニミー的に連鎖させることによって、欲望をめぐる問いが構成されていた。ところが、語り手二郎は、一郎と「精神病の娘さん」とを重ね合わせることで、テクストにおいて新たな謎を提示してしまう。

自分の想像は、此時其美しい眼の女よりも、却て自分の忘れやうとしてゐた兄の上に逆戻りをした。さうして其女の精神に祟つた恐ろしい狂ひが耳に響けば響く程、兄の頭が気に掛かつて来た。兄は和歌山行の汽車の中で、其女は慥に三沢を思つてゐるに違ないと断言した。精神病で心の憚が解けたからだと其理由迄も説明した。兄はことによると、嫂を左右いふ精神病に罹らして見たい、本音を吐かせて見たい、と思つてるかも知れない。さう思つてゐる兄の方が、傍から見ると、もうそろ〳〵神経衰弱の結果、多少精神に狂ひを生じ懸けて、自分の方から恐ろしい言葉を家中に響かせて狂ひ廻らないとも限らない。（「帰ってから」三十一）

ここにおいて、「精神病の娘さん」は新たな謎を構成する。それは、一郎は果たして狂気なのかという謎である。この謎は、「精神病の娘さん」をメタファー化することによって成立する。一郎は〈「精神病の娘さん」のように〉狂っているかもしれない、と二郎が想像するとき、「精神病の娘さん」と一郎とを〈似たもの〉として結び付けるという、メタファーの構造が生まれることになる。[*8]

この「精神病の娘さん」のメタファー的展開は、女の欲望をめぐる問いのメトニミー的連鎖を断ち切り、超越的シニフィアンを召還する。それが「Hさんの手紙」である。「Hさんの手紙」は、一郎は狂気なのかという謎に対して用意された解答である。また同時に、構造的には、「精神病の娘さん」のコードによって展開されていたすべての謎に対する解答となってしまうのだ。

このような「精神病の娘さん」の謎をめぐるメトニミーとメタファーの展開と、その結果としての謎解きから、何が見えてくるだろうか。ジャック・ラカンの言葉を借りるなら、『行人』というテクストは、「言語のように構造化され」た無意識を備えていることが明らかになるのだ。

ラカンはフロイトが読み解いた夢の作業について、「圧縮」がメタファーに、「置き換え」がメトニミーに相当すると論じる。[*9]〈精神分析〉では、夢のレトリカルな変形作業を解読することで人間の内面世界が探求されたのである。同様に、『行人』において、謎はメタファーとメトニミーの原理によって動かされていた。『行人』における謎解きとは、いわばフロイトの夢分析と同様の手続きを踏んでいるといえよう。その意味で、『行人』とは〈精神分析的構成〉のテクストなのだ。

『行人』の〈精神分析的構成〉とは、謎解きを構成に組み込んだフィクションの形式である。この『行人』の謎解きは、「精神病の娘さん」のコードが生み出した謎を、語り手の意識と無意識の二つのレベルに振り分ける過程となっている。語り手の無意識レベルには〈女は何を欲望しているのか〉、さらには〈二郎は何を欲望しているのか〉という謎が、語り手の意識レベルには〈一郎は狂気なのか〉という謎が配分される。『行人』における謎解きとは、語り手である二郎の無意識を抑圧する操作なのである。謎解きの最終的解答として差し出されるHさんの手紙は、意識レベルの謎に対する解答でしかない。

『行人』では、〈精神分析的構成〉によって無意識の場所が示されながら、語りにおいていまだ無意識を言語化することはできないでいる。自己の「心」が分からないという二郎にとって最大の謎とは、たぶん、二郎自身が直をどのように思っているのかという、自己に関する謎であるだろう。だが、Hさんの手紙が図らずも明らかにするように、『行人』の意識レベルの世界では、関係を指し示すには「所有」という言葉しか存在しない。

〈一郎は狂気なのか〉という問いに対して、Hさんは、「昔から内省の力に勝つてゐた兄さんは、あまり考へた結果として、今は此力の威圧に苦しみ出してゐるのです」(「塵労」三十九)と答える。そして、「纔に自己の所有として残つてゐる此肉体さえ、(此手や足さへ)、遠慮なく僕を裏切る位だから」(「塵労」三十九)という一郎の苦悩の言葉を前にして、次のように語る。

私は天下にありとあらゆる芸術品、高山大河、もしくは美人、何でも構はないから、兄さんの心を悉皆奪ひ尽して、少しの研究的態度も萌し得ない程なものを、兄さんに与へたいのです。さうして約一年ばかり、寸時の間断なく、其全勢力の支配を受けさせたいのです。兄さんの所謂物を所有するといふ言葉は、必竟物に所有されるといふ意味ではありませんか。だから絶対に物から所有される事、即ち絶対に物を所有する事になるのだらうと思ひます。神を信じない兄さんは、其処に至つて始めて世の中に落ち付けるのでせう。(「塵労」四十八)

『行人』の意識レベルの世界では、「内省」の働きによって、意識がとらえたものすべてを「所有」しつくさねばおかない。一郎は、妻直の肉体を「所有」するのみならず、その「心」までも「所有」しなければならないのである。

ところが、無意識レベルの世界で問われているのは、「所有」以外の関係なのである。〈女は何を欲望しているのか〉、さらに〈二郎は何を欲望しているのか〉という〈謎〉では、「所有」するという行為が本来的に不可能な人々たちに注目し、彼らは何を欲望しているのか、ということを問うている。「精神病の娘さん」やお貞さん、そして直は、「ありとあらゆる芸術品、高山大河、もしくは美人」など決して「所有」することはできない。また、〈二郎は何を欲望しているのか〉という問いについては、二郎と直とが婚姻関係にない、つまり〈所有―被所有〉の関係にないために、それを「所有」という言葉で説明することは不可能である。

このように、問いに答えるための言葉がない以上、〈女は何を欲望しているのか〉また〈二郎は何を欲望しているのか〉という問いは、無意識の場所へと抑圧されることになる。

この語り手二郎における無意識の抑圧が、一郎を「歇私的里」者へと仕立て上げるのだ。語り手は、一郎と「精神病の娘さん」が〈似ている〉と語ることによって、〈女は何を欲望しているのか〉という問いを一郎の問題へとすりかへる。その結果、欲望をめぐる問いは、既存の言葉の圏域へとずらされる。この操作は、語り手による一郎の〈女性化〉にともなっている。

兄は学者であつた。又見識家であつた。其上詩人らしい純粋な気質を持つて生れた好い男であつた。

（「兄」六）

自分は兄の気質が女に似て陰晴常なき天候の如く変るのを能く承知してゐた。

（「兄」十九）

兄は自分の顔を見て、えへ、と笑つた。自分は其笑ひの影にさへ歇斯的里性の稲妻を認めた。

（「帰ってから」二十七）

一郎は、「好い男」と語られながら、同時にその「気質が女に似て」もいるとされる。一郎の「歇私的里」は、このような一郎のジェンダーを〈女性化〉する語りに連なっているのだが、このとき〈女性〉とは『行人』における女性たちを指すわけではない。

彼女は平生から落付いた女であつた。歇斯的里風な所は殆んどなかつた。けれども寡言な彼女の頰は常に蒼かつた。さうして何処かの調子で眼の中に意味の強い解すべからざる光が出た。（「兄」三十八）

語り手は、直の「眼の中」の光を「歇斯的里」とは呼ばない。『行人』では、ヒステリーは女性の〈病〉ではないことに注意しなければならない。一郎の〈女性化〉とは、〈女は何を欲望しているのか〉という問いが、一郎の上に〈翻訳〉されて引き受けさせられたことによって生じている。『行人』における〈女性〉とは、語り手の抑圧された無意識が投影されて表象化を被った者のことである。精神分析において、ヒステリーとは「抑圧された精神」が肉体上へ表出することの〈病〉、つまり表象の〈病〉とみなされることを踏まえるなら[10]、一郎は二郎自身の抑圧を体現した〈ヒステリー者〉といえよう。

『行人』における死角を備えた一人称の語りとは、個々人が余儀なく備え持つ限定された視野を再現する試みであった。『行人』という小説からは、当時、文学が〈分からない他者〉を表現しようとしていたこと、またその背後には、〈分からない自己〉という問題が浮上していたことが見えてくる。そのような状況の中で、小説ジャンルを再編する新たな〈構成〉が生み出されつつあったのである。

E・M・フォスターによれば、〈王が亡くなられ、それから王妃が亡くなられた〉という文がストーリーであるのに対して、プロットは〈王が亡くなられ、それから王妃が悲しみのあまり亡くなられた〉という文に相当するという。そして、さらにこのプロットは、〈王妃が亡くなり、誰もまだその理由がわからなかったが、王の崩御を悲しむあまりだということが分かった〉という「神秘をふくむプロット」へと展開させることができるという[11]。

フォスターの論を参照すれば、プロットには、予め謎が含まれていることになるだろう。『行人』というテクストにおいて試みられているのは、プロットを持つ小説というジャンルが潜在的に備えている謎の可能性を、「心」をめぐる謎に特定し、それを積極的にプロットに組み込むことによって、小説の構成を〈謎解きのプロット〉として組み直すことであったといえる。

死角を備えた一人称の語りは、謎解きの構成を生み出す。「私」が決して知ることのできない謎とは、「私」自身をめぐる謎、つまり「私」の無意識であるなら、死角を備えた一人称の語りによって紡ぎ出される謎解きは、精神分析に近づいていくだろう。[*12]

『行人』に登場する「歇私的里」の〈男性〉からは、〈自己という謎〉に気づきながら、それを言語化できないでいる時代が浮かび上がってくる。[*13]『行人』は無意識という「心」をめぐる新たな意味の場を開きつつあるテクストである。無意識のプロット化への試みは、大正期の「探偵小説」へと引き継がれていく。

注

＊1　『行人』を「構成的破綻」という観点から論じた初期の論文に、伊豆利彦「『行人』論の前提」(「日本文学」一九六九・三、『漱石作品論集成　第九巻　行人』桜楓社、一九九一・二所収)がある。

＊2　「文学と思想――『行人』をめぐって」『小説家夏目漱石』筑摩書房、一九八八・五。

＊3　「意識と自然」『畏怖する人間』リブロポート、一九八七・七。

＊4　例えば、岩波書店『漱石全集第八巻　行人』(岩波書店、一九九四・七)の藤井淑禎による注解は、次のようなものである。

当時はヒステリーと神経衰弱、精神病との間にはそれほどハッキリした境界線はない。ここでは過度の神経衰弱気味症状というほどのニュアンスか。ヒステリーはこの時期にはさすがに女性特有のものとはみなされなくなっていたが、このように男性の場合の形容に使われるのは珍らしい。「珍らしい」と一応の注目の身振りを見せながらも、ここには「過度の神経衰弱気味症状というほどのニュアンス」しかないとみなすこの注解の解釈コードは、〈知識人〉としての一郎という小宮豊隆以来の〝伝統的〟な読みの枠組みと相反するものではない。「神経衰弱」こそが、〈知識人〉の男性にふさわしい〈病〉なのである。

＊5　『行人』の構成――二つの〈今〉の二つの見取り図――」（「国文学研究」103、一九九一・三）では、一郎の〈語り〉について、『手紙』以後のどこかある時点から回想」する語りと、「出来事のなかの人物《私》に場所を譲って、時間的視点は固定した一点の《今》から自由になる」語りという二つの位相が存在することを指摘し、このような二種類の語りを並存させる「構成」によって、『行人』では、「客観的実在の自明性を前提にするのではなく、次々にずれを生みながら呈示される像」が描き出されている、と述べられている。

＊6　「『行人』――その発話において立ち去るもの――」『年刊　日本の文学』第一集、有精堂、一九九二・一二。

＊7　当時の「心」探求をめぐる動向については、一柳廣孝「一郎とスピリチュアリズム――『行人』一面――」（「名古屋近代文学研究」第10号、一九九二・一二）を参照されたい。

＊8　「精神病の娘さん」と一郎との関係について論じたものに、酒井英行「『行人』への一視点――精神病の「娘さん」――」（「蟹行」一九八八・三、『漱石　その陰翳』有精堂、一九九〇・四所収）がある。そこでは「小説の主軸（深層的ストーリー）は、一郎が「娘さん」に接近してゆき、重なることである」と述べられている。

＊9　ジャック・ラカン「無意識における文字の審級、あるいはフロイト以後の理性」『エクリ』Ⅱ、弘文堂、一九七七・一二。

＊10　下河辺美知子は、精神分析とヒステリーの関係について、両者はある種の「翻訳」体系にあると説明する。精神分析において、「抑圧された精神状態が肉体の表現として転換され」ているとみなされた者がヒステリー者なのである（「精神医学と共同体」『歴史とトラウマ』作品社、二〇〇〇・三）。

＊11　『小説とは何か』ダヴィッド社、一九六九・一。

＊12 〈精神分析的構成〉の一つの型として、推理小説の形式を挙げたい。一人称の語りと推理小説とは親和性が見られる。たとえば、小森陽一は、明治二〇年代前半に一人称小説のブームが起こり、それが推理小説の翻訳という出来事と連動していたことを指摘している（『構造としての語り』新曜社、一九八八・四）。

＊13 石原千秋は、明治三〇年代後半、「自我論」が流行したこと、また、大正期に入ると、「『自我』の対立物が具体的に見え始めて」おり、「人々は他者に気付き始めていた」にもかかわらず、「『他者』という言葉」が現れないという状況が続いたことを指摘している（『漱石の記号学』講談社、一九九九・四）。「自我」が、「他者」との関係の中にある「自己」へとパラダイム転換する一つのプロセスとして、「自己」の内なる「他者」としての〈無意識〉の〝発見〟という事態があるといえよう。この〈無意識〉の言語化は、大正期の「探偵小説」において試みられていくのである。

※『行人』引用は、『漱石全集』第八巻、岩波書店、一九九四・七に拠る。

第十二章　『二人の芸術家の話』〈天才〉という存在

1　「新探偵小説」の登場

大正期において、谷崎潤一郎や佐藤春夫、芥川龍之介といった作家たちは、探偵小説的な要素を備えた作品を発表していく。[*1] しかし、それらの作品の具体的な評価は、現在においても未だ定まってはいない。

江戸川乱歩は、「僕は、『途上』こそ、これが日本の探偵小説だといつて、外国人に誇り得るものではないかと思ふ」（「日本の誇り得る探偵小説」、「新青年」大正十四年八月）と、『途上』を高く評価することによって、谷崎の探偵小説に関していち早い評価を行った。[*2] この乱歩の評価に対して、谷崎自身は、「僕の旧作『途上』と云ふ作品が近頃江戸川乱歩君に拠つて見出され、過去の推奨を恭うしてゐるのは、作者として有り難くもあるが、今更あんなものをと云ふ気もして、少々キマリ悪くもある」「『途上』はもちろん探偵小説臭くもあり、論理的遊戯分子もあるが、それはあの作品の仮面である」（「春寒」、「新青年」昭和五年四月）と、否定的な見解を発表している。

昭和五年のこの谷崎の言葉を参照すれば、彼の探偵小説は、乱歩の言うところの「探偵小説」とは異なる類のものということになり、その作品をもはや「探偵小説」と呼ぶことさえためらいが生じてくるのである。

その一方で、大正期を振り返れば、谷崎の作品が「探偵小説」として銘打たれて発表された時期があったことを忘れることはできない。大正七年七月に、雑誌「中央公論」の「定期増刊秘密と開放号」が出され、その誌上において、「芸術的新探偵小説」という名の下に小説が並べられた。掲載されたのは、佐藤春夫『指紋』、芥川龍之介『開化の殺人』、里見弴『刑事の家』、並びに谷崎潤一郎『二人の芸術家の話』の四編である。

今日、『二人の芸術家の話』を「探偵小説」として読むためには、大正期に「探偵小説」という言葉で名指されたテクストについて、ジャンルの位置づけを再確認する必要があるだろう。本論では、そのための準備作業として、「秘密と開放号」誌上における言説状況を検討しながら、「新探偵小説」がどのような文脈に置かれていたのかを確認したい。*3

2 告白される「秘密」——自然主義文学のパラダイム

「秘密と開放号」について、前月号予告で、「新界空前の奇抜斬新な着想!」というコピーの下に、次のような予告文が掲載された。

> 内政に・外交に・家庭に、多くの場合に於て「秘密」は腐敗と陰険と暗黒との源泉にして、之を「開放」し、人生をあらゆる方面に於て、公正と光明と和楽との発現たらしむるは、是れ近世文明の特徴の一にして、殊に現代人の最も痛切なる要求たるを疑はず。

この文章から、「秘密と開放号」では、内政・外交といった〈政治問題〉に留まらず、家庭内の私的な出来事を扱う〈家庭問題〉まで取り上げようとしていることが分かる。そして、実際の紙面上において、この方針は展開されていくことになる。

「秘密と開放号」の誌面は、論文を掲載した「公論」、読み物的要素を備えた「説苑」、および「創作」によって構成されている。「公論」は、特集のテーマを宣言した三宅雪嶺「秘密と開放」に始まり、田中王堂「秘密の倫理」、渡辺銕蔵「官庁調査の公開」、吉野作造「秘密外交より開放外交へ」、阿部磯雄「秘密なき家庭の幸福」といった文章が、また、「説苑」では、前田蓮山「政界秘史」、澤田撫松「秘密に包まれたる疑獄の解剖」、木村久一「秘密を欲する心と告白を欲する心」、松崎天民「秘密より産まれ出づる家庭悲劇」といった記事が並んでいる。このように、〈政治問題〉から〈家庭問題〉まで、一見すると脈絡なく記事が並べられている感のある誌面の背後に、どのような認識の枠組みが貫かれているのだろうか。

「公論」の執筆者である田中王堂は、「秘密の倫理」において、「『秘密と開放号』！わたくしは、初め、この言葉を高野氏（筆者注・『中央公論』記者）より聴いたときに、わたくしの聴き違ひではないかと幾度か自分の耳を疑つた程、この御計画の余まりに突飛であり、そして、（若し当時のわたくしの感じを忌憚なく申し上げることをお許しになるならば）、余まりに軽薄であるのに驚いたのでした」と述べている。田中王堂は、この特集にあまり肯定的ではない印象を持っていたのである。さらに、田中は、記事のなかで、「秘密と開放」というテーマが要請される背後に、「逢着する没批判な告白文学の流行と、無思慮な政治開放の要望」という時代状況が存在すると論じている。

この田中の指摘は、興味深い問題を提起しているといえよう。田中は、「秘密と開放」というテーマを、明治四十年代の自然主義文学運動において盛んに発表されていた「告白文学」に連なるものであるとみなしていたのだ。では、実際に、「秘密と開放号」において、自然主義文学との接点が存在するのだろうか。

「説苑」として掲載された、松崎天民「秘密より産まれ出づる家庭悲劇」は、この自然主義的「告白文学」との関連を考えるための格好の材料となっている。この記事には、「民間探偵S氏との対話」というサブタイトルが付けられており、その名の通り探偵が登場する。記事は、探偵と、彼を取材に訪れた記者との対話という形式をとっており、記者の質問に探偵が答えながら、かつて探偵が解決した事件が報告される。S氏の下に持ち込まれるのは、「家庭に漲る秘密」である。注意しなければならないのは、S氏によって解き明かされる「秘密」が、夫婦の性という「性欲問題」であることなのだ。この記事では、探偵による事件の解決という、探偵小説的な物語構成が見られる一方で、そこで扱われる事件の内容とは、自然主義的な「性欲問題」なのである。

このように、〈家庭問題〉を扱った「秘密より産まれ出づる家庭悲劇」という記事は、その内容を見れば、田中王堂が述べているような「告白文学の流行」の一端に連なるものとみなすこともできるだろう。しかし、今日、そこに差異の切断線を引くことも可能である。そして、大正七年に出版された「秘密と開放号」を、明治四十年代の自然主義文学における問題系から差異化することによって、大正期の「探偵小説」のパラダイムを顕在化することができるのである。

3　観察される「秘密」——心理学のパラダイム

松崎天民の「秘密より産まれ出づる家庭悲劇」に登場する探偵Sは、家庭不和に悩んでいる依頼人の相談を受ける。その時S氏が見た依頼人の姿とは、「齢は二十七八、色の白い背のスラリとした婦人で、額の狭い工合から、眼の充血して居るところから、瘦せて疳癖の強さうな風など、ヒステリツクの女そのまゝ」というものだった。その後、依頼人は「子宮狭窄」という病を患っていたことが判明し、この探偵の観察は、正当なものとして裏付けられることになる。この記事において、探偵とは、「性欲」の充満した「ヒステリー」の身体を読み解く観察者なのである。

「ヒステリー」の身体と観察の問題は、やはり「説苑」欄の記事である、木村久一「秘密を欲する心と告白を欲する心」において、より明確になっている。木村は、「告白小説を書く者は、凡て告白を欲する心の強い人だと考へる必要はない」、「世には人に由つて、告白を欲する心の過度に強い人と、秘密を欲する心の過度に強い人がある」として、「告白」を一元的にとらえるのではなく、各個人間の差異を見ることを提案する。そのとき検討すべき対象となるのは、「告白を欲する心」か「秘密を欲する心」かという、「告白」を行う人物の「心」の問題なのである。そして、「心」について考察するためには、「告白」された内容ではなく、「告白」されなかった事柄に注目すべきだと述べる。

このとき、木村久一は、「告白」という自然主義的なタームを用いながら、自然主義とは異なるパラダイムを提示しているのだ。木村は、「告白」という場において、言語化を経ずに抑圧されてしまったものがあると指摘する。そして、それこそが、「心理学者の謂はゆる抑圧観念」「潜在観念」であると言う。木村が披露しているのは、「心理学」のパラダイムに基づく概念なのである。

さらに、木村は、「抑圧観念」「潜在観念」の重要性を説き、それを解き明かすための格好の対象として、「ヒステリー患者」を召還する。

抑圧観念の為に絶えず悩まされて居る者をヒステリー患者と云ふ。即ちヒステリーとは抑圧観念の障礙を云ふのである。かゝる抑圧観念の障礙は、その現はれ方が種々雑多であつて、殆ど無限である。即ちヒステリーの症状は千変万化であつて、端倪することが出来ない。

この文章においても、「性欲」の充満した「ヒステリー」の身体が登場している。ここで、「性欲」の「告白」という自然主義的な枠組みは消え、「心理学」的な「性欲」の観察の問題が顕在化する。「心理学」を援用する木村の論において、「性欲」とは、語りうるものではなく、語ることができずに「抑圧」されるものとみなされる。そして、その「抑圧」された「性欲」の体現者が「ヒステリー」の身体なのである。

このとき、「ヒステリー」の身体は、症状の「現はれ」としての〈表層〉と、「抑圧」された「性欲」が存在する〈深層〉とに、二層化されることになる。「ヒステリー」の身体を前にしたとき、〈深層〉に到達することが目指されるのである。

木村久一が主張する「抑圧観念」「潜在観念」への注目とは、松崎天民の「探偵」による観察行為と同様に、〈表層〉に固着することなく、〈深層〉に至ろうとする試みであるといえよう。彼らが直接に観察するのは、容貌や症状という〈表層〉であるが、その〈表層〉は〈深層〉に隠された「秘密」へとつながっていく。

このように秘められた〈深層〉を持つ〈表層〉というトポスこそが、大正期「探偵小説」を準備したパラダイムなのではないだろうか。

4 〈深層〉へ向かって

「秘密と開放号」の「創作」欄に掲載された、四編の「新探偵小説」は、いずれも犯罪が扱われているが、そこには様々なパラダイムが混在しているのが見て取れる。

芥川龍之介『開化の殺人』は、「本多子爵閣下、並に婦人、／予は予が最後に際し、既往三年来、常に予が胸底に蟠れる、呪ふ可き秘密を告白し、以て郷等の前に予が醜悪なる心事を暴露せんとす」という書き出しから始まっている。『開化の殺人』において語られているのは、殺人という「秘密」の「告白」なのだ。また、『開化の殺人』では、書簡や日記という形式が駆使されており、「告白」という行為それ自体が大きく焦点化されているといえよう。

里見弴『刑事の家』において語られる犯罪は、もはや「秘密」ですらない。テクストにおいて前景化するのは階級の問題であり、そこで生じる犯罪は、解き明かされるべき謎が一切存在しない、顕在的な階級差によって説明可能となるものなのだ。

『刑事の家』では、「主人」の家の食料を盗む「留守番人」が登場する。彼の犯罪は、〈主人／留守番人〉という階級差を背景にして生じている。階級差を強く意識している主人公の「私」は、犯人について問われたとき、「私は『窮める』までもなく、それが誰であるか知つて居るやうな気がした」と思うのである。

それに対して、佐藤春夫『指紋』、谷崎潤一郎『二人の芸術家の話』では、不可視の〈深層〉をめぐって、犯罪が生じているのだ。

『指紋』において、〈深層〉は「潜在意識」という名を与えられている。『指紋』では、「魔睡して居る男の潜在意識を通し殺人の事実を見せ、殺人者を直感させないといふ理由がどこにあらうか」という論理に従って、謎解きが行われる。その結果、事件の目撃者の「潜在意識」を引き出すことによって、殺人者「ウヰリアム・ウヰルソン」が突き止められることになる。

また、『二人の芸術家の話』では、殺人者の内面のドラマにおいて、〈深層〉を表現することが試みられている。そのとき語られる殺人者の内言とは、「畢竟己の感ずる脅威は、自分の離魂体に悩まされたヰリアム、ヰルソンの感じた脅威と同じものなんだ」というものである。

これらのテクストに登場する「ウヰリアム・ウヰルソン」「ヰリアム、ヰルソン」とは、エドガー・アラン・ポー『ウィリアム・ウィルソン』(Edgar Allan Poe “William Willson” 一八三九年)を指していることは言うまでもないだろう。『指紋』『二人の芸術家の話』の両テクストが、ともに、「ウヰリアム・ウヰルソン」「ヰリアム、ヰルソン」という名前を引用していることには重要な意味がある。

渡邉正彦は、『ウィリアム・ウィルソン』を「分身小説」とみなした上で、『ウィリアム・ウィルソン』を引用する『二人の芸術家の話』と『指紋』は、「分身」を主題とした小説であると論じている。[*4] さらに、一柳廣孝は、これらの小説が、「分身」つまり「ドッペルゲンガー」を描き出してしまうことには、「探偵小説」のジャンルの成立と共通する要因があるとして、「急速な都市化にともなう自己喪失の不安がドッペルゲンガーを呼び寄せ、探偵小説を迷宮に誘う」と述べている。[*5]

しかし、「中央公論　秘密と開放号」の言説状況に照らし合わせれば、ウィリアム・ウィルソンという名前は、単なる「分身」「ドッペルゲンガー」という問題に収束するものではなく、「潜在意識」「自分の離魂体」につながる、自己の内にありながら自身では顕在化させることのできない〈深層〉としての無意識に関わる表象として現れている。そして、その表象から、権力の要請する〈個〉に対する対抗戦略を見ることができるのである。

5　『ウィリアム・ウィルソン』の解釈枠組み

『二人の芸術家の話』（後、『金と銀』に改題）について検討していこう。『二人の芸術家の話』において『ウィリアム・ウィルソン』が引用される意義をめぐって、井上健は次のような疑問を投げかけている。

同姓同名、同年、同じ身長、同じ顔でしかも同級生である二人のウィリアム・ウィルソンがいて、道徳的、反省的なウィルソンが、物語の語り手である本能的、淫蕩的なウィルソンの行動を絶えず規制し、ついにたまりかねた本能的な方のウィルソンが、謝肉祭のローマの仮装舞踏会の席上で、道徳的なウィルソンを刺殺するが、実は刺殺したはずの敵は自分自身の姿に他ならなかった、というのが「ウィリアム・ウィルソン」の梗概であるが、「金と銀」は、はたしてそのような一つの魂内の葛藤の物語となっているのであろうか。[*6]

この問題提起の後に導き出される結論とは、『二人の芸術家の話』は、『ウィリアム・ウィルソン』を参照・引用しているにもかかわらず、「ポオの場合のような一つの魂内の物語と読みとるのが困難」である、というものなのだ。〈良いウィルソン〉と〈悪いウィルソン〉との対決のドラマである『ウィリアム・ウィルソン』を、井上健のように「一つの魂内の葛藤の物語」とみなす解釈は、例えば、『ウィリアム・ウィルソン』を「悪の自我と良心の影との対決」の物語とする三上紀史にも見られるものである。[*7] その上で、三上紀史は、『ウィリアム・ウィルソン』をフロイトの「ドッペルゲンガーの観念」のアレゴリーとみなしている。この論は、〈良いウィルソン〉と〈悪いウィルソン〉の対決を、一人の人間の内面の葛藤の物語とみなす解釈の枠組みが、フロイトの精神分析と交差することを示唆して興味深い。

フロイトは、一九一九年に発表した論文「不気味なもの」において、文学作品に現れる「二重自我人格〔ドッペルゲンガー〕のモティーフ」に注目し、ドッペルゲンガーには人間の心理的葛藤が表象がされているとして、その心理のドラマを次のように解説している。

自我のうちには徐々に、爾余の自我と対立する特殊な一部分が形成されて、この一部分が自己観察、自己批評の役割を果たし、心的検閲の仕事を行い、やがてわれわれの意識にたいして「良心」として立ち現われてくるものなのである。[*8]

このように、フロイトは、ドッペルゲンガーの物語に「自我」と「超自我」の葛藤という「局所論」的な心理図式を重ね合わせていることが分かる。[*9]

このようなフロイトの〈心〉の解釈枠組を参照して、『ウィリアム・ウィルソン』における〈良いウィルソン〉に「超自我」を、〈悪いウィルソン〉に「自我」を当てはめ、両者の対決の物語を一人の人間の内面の相克のアレゴリーとみなすことは可能だろう。しかし、問題は、『二人の芸術家の話』にまで、このような解釈の枠組みを適用することは、果たして有効なのだろうかということなのだ。井上健は、『二人の芸術家の話』について、「ポオの場合のような一つの魂内の物語と読みとるのが困難」であると述べていた。だが、『二人の芸術家の話』は、フロイト心理学とは異なった〈心〉の領域を描き出そうとするテクストであるとみなすことはできないだろうか。

『二人の芸術家の話』では、青野と大川という二人の画家が登場する。二人の社会的地位は対照的で、青野には

「社会の公人として立つて行くべき資格のない、忌まはしい天性の背徳病」（第一章）という烙印が押されており、また、その社会的な評価の通り、青野は周囲の者たち、なかでも大川から、借金を重ねてはそれを踏み倒すことを繰り返している。*10 一方、大川の方は、社会的に信用の厚い人物である。テクストは、この二人に内的焦点化する語りによって、両者のモノローグが交互に披露される形で構成されている。『二人の芸術家の話』において、『ウィリアム・ウィルソン』というテクストは、大川の内的独白のなかで引用される。

彼奴の書いた絵を見ると、己は自分の魂がいつか一度は到達しようと焦つて居るところの郷土を見出す。畢竟己の感ずる脅威は、自分の離魂体に悩まされたヰリアム、ヰルソンの感じた脅威と同じものなんだ。（第五章）

ここでの大川の畏れとは、「彼奴」つまり青野の芸術的才能への脅威である。大川は青野に対して、「青野君、君は天才だ。恐ろしい天才だ」（第五章）と感じており、さらにその「天才」は、大川と全くかけ離れているものというより、「いつか一度は到達しようと焦つて居るところ」として、大川自身の才能に近接するものとして認識されている。大川にとって、青野は「自分の離魂体」として意識される存在なのである。ここに、『二人の芸術家の話』というテクストが、『ウィリアム・ウィルソン』を引用する必然が存在するのだ。

この大川の脅威は、次のような語りにおいても見出すことができる。

全体君と僕とは、平素の性質が黒と白のやうに違つて居るのに、芸術の上ではどうしてかうまで傾向が似寄つて居るのだらう。どうしてかういつもいつも、二人の書く物が衝突したり暗合したりするのだらう。二人は到底両立する事が出来ないやうにさへ考へられる。さうして結局才能の劣つた方が滅びなければならないのだとすると、勝利は天才を持つ人間の上に輝くのだとすると、僕は恐ろしくなつてぢつとしては居られないやうな気がする。（第四章）

大川は、自身と芸術的才能が「似寄つて居る」人物が存在するということにおののき、「才能の劣つた方が滅びなければならない」、「勝利は天才を持つ人間の上に輝く」という観念に脅かされている。大川は、青野から「天才」の座を勝ち取るために、〈芸術のための殺人〉を犯し、青野を抹殺することを決意することになる。

天才の資格がなくつて、どうして芸術の為めに人を殺す事なんぞが出来るもんか。己が天才だからこそこんな考が起こつたんだ。己が青野を殺すのは唯り天才にのみ許された特権を行使するんだて、銀は金を殺す事に依つて自分を金にする事が出来る。（第五章）

大川の論理によれば、殺人という行為を貫徹できる者こそが「天才」となる。このとき、大川によって引用されていた『ウィリアム・ウィルソン』というテクストは、「天才」をめぐる問題に接続されることになる。〈悪いウィルソン〉による〈良いウィルソン〉の殺害という物語は、「天才」の座を勝ち取るための殺人を導く布石となるのだ。したがって、『二人の芸術家の話』における『ウィリアム・ウィルソン』の引用を考察するに際して、『二人の芸術家の話』というテクストが描き出そうとしている「天才」という存在が、いかなる意味を含むものなのかを検討する必要がある。

6　ロンブローゾ『天才論』――社会進化論のなかの「天才」

野口武彦は、大正期の谷崎作品において登場する「天才」という概念について、大正四年に創刊された雑誌「変態心理」においてしばしば取り上げられていた「天才芸術家論」と共通するものであり、「ロンブローゾ流の天才狂気説」に基づいているとして、「この時代のアトモスフェアの中では、軽微な狂人性はむしろ天才の徴候であったし、『変異者』であること、多少の異常趣味を持つことはまさしく天才芸術家の条件でなくてはならなかった」と述べている。[*11]

先に検討したように、『二人の芸術家の話』では、〈殺人者〉こそが「天才」であるという大川の理屈や、大川から「天才」として評価されている青野が、「社会の公人として立って行くべき資格のない、忌まわしい天性の背徳病」に犯された存在であるというキャラクターが披露されていた。ここには、社会的な評価が否定的であるほど、逆説的に「天才」の存在証明となる、という論理がみられる。また、「生きてる間は散々悪い行いをして、其の代り立派な芸術を後世へ遺しさへすればいゝのだ」（第二章）という青野の認識や、「恥ずかしい情けない変態性慾の笞の下に悩まされ通して居る」（第三章）という青野のセクシュアリティにも、この論理は反映されている。犯罪者、悪人、「変態性慾」者としての「天才」という分類概念は、ロンブローゾ『天才論』[*12]に見られるものであり、『二人の芸術家の話』というテクストは、当時注目されていたロンブローゾの論を参照しているといえよう。

その上で、考えてみたいのは、〈芸術のための殺人〉が描かれている『二人の芸術家の話』[*13]において、「天才」にはどのような価値が付与されているか、ということである。テクストに描き出された「天才」は、ロンブローゾの認識枠組みのなかに留まっているのだろうか。

犯罪人類学者ロンブローゾの論理を貫いているのは、「生来性犯罪者説」である。[*14]この説について、鈴木秀治は、「犯罪者の多くは、生まれつきの素質により、とくに隔世遺伝によって犯罪者となる運命をもっていて、その特徴は外面的には頭蓋や顔貌をはじめとして身体的な欠陥としてあらわれ、内面的には情緒的な反応の欠如など精神的な欠陥としてあらわれる」と要約している。[*15]

ロンブローゾの『天才論』では、「天才」という存在は社会的にネガティブな要素を兼ね備えているという自説を掲げ、その根拠として「隔世遺伝的退行の現象は必ずしも真の退行を示すものではなく、多くの場合においては、単に他の方面における著しい発達と進歩とに対する賠償に過ぎない」、「思想界の巨人が優れた知力を得た代りに変質と精神病を得た」[*16]という説明を行なっている。この記述においても、「隔世遺伝」が重要な概念として登場していることが分かる。ロンブローゾの論理において、個人の特殊性は、「遺伝」という個を超えたレベルで説明付けられるのだ。このように、個人を定義するに際して、個を超越した領域を参照するという論理が行き着く先は、「人種」という概念だろう。『天才論』では、「種族と遺伝とが天才と精神病者とに及ぼす影響」が考察され、「猶太人に第一流の天才が多い」「猶太人が他の人種に比して四倍、もしくは六倍の精神病者を出している」と述べられている。[*17]

ロンブローゾの論理の枠組みの基礎となっている「遺伝」「人種」という概念は、言うまでもなく、西欧近代の知的パラダイムを形作った社会進化論に基づくものである。この「遺伝」「人種」という概念は、日本においても広く受容されたが、重要なことは、西欧近代の知が移入されるとき、その論理に変動が生じる場合があるということなのだ。

7 夏目漱石『文学論』——葛藤としての「天才」

ロンブローゾ『天才論』は、辻潤による翻訳書が出版される以前、夏目漱石『文学論』(大倉書房、明治四十五年五月)の「第五編　集合的F　第一章　一代に於る三種の集合的F」の中で、次のように紹介された。

実例に就て天才の風貌を窺はんと欲するものは Lombroso の The Man of Genius を繙くべし。Gustave Le Bon の The Psychology of Socialisum は通俗にして学説の深奥なるものなしと雖ども集合せる人心の活動状態を知るに便宜あるを以て通読するを可とす。[*18]

この引用部において、漱石は、ロンブローゾの『天才論』をル・ボンの文献と並べている。ル・ボンは、「群集心理」という論点から〈心〉の仕組みを記述しようとした社会心理学者であり、その基本的な枠組みは、「われわれの意識的行為は、特に遺伝の影響によって形づくられた無意識の基盤から起こるのである。この基盤は、種族の精神を構成する無数の遺伝物を含んでいる」[*19]というように、個人に備えられた無意識の領域を、「遺伝」「人種」といった概念から説明するものである。ル・ボンもロンブローゾと同様に、個人を論じるにあたり、個を超越した領域を問題にする立場をとる。しかし、漱石『文学論』における論の枠組みは、それらの論からずれた場所にある。

ロンブローゾ『天才論』が引用されている『文学論』の「第五編　集合的F　第一章　一代に於る三種の集合的F」は、〈個〉と〈集団〉の定義をめぐる葛藤に満ちた章である。この章では、個人における「集合意識」の記述が試みられており、それに際して、漱石は「集合意識」を「模擬的意識」「能才的意識」「天才的意識」という三つの層に大別している。「模擬的意識」とは、集団の成員間に「模倣」を引き起こす意識であり、これは、社会集団を形成するために最も必要な意識であるとされる。漱石は、この「模擬的意識」を説明するにあたり、「Mantegazza 其著 Physiognomy and Expression」と、人類学者マンテガッツァによる文献『人相学と表情』を引用している。マンテガッツァの学説は骨相学の流れをくんでおり、ロンブローゾと同様、「人種」や「遺伝」という概念に基づくものである。[*20]

また、「能才的意識」とは「模倣」を先取りする意識であり、「模擬的意識」に準じるものとされている。つまり、「模擬的意識」「能才的意識」とは、〈集団〉というレベルから〈個〉を説明する概念なのである。しかし、「天才的意識」は、それらとは異なるものとしてある。

『文学論』において、「天才」とは、「Fに於て他の見る能はざるものを見、他の聞き能はざるものを聞き、もしくは他の感ずる能はざるものを感じ或は他の考ふる能はざるものを考え得るの傾向を有す」存在であると説明されている。周知のように、『文学論』では、「F」は「焦点的印象又は観念」を表す記号である。したがって、「天才」とは、刺激に対して、他者よりも敏感な感受性を備えている者ということになる。

だが、ここで注意しなければならないのは、「天才」とは単なる刺激の受容者とみなされるわけではない、ということなのだ。『文学論』では、「模擬的意識」や「能才的意識」は他者の模倣を目指す意識であった。このとき、〈個〉は外界からやってくる刺激を受容し、自己の内部に伝達するような、受動的な媒体として存在することになる。ところが、「天才」の場合、刺激は「Fの外部より来らずして反つてFの中より発現す」る。「天才」は、「Fに執着するが故にFの内面に新焦点を発見し、其新焦点内に又新焦点を発見して、Fを穿つて深く波動を下層に徹せしむる」というように、外界の刺激を機械的に受容するのではなく、〈個〉の内部で刺激を独自に屈折させていく者とされる。つまり、「天才」とは、〈集団〉には還元することのできない、独自の偏向を備えた〈個〉として存在するのだ。このとき、「天才」は、「人種」や「遺伝」といった要因では説明することのできない固有性を備えた〈個〉となるだろう。近代ヨーロッパの人文科学的な知に基づく多数のテクストを引用しながらも、このような〈個〉のあり方を記述しているという点において、『文学論』は希有なテクストであるといえる。

『文学論』においてロンブローゾが引用されるのは、このような固有な〈個〉としての「天才」という場においてなのである。『文学論』は、ロンブローゾを引用しながらも、独自の「天才」の様態を描き出してしまったのだ。テクストは、西欧近代における社会進化論的〈知〉が顧みようとしなかった〈個〉を想定してしまったがゆえに、「天才」という存在をめぐって葛藤を生じさせてしまうことになる。

Fの内面に波動を拡ぐるのみにて、決して、外部に焦点を求めざるとき、彼らが狭隘にして深奥なる、綿密にして周到なる知識と情緒をある専攻の題目に有して、其他の人事天然に全く無頓着なるとき、吾人は明かに一種の畸形児にして且つ天才なる一人物を予想し得べし。此一人物は天才なると同時に畸形児たるが故に世間の習慣を解せず、俗流の礼儀に媚はず。或は普通一般の道徳心をさへ有せず。為めに社会の大多数の忌む所となるなきを保せず。

こうして、『文学論』において「天才」は同時に「畸形児」となる。これは、ロンブローゾの説いた「精神病」を患う「天才」とは、全く性質を異にしている。ロンブローゾの「天才」が「隔世遺伝的退行」の結果として、知の予測可能性の領域に収められていたのに対して、漱石が描き出す「天才」は、外界に背を向けることによって他者の予測から身をそらし、独自の内的世界を肥大させた存在なのである。このように、西欧近代の〈知〉を参照しながら、その〈知〉が対象化しなかったものに行き当たってしまったために、『文学論』ではロンブローゾよりはるかに強烈に、「天才」をめぐって抑圧的な言説が展開することになる。「有害無益の天才は賠償すべき功徳を有せずして、毒を社会に流すを以て目的とするに均しき天才なるのみならず、他の尊むべき天才と共に、畸形児たるの幣をかねたるを以て、之を撲殺して狂犬の如く坑内に投ずるは全社会の責任なり」として、「天才」の「撲殺」が唱えられるのだ。

8 辻潤『天才論』——「天才」というマイノリティ

『文学論』は、ロンブローゾを引用しながらも、『天才論』とは異なる「天才」の様態に行き着いてしまったため、葛藤を抱え込んだテクストとなった。しかし、この葛藤は、ロンブローゾ『天才論』を翻訳した辻潤においては、完全に解消されている。

辻潤は、『天才論』の冒頭で、「夏目漱石氏が『文学論』の終わりで天才を論じている個所にも天才の風貌を窺わんと思わば、この書を読めといっている」[*21]と述べ、自身が『文学論』を参照したことを明らかにしている。漱石的な〈個〉としての「天才」は、辻潤において、さらなる意義が付与されることになる。

辻潤訳『天才論』には、翻訳者自身によって、「僕らが近頃一番痛切に感じていることは人間が自分に対して正直に生きて行こうとする程、だんだん世の中に生存の道を与えられなくなってゆくということだ」という言葉で始まる序文が付けられている。序文では、「正直に生きて行こうとする」者に対して抑圧的な「世の中」について、その「世の中の組織」に対する異議申し立てが行われており、「僕らは一日でも早くそんなクダラナイ組織をブチコワして、みんなが自分に正直に愉快に暮らして行けるような世の中を実現したらよさそうなものだと僕は考えている」という主張が披露されている。

その序文のなかで、「天才」は、次のように語られる。

一番いつの世の中でも少数なのは僕らが天才と呼んで真から尊敬を払う人々である。この種の人々は多くいわゆる社会的にはなり得ない人らで、たいていいつも孤独の道を歩いてゐる。一見非社交的だから、人間離れをしているように見えることがあるが、ずつと深く高い処で人間に交渉しているのだ。しかし凡人やリコウな人達には気の毒なことだがそれがちよっと解かりそうにもない。それは知識の問題ではない。そして天才の歩く道はいつでも恐ろしく険悪な道だ。沢山の艱難と痛苦とが常にその道程に横たわっているらしい。[*22]

この文章において、社会における「少数」者としての「天才」という枠組みが提示されている。「天才」は、マイノリティであるがゆえに、「孤独」で、「沢山の艱難と痛苦」を与えられる受難者となる。ここでは、「天才」こそ、「自分に対して正直に生きて行こうとする程、だんだん世の中に生存の道を与えられなくなってゆく」者の代表者であるととらえられているのだ。

辻潤が考える「天才」においては、超越的な〈集団〉というレベルによって「天才」を定義しようというロンブローゾの論理は意味を持たない。「天才」は、〈集団〉からはじき出され、抑圧される存在なのである。むしろ、辻潤が「天才」という存在を俎上に乗せることによって明らかにしようとするのは、「ずっと深く高い処で人間に交渉している」という「天才」からの社会への働きかけなのだ。それは、「凡人やリコウな人達には気の毒なことだがそれがちよっと解かりさうにもない」ものであるからこそ、あえて社会に提示してみせなくてはならない問題としてあるといえよう。

辻潤の「天才」に対する問題化は、〈集団〉から〈個〉へという経路とは逆の、〈個〉から〈集団〉へというアプローチへと向かっている。「みんなが自分に正直に愉快に暮らして行けるような世の中を実現したらよさそうなものだ」というマニュフェストが掲げられた『天才論』の序文からは、「天才」に注目し、「天才」による社会への「交渉」を検討することによって、閉塞した社会を変革する可能性を探りたいという願望が見えてくるのである。

9 『二人の芸術家の話』――抗争する「天才」

ロンブローゾ『天才論』は、「遺伝」や「人種」といった〈個〉を超越した〈集団〉のレベルから「天才」という〈個〉をとらえようとした。山田俊治は、明治から大正期にかけて、「個人」を超越し「普遍」を体現する存在としての「天才」という概念が現れ、それが雑誌「白樺」の「天才主義」に収束していったと指摘している。[*23] しかし、ロンブローゾ『天才論』が移入されるに際して、夏目漱石は〈集団〉から計り知ることのできない特異な〈個〉に行き着き、辻潤は〈集団〉の変革者としての〈個〉を夢見たのである。ロンブローゾ『天才論』の移入から顕在化するのは、「普遍」につながる〈個〉としての「天才」ではなく、「普遍」を拒む〈個〉の領域を備えた「天才」の姿が現れたという事態なのだ。

『二人の芸術家の話』も、このようなロンブローゾ移入の文脈に位置づけられるテクストであるだろう。これは、『二人の芸術家の話』における、大川による青野殺しというプロットによって明らかになる。

『二人の芸術家の話』の冒頭において、「天才」の地位を得ていたのは青野だった。青野は、「天才」であると同時に、「社会の公人として立つて行くべき資格のない、忌まはしい天性の背徳病」（第一章）に侵された、「恥かしい情ない変態性慾」（第三章）の所有者であるとされていた。そして、このように、社会的な規範から逸脱するがゆえに「天才」であるという枠組みは、既に見てきたとおり、ロンブローゾ『天才論』の枠内にあるものといえる。

ところが、物語の中盤で、大川による青野殺害の計画と実行という事態を迎えると、「天才」の質が変化することになる。大川は、青野殺しを計画しながら、次のように思う。

自分はたしかにどうかして居る。或ひは自分の天才的素質が、萌芽を吹き出したからかもしれない。自分はいつの間にか偉大なる天才になつて居て、脳の組織が、がらりと一変してしまつたのかも分らない。――さうだとすれば何と云ふ愉快な出来事だろう！かう思ひながら、大川は依然として沈着に平気に行動し続けて居た。天才になつたのだらうが、気違ひになつたのだらうが、進む所まで進むより外に仕方がなかつた。（第六章）

この「天才になつたのだらうが、気違ひになつたのだらうが」という語りにも、〈狂人〉としての「天才」という、ロンブローゾ『天才論』の論理が見出せる。しかし、このとき「天才になつたのだらうが、気違ひになつたのだらうが」という語りが、大川に内的焦点化された言説であることに注意しなければならない。〈狂人〉としての「天才」とは、あくまでも大川個人の自己認識としてあり、その一方、大川は「相当の資産があつて」「余裕のある生活」（第一章）を送り、社会的に高い信用を得ている。さらに、彼は、「小胆な人物として、徳義に厚く友情に富む人間として世間に通つて居る」（第五章）、「美術家気質の仲間のうちでは一番紳士的であり、善人であつた」（第六章）として、周囲から人格的な評価も獲得している人物なのである。

このように、大川は、社会的な評価と、自身の内的な評価とが相容れない。大川にとって、周囲からの評価は、自己の「天才」を証明するものとはならないのだ。この点において、大川と青野との違いが明らかになる。青野の場合は、社会的な評価の低さが、逆説的に彼の「天才」を証明する根拠となっていた。つまり、〈集団〉の中での地位を確定することによって、〈個〉としての定義が可能となっていたのである。ところが、大川において、〈集団〉における評価は、〈個〉を定義するための意味を持たない。大川は、「天才」としての〈個〉というアイデンティティを確立できず、苦悩している。

『二人の芸術家の話』が興味深いのは、この大川の苦悩が解決され、彼に確固たる「天才」としてのアイデンティティが確立される際に、ロンブローゾ『天才論』の論理が完全に組みかえられることなのである。大川のアイデンティティの確定は、大川による青野の殺害によって果たされる。大川はライバルの青野を殺害することによって、「大川の作物は、素晴らしい傑作として雑誌に紹介された」「青野を慈んで居た芸術の神は、今や大川に恩寵を垂れてくれるやうであつた。銀はたしかに金になつた」（第七章）というように、「天才」の地位に付くことができるのだ。

このとき誕生する〈殺人者〉としての「天才」は、ロンブローゾ『天才論』の論理と矛盾しない。しかし、『二人の芸術家の話』において、大川による青野殺しは、社会の中で完全に隠蔽されたものとなっているのだ。その犯罪は、「現場へ臨検した刑事は、何処かに証拠を捜し出さうと試みたけれど、犯人の痕跡らしいものは一つも残つて居なかつた」（第七章）として、社会秩序を維持する警察権力から不可知なものなのである。

したがって、大川の青野殺しによって完成される「天才」は、〈集団〉という審級から到達することのできない〈個〉にあるといえるだろう。このような〈個〉としての「天才」のあり様は、夏目漱石や辻潤におけるロンブローゾ『天才論』の受容の場合と同様に、ロンブローゾの論理においては全く想定されていなかった〈個〉の存在様態といえよう。

『二人の芸術家の話』では、大川による青野殺しという出来事を契機として、ロンブローゾの論理の範疇にあった「天才」は、新たな〈個〉としての「天才」へと変化する。ところで、この大川による青野殺しの経緯は、テクストにおいて「自分の離魂体に悩まされたキリアム、キルソン」による殺人として説明されていた。つまり、『二人の芸術家の話』の中で、『ウィリアム・ウィルソン』というテクストは、「天才」の位相を組み替える際に参照されているのだ。

ここにおいて、『二人の芸術家の話』が、『ウィリアム・ウィルソン』の引用を通じて描き出しているものが明らかになる。それは、個人のなかに備えられた、社会的秩序によって捕捉することのできない領域としての、秘められた内面なのである。

この秘められた内面は、フロイト精神分析における局所論では説明不可能なのだ。既に見た通り、井上健は、『ウィリアム・ウィルソン』を「自我」と「超自我」の闘いというフロイトの局所論的な枠組みでとらえた上で、『二人の芸術家の話』については、その枠組が適用できず、「ポオの場合のような一つの魂内の物語と読みとるのが困難」であると述べていた。しかし、『二人の芸術家の話』において描き出された内面は、フロイトによって記述された〈心〉ともその位相を異にしている。

夏目漱石、辻潤、そして谷崎潤一郎のテクストにおいては、〈集団〉から〈個〉を記述するというロンブローゾの論理は、〈集団〉に還元されない〈個〉に到達しようとする試みへと変化した。ロンブローゾの論理が「人種」や「遺伝」という要因によって形成される〈集団〉に照準を合わせており、社会進化論の枠組みの中にあったのに対して、それらのテクストは、「人種」や「遺伝」によっては説明できない〈個〉のあり方に向かっていたのである。それに対して、フロイトの精神分析は、社会進化論から一線を画しつつも、なお、〈集団〉という審級と社会規範を介してつながっていることを確認しておきたい。

渡辺公三は、フロイトとル・ボンの心理学を比較して、両者が相反する志向性をそなえており、「ル・ボンが『種族』へ向かう時、フロイトは徹底して対関係へと向かうという正反対ともいえるベクトルの方向」が存在すると述べている。[*24] ル・ボンの心理学において、個人に備えられた無意識の領域は、「遺伝」「人種」といった概念から説明されていた。しかし、フロイトの場合、無意識はあくまでも個人が備え持つ〈個〉の領域とみなされている。〈個〉を超えた社会的な審級が〈個〉に作用するためには、個人の内面において規範への同一化を経なければならない。〈個〉と〈集合〉は無条件に直結するのではなく、〈個〉の積極的な働きかけを必要とするのだ。フロイトの局所論における「超自我」とは、個人の社会的規範への同一化に携わる内的な領域であり、〈個〉と〈集合〉を接続するために個人に備わるとされる〈心〉の位相なのである。[*25] そして、このように、社会の規範に同一化する個人の心的機制を理論化している点において、フロイト精神分析が想定する〈心〉と『二人の芸術家の話』で描き出される内面とは、決定的に異なるのだ。

『二人の芸術家の話』の中で、大川による青野殺しという出来事を通して描かれていたのは、社会秩序や警察権力によってとらえることのできない個人の秘められた領域が存在する、ということだった。テクストでは、さらにその領域は、「探偵」によっても可視化できないものであるとみなされている。

大川は、秘密裏に青野を殺害することができるかという問題を考えるために、他者に対して喫煙という行為を隠蔽できるかという例題を立てている。そして、「若しシヤアロック、ホルムスのやうな、或はオーギユスト、デユパンのやうな名探偵が居て、己が煙草を吸つたか吸はないかを厳重に吟味するとし」ても、「其の対象となる行為の痕跡が残つて居な」い場合、煙草を吸ったという行動は発覚することがない、との認識に至る。その上で、次のような対話を想定するのである。

探偵はかう云つて己を問ひ詰めるかも知れない。「お前は平生喫煙の習慣があるのに、数時間この室内に閉ぢ籠つて居ながら、その間に煙草を一本も吸はなかつたと云ふ筈はない。たしかに吸つたものだと認める。」――が、さう云はれたつて驚くことはない。己は直ちに云ひ抜けてやる。――「さうです。仰つしやる通り僕は喫煙の習慣がありました。けれども此の頃余り煙草を飲み過ぎて頭を悪くしたので、成るべく節制して居たのです。彼の場合一本も吸はなかつたからと云つて、何も不思議はありません。」から云つてやつたらどうだらう。「それでもお前は吸つたに違ひない。」と云へるだらうか。「僕が自分で吸はないと云つて居るのに、あなたがたは何を証拠にんな事を云ふのですか。」と、己が断乎として抗弁すれば、彼等はいかにヤキモキしたつてグウの音も出ないだらう。

（第五章）

ここにおいて、煙草を吸ったことを隠そうとする内面と、煙草を吸った痕跡を隠蔽しようとする身体とは完全に一致しており、フロイト精神分析が想定していたような、個人の内面では統御できない身体行為という問題や、〈個〉の意識の統御を越えて身体を突き動かす無意識といった概念は、完全に欠落している。[*26]「己」は、殺意を抱く内面と、殺害を実行する身体とが完全に一致した〈内面＝身体〉を備えた「己」のあり方を想起しているのだ。この〈内面＝身体〉を、「探偵」のまなざしはとらえることができない。〈内面＝身体〉は、社会秩序の到達できない、完全なる〈個〉の領域にある。このような「己」の認識において、フロイトが理論化しようと試みていた〈個〉と〈集合〉とのつながりは、まったく考慮されてはいない。フロイトの理論では、〈個〉を超えた無意識の領域を「超自我」と「エス」に分割することで、「超自我」を媒介にした無意識の規範化が論じられていた。しかし、いかに周囲から殺意を気取られず、痕跡を残さずに殺人を行うかに腐心する「己」にとって、重要な問題として差し迫っているのは、〈集団〉から隔てられた秩序の及ばない領域に〈個〉を保存することなのである。

『二人の芸術家の話』における『ウィリアム・ウィルソン』の引用から見えてくるのは、『二人の芸術家の話』というテクストが、社会秩序や権力が及ばない領域を備えた存在として、個人を描き出そうとしていることである。「探偵小説」というジャンルが、犯罪の痕跡を手がかりにして犯罪者としての個人を特定していくというプロットを備えるがゆえに、近代的な警察権力と欲望を共有するものであるなら、谷崎潤一郎の「探偵小説」は、個人が社会的権力から抜け出す契機を描いている点で、いわゆる「探偵小説」というジャンルとはベクトルを逆にしているといえよう。『二人の芸術家の話』という「探偵小説」は、権力から脱出した〈個〉を描こうとしている。そのとき、〈個〉はもはや近代的主体が前提とする個人としてではなく、〈分身〉という表象によって描かれてしまうような一貫した自己からから乖離した存在として現れるのである。

注

＊1　谷崎潤一郎が発表した探偵小説的な作品群のリストは、中島河太郎「谷崎とミステリー」（荒正人編『谷崎潤一郎研究』八木書店、一九七二・一一所収）にまとめられている。

＊2　江戸川乱歩による谷崎潤一郎への評価については、横井司「谷崎潤一郎の『途上』を読む」（「文研論集」18、一九九一・九）で紹介されている。

＊3　「中央公論定期増刊　秘密と開放号」については、飯田祐子『彼らの物語』（名古屋大学出版会、一九九八・六）で本論とは異なる視点から取り上げられている。

＊4　『近代文学の分身像』（角川書店、一九九九・二）。渡邉正彦は、『二人の芸術家の話』や『指紋』で、「分身」という主題が現れる背景に、映画というメディアの影響があるとして、「映画という媒体そのものが、強力な分身製造装置であ」り、「現実に存在する生身の人間（俳優）とフィルムやスクリーン上の影像との驚異的な同一性は、影像が分身であるという確信を人々の無意識の深みまで根づかせた」と述べている。

＊5　「さまよえるドッペルゲンガー」吉田司雄編著『探偵小説と日本近代』青弓社、二〇〇四・三。

＊6　「谷崎潤一郎とE・A・ポオ」「比較文学研究」一九七七・一二。この論文では、大正二年に泰平館から出版された谷崎精二訳のポオ選集『赤き死の仮面』に『ウィリアム・ウィルソン』が含まれており、谷崎はこのテクストを参照した可能性があるということも指摘されている。谷崎潤一郎のポーを始めとする欧米文学の受容については、佐藤春夫「潤一郎。人と作品」（「改造」一九二七・三、『定本　佐藤春夫全集』第二十巻、臨川書店、一九九九・一所収）

に詳しい。また、明治期以降の日本におけるポーの受容は、宮永孝『ポーと日本　その受容の歴史』（彩流社、二〇〇〇・五）を参照されたい。

＊7　「ポーの『ウィリアム・ウィルソン』における〈二重身〉」「大東文化大学　英米文学論叢」16、一九八五・三。これらの解釈に対して、近年では、ポスト・コロニアルの枠組みから『ウィリアム・ウィルソン』を検討する論も生まれている。例えば、巽孝之は、「主人公が自らの分身を『疫病』と呼んでいる」ことに注目し、「他者を疫病視するイデオロギー偏見が刷り込まれて」いるテクストであると考察した（『E・A・ポウを読む』岩波書店、一九九五・七）。

＊8　『フロイト著作集』第三巻、人文書院、一九六九・一二所収。

＊9　「局所論」は、人間の〈心〉について、「自我」「超自我」「エス」の三層から成ると考える理論であり、一九二三年に発表された論文「自我とエス」にまとめられている。それ以前まで、フロイトは「意識」「前意識」「無意識」という区分で〈心〉をとらえていた。「超自我」について、鈴木晶は、「自我にとって、一方は理想であり、他方は禁止を意味している」ものと解説する（『フロイト以後』講談社現代新書、一九九二・四）。「超自我」とは、「自我」に対して規範を示す領域であり、フロイトは、「超自我の成り立ち」について「文化」という要因を前景化し、「文化への発展の遺産」（「自我とエス」『フロイト著作集』第六巻、人文書院、一九七〇・三）の結果であると説明している。このように、「超自我」とは、人間の心理に及ぼす社会的・文化的影響という問題を俎上に乗せることが可能となる概念であるといえよう。

＊10　金子明雄は、谷崎潤一郎のテクストにおいて、しばしば、借金によってつながっている二人の男性間の関係が描き出されていることに注目し、そこには「一般的な経済秩序や意味体系に組み込むことの難しい二者によって構成される空間が見出せる」（「金のかかる女と金をかける男たち——谷崎潤一郎と女性」、「解釈と鑑賞」二〇〇一・六）ことを指摘している。また、「男同士の関係は、男性同士の友情関係という一般的な見かけを示しながらも、特殊な二者に限定された関係として設定されれ」ている（「近代小説における性的関係の表象——谷崎潤一郎のテクストを素材として——」、「文学」二〇〇二・一）とも述べている。

＊11　『谷崎潤一郎論』中央公論社、一九七三・八。また、谷崎潤一郎のテクストにおけるロンブローゾの影響は、同時代評においても指摘されている。例えば、秦豊吉は大正四年に、『恐怖時代』を取り上げて、「すでにクラフト、エエビングの学説を離れロンブロオゾの学説に至つた作者は、如何なる理論を想像するであらうか」と述べている（「最近の谷崎潤一郎」、「新潮」一九一五・五）。

＊12　チェザーレ・ロンブローゾ『天才論』（Cszare Lombroso "L'homo di Genio" 1880）。日本では、辻潤によって、英訳版（"The Man of Genius" 1905）からの翻訳書が、ロンブロゾオ著、辻潤訳『天才論』（植竹書院、一九一四年〈大正三年〉）として出版された。辻潤の翻訳した『天才論』は、版を重ねて広く流通している。『天才論』が読者に与えた影響は、三島寛『辻潤　芸術と病理』（金剛出版社、一九七〇・四）に詳しい。『天才論』は『辻潤全集』第五巻（五月書房、一九八二・五）に収録されている。

＊13　中島礼子は、『二人の芸術家の話』とは、「『悪人』の性癖をもつ『芸術家』」という存在を描くことを目的にしているテクストであり、「作中人物の犯罪はたんに素材にしかすぎず、こんにちの推理小説の概念からみれば、問題にならない」と述べている（「『前科者』『金と銀』『AとBの話』について――その推理小説的技法の意味するもの――」、紅野敏郎編『論考　谷崎潤一郎』桜楓社、一九八〇・五）。

＊14　歴史的な背景を視野に入れてロンブローゾの業績を検討した研究として、ピエール・ダルモン『医者と殺人者』（新評論、一九九二・五）が挙げられる。

＊15　「訳者はしがき」（＊14前掲書）。また、日本では、ロンブローゾの「生来性犯罪者説」は、犯罪学者の寺田精一によって『ロンブローゾ犯罪人論』（厳松堂、一九一七年〈大正六年〉）としてまとめられた。

＊16　＊12前掲書。

＊17　＊12前掲書。

＊18　『漱石全集』第十四巻、岩波書店、一九九五・八。

＊19　ギュスターヴ・ル・ボン『群衆心理』講談社学術文庫、一九九三・九。

＊20　坪井秀人は、『文学論』におけるマンテガッツァの引用に注目し、「人種や性とその顔貌とは先天的に結びついており、その関係を内面的な努力によって変えることはできない」という「観相学（骨相学）言説」が、近代日本において広く移入されたことを考察している（「『KNOW THYSELF?』――猫の観相学」、坪井秀人編『偏見というまなざし』青弓社、二〇〇一・四所収）。

＊21　「きづいたこと」＊12前掲書『辻潤全集』第五巻。

＊22　「おもうまま」＊12前掲書『辻潤全集』第五巻。

＊23　「『作者』と天才――『白樺』的主体の生成――」「国語と国文学」二〇〇〇・五。

＊24　『司法的同一性の誕生』言叢社、二〇〇三・二。

＊25　渡辺公三は、フロイト理論の特徴について、

　　フロイトの行程は、「種族的なもの」あるいは遺伝による集団への帰属の否定を基点として、徹底した対関係への還元に移り、さらに個体意識の局所論に帰着するといえるだろう。同一化による現実の対関係は、個体意識における超自我という審級に転化される。

と述べている（＊24前掲書）。フロイト精神分析が「種族的なもの」や「集団への帰属」から遠ざかっていた背景には、フロイト自身が自らを「ユダヤ人種」として認識していた問題があるだろう。フロイトと「人種」の問題については、サンダー・ギルマン『フロイト・人種・ジェンダー』（青土社、一九九七・一）で論じられている。

＊26　探偵に対して、喫煙という行為を隠蔽することはできるのか、という『二人の芸術家の話』で展開されていた問いは、江戸川乱歩『屋根裏の散歩者』（「新青年」一九二五〈大正一四年〉・八）において、変形され繰り返されている。『二人の芸術家の話』における探偵は、喫煙が生じていた痕跡を捜す者であったが、『屋根裏の散歩者』の探偵は、喫煙という行為が消えた理由を捜す者なのである。いわば、『屋根裏の散歩者』は、喫煙の有無をめぐる問いを、フロイト精神分析的に組みかえたテクストであるといえよう。探偵は、殺人者の「意識下」を解読し、犯人として特定する。石原千秋は、「『屋根裏の散歩者』は、都市の遊民である郷田三郎が、殺人者という人格（アイデンティティ）を

手に入れる物語だった」と述べているが（「解釈と鑑賞」一九九四・一二、『テクストはまちがわない』筑摩書房、二〇〇四・三所収）、このようなアイデンティティ獲得のドラマは、「無意識」の解読によって行われているのである。

※『二人の芸術家の話』引用は、「中央公論　定期増刊　秘密と開放号」一九一八〈大正七年〉・七に拠る。

第十三章　『指紋』〈謎解き〉の枠組み

1　大正期の「探偵小説」

佐藤春夫『指紋』は、大正七年七月に、雑誌「中央公論」の「定期増刊　秘密と開放号」誌上において、「芸術的新探偵小説」と銘打たれて発表されたテクストである。[*1] この『指紋』について、著者自身は、昭和四年に発表した「『指紋』の頃」の中で、「吾々が十年前に、探偵小説を試みた時には、本当の話、誰も本格的な探偵小説は書き得なかつた。『指紋』などは、唯文学の神経衰弱性あるのみと言はざるを得ない」[*2] と評価している。佐藤春夫は、大正七年に発表した自身の作品を、昭和初期の「探偵小説」とは異なるものとみなしていたといえよう。[*3]

では、どのような観点から、『指紋』を「探偵小説」としてとらえることが有効なのだろうか。このとき、テクノロジーと「探偵小説」との結びつきについて考察した、ベンヤミンの論考が手がかりとなる。ベンヤミンは、「探偵小説」を「写真」というテクノロジーに関連付け、「写真」が、「人間の痕跡を長期的かつ明瞭に保存すること」を可能にしたとき、「探偵小説」という小説のジャンルも形成されることになったと考察している。[*4]

『指紋』においても、テクノロジーを媒介にして「人間の痕跡」が捕捉される様が描き出されている。さらに、その「痕跡」は、「ウヰリアム・ウヰルスン」という固有名へと収斂していく。この「ウヰリアム・ウヰルスン」という名前は、いうまでもなく、エドガー・アラン・ポー『ウィリアム・ウィルソン』（Edgar Allan Poe "William Willson"

一八三九年）から引用されたものである。[*5]『指紋』は、ポーのテクストを引用することによって、フロイトの精神分析と交差しつつ「探偵小説」の可能性を拓くのだ。

本論では、『指紋』に登場する「ウヰリアム・ウヰルスン」という存在について検討した上で、『指紋』の〈謎解き〉の特異性を明らかにしたい。

2 指紋探索者としての「探偵」

『指紋』というテクストは、語り手「私」の友人である、「R・N」をめぐる〈謎〉の発生と、その解決を軸としてプロットが構成されている。

「R・N」をめぐる〈謎〉とは、「私の少年時代からの唯一の親友であつた」という「R・N」が、二十歳の時に洋行し、その十数年後に帰国して「私」を訪ねてきたときに、以前の姿からは想像できないほど、その容貌が変わっていた、というR・Nの変化によって生じている。「十年前の打解けた親友は、今では私には謎になつて現れて来た」のである。

この「R・N」をめぐる〈謎解き〉は、テクストにおいて、異なる二人の人物によって繰り返して行われることになる。一人は、語り手の「私」であり、もう一人は「R・N」自身である。注意したいのは、〈謎〉の探究者が変化するとき、「R・N」をめぐる〈謎〉もまた、位相を変えるということである。

「私」が〈謎〉の探究者となるとき、「R・N」をめぐる〈謎〉は、「R・Nは気が違つたのではあるまいか」という問いに収斂する。この問いは、最終的に「実を言へばR・Nだつて狂人ではなかつたのだと、私は近頃思ふようになつた」という結論に達する。

そして、この「私」の〈謎解き〉にはさまれる形で、テクストでは、「R・N」自身による〈謎解き〉が行われているのである。

「R・N」は、洋行中におぼえた「阿片」服用の習慣によって、帰国の際には心神耗弱の状態にあった。中毒症状のため、止むに止まれず赴いた長崎の「阿片窟」で、彼は殺人事件に遭遇する。「R・N」が酩酊から醒めたとき、彼の隣には死体が横たわっていたのだ。この出来事によって、「R・N」は、自ら意識がないままに殺人を犯してしまったかもしれないという疑念に取り憑かれることになる。

したがって、テクストで、「R・N」自身が自己にまつわる〈謎〉を解くとき、〈謎〉は、〈「R・N」は殺人者なのか〉という問いに変わる。

「R・N」による〈謎解き〉は、「R・N」が、偶然、「女賊ロザリオ」という「活動写真」を見たことが発端となって始まる。「ロザリオ」の運転手「ジヨンソン」こと「ウヰリアム・ウヰルスン」が犯罪の現場に指紋を残すという場面が、スクリーンの上に映し出されるのだ。

或る犯罪の場所へ、うつかり指紋を残して来た。その指紋が再び大映しで顕微鏡下の或る黴菌か何かのやうに不気味なほど拡大されて見物の目の前へ現れた。

「R・N」は、このスクリーン上に映し出された指紋と、長崎の「阿片窟」で発見した、死体の側に残されていた「時計」に付けられた指紋とが一致していることに気付き、〈「R・N」は殺人者なのか〉という問いに対して、次のような結論を出す。

私は決して殺人者ではなかつたのだよ。殺人者は彼奴だ。てつきり彼奴だ――ウヰリアム・ウヰルスンだ。

あの活動俳優のジヨンソン――ではない、ウヰリアム・ウヰルスンだ。

こうして、「R・N」によって、〈「R・N」は殺人者ではない〉ことが解き明かされると同時に、「ウヰリアム・

ウキルスン」という真犯人が名指しされることになる。この「R・N」の〈謎解き〉は、「R・N」が鑑賞した「活動写真」に登場する「探偵」の行為を繰り返したものとなっている。

『指紋』において、「女賊ロザリオ」は、「表題のやうな女賊を頭にした盗賊達の出て来る探偵物」と説明されている。また、テクストでは、次のようなフィルムの再現も行われる。

ロココ風に飾られた或る貴族の一室へ、探偵が三人這入つて来て、そのマホガニイの机の上にふと何ものかを見出して、一人の探偵がそれを指す——画面が大映しになる。見ると机の一角に一つの指紋が現れて居る。

これは、「女賊ロザリオ」において、「探偵」が活躍する場面である。このとき「探偵」は、犯罪の痕跡として「指紋」を発見していることに注意したい。この場面の描写から、『指紋』というテクストでは、「探偵」という存在を、「指紋」を見出す者とみなしていることが分かる。

したがって、「R・N」による〈謎〉の探究とは、「探偵」の行為を模倣したものといえるだろう。『指紋』において、「R・N」という人物は、「探偵」という位置に置かれていることになるのだ。

この「探偵」による「指紋」の探索という行為を支えているのは、「世ノ中ニハ全ク相等シイ形ヲ具ヘタ二ツ以上ノ指紋ハ絶対ニナイ事」という理念である。「R・N」によって披露されるこの理念は、『指紋』というテクストを支えるものであると同時に、近代的な犯罪捜査法を支えるものでもある。

渡辺公三は、その著書『司法的同一性の誕生』において、近代的な犯罪捜査法が確立されていく歴史的状況を調査している。[*6] それによると、近代における犯罪捜査の方法の礎は、パリ警視庁に勤務していたアルフォンス・ベルティヨンによって築かれたという。ベルティヨンは、「身体計測と特徴記載と特異的な特徴記載の三つの『言表化』の方式の組み合わせ」によって犯罪者の特徴を記述し、データ化するという「ベルティヨン方式」を編み出し、一八八二年頃から累犯者の取り締まりを行って、高い評価を得ていった。まもなく、イギリスにおいても、「ベルティヨン方式」を取り入れるべきかという議論が生じ、その調査を行ったフランシス・ゴルトンは、「ベルティヨン方式」の問題点を補う新たな方法として、「指紋」による個人識別法を提案し、一八九二年に研究成果を『指紋』として刊行したという。

このベルティヨン―ゴルトンによる犯罪者特定のための方法の確立という事態を、渡辺公三は、「国家によって召還し管理しうる主体＝客体」としての「司法的同一性」の誕生と定義する。このような「同一性」の概念は、西欧近代を支えただけではなく、明治期以降の日本において導入されていったものである。渡辺公三は、「個人識別の画期的な技術として日本の刑法制度に『指紋法』が導入されたのは、一九〇八年（明治四十一年）であると調査している。また、永井良和は、一九〇八（明治四十一）年に、司法界に身を置く大場茂馬が『個人識別法』を出版し、一九〇二（明治四十二）年以降、司法省で「犯罪人指紋台帳」が調整されていったと述べている。[*7]

したがって、『指紋』において、殺人者の「指紋」を発見するという「R・N」の行為は、「探偵」に課せられた行動であると同時に、近代の警察機構において整備された犯罪捜査の方法であったといえるだろう。「探偵」としての「R・N」は、個人の〈同一性〉を確定しようとすることによって、個々人の管理を目指す近代的権力と、その志向性を共有している。

しかし、それは、『指紋』というテクストの一つの側面に過ぎないことに注意しなければならない。『指紋』の〈謎解き〉をめぐって、テクストには様々な解釈コードが書き込まれているのだ。

「R・N」をめぐる「十年前の打解けた親友は、今では私には謎になつて現れて来た」という〈謎〉は、「私」にとって次のようなものとして感じられていた。

彼はどう見ても三十位の人とは見えなかつた。さうしてその一種異様なふけ方は、老人のやうでもあるし、又、壮者のやうでもあつた。表情が非常に鈍くなつて、ただ目の光だけが宝玉のやうに光輝燦爛として居るのであつた。

この文章において、「R・N」の〈謎〉は、「宝玉のやうに光輝燦爛」とした「目の光」という〈光る眼〉の主題につながっていくことから、〈謎〉を解き明かす際に、メスメリズムという解釈コードが参照されていることが分かる。[*8] また、「謎になつて現れて来た」という「R・N」について、「私」は、「私もスピリチユアリストの仲間入りをして、私は私の最も親しい友達の幽霊と――しかもそれをそれとは気づかずに、数日間一緒に暮したのだと考へたかも知れない」とも述べている。この言葉に見られるのは、スピリチュアリズムの枠組みだろう。

このように、『指紋』における〈謎解き〉には、近代的権力と志向性を共有する側面がみられると同時に、メスメリズムやスピリチュアリズムといった、「近代科学」のネガとして流通していた解釈枠組みが参照されてもいる。[*9] だが、テクストには、それらとは全く異なる認識の枠組みも存在しているのだ。それは、メスメリズムやスピリチュアリズムの枠組みを刷新し、近代的権力の発動を無効にしてしまうような、「無意識」を対象化する枠組みなのである。その新たな解釈枠組みは、「ウヰリアム・ウヰルスン」という人物をめぐって展開されることになる。

3　「ウヰリアム・ウヰルスン」という存在

「R・N」による〈謎解き〉では、犯行現場に残されていた「指紋」を手がかりに、「ウヰリアム・ウヰルスン」という真犯人の存在が明らかにされた。しかし、「R・N」が発見した「ウヰリアム・ウヰルスン」の「指紋」は、そもそも「活動写真」のスクリーン上に映し出された「指紋」であったのだ。このとき、テクストにおける「指紋」の探索は、近代的権力が押し進めていった個人管理の問題とは異なる領域へと接合されていくことになる。

まず、『指紋』における「活動写真」の位置付けを検討する必要があるだろう。テクストにおいて、「活動写真」

というメディアは、ある特殊な体験につながるものとなっている。

「R・N」は、「活動写真は阿片の夢のなかの極く平凡なものに似て居る」と述べているのであり、「R・N」にとって、「活動写真」を鑑賞することと「阿片」服用によって幻覚を体験することは、相同的な行為とみなされているのだ。この相同性は、テクストにおいて、視覚体験の同質性として現れている。

『指紋』では、「活動写真」のスクリーン体験が、次のように再現されていた。

ちようど、女賊ロザリオがその子分の運転手ジヨンソンといふ男と、或る酒場の片隅で何かのたくらみを耳打ちするところであつた——画面は彼等の表情を見せるために大映しになつた。初めはロザリオの顔だけしか見えない。ロザリオは見かけはいかにも可憐で高貴で若い貴婦人のやうな顔を、強い光の逆光線で、我々の眼の前へ大きく現した。

引用部で描き出される「活動写真」の映像には、「大映し」「大きく現」すといったように、対象を拡大して再現するという特徴が備えられていることが分かる。この特徴は、「R・N」がスクリーン上に「ウヰリアム・ウヰルスン」の「指紋」を見出す場面でも、「指紋が再び大映しで、顕微鏡下の或る黴菌か何かのやうに不気味なほど拡大されて見物の目の前へ現れた」と繰り返されていた。

また、この拡大された視覚は、「阿片」による幻覚体験である「魔睡の夢」にも見られるのだ。「R・N」の「魔睡の夢」として描き出される世界は、「自然の風景を十二倍した位の巨大さ」なのである。

「R・N」にとって、「活動写真」とは、スクリーンをまなざす主体に安定した「同一性」の感覚を与えるものではない。新たなテクノロジーによる視覚体験としての「活動写真」は、「阿片」の幻覚体験と同様に、日常的な知覚を超えた巨大な視覚像を主体にもたらすことになる。「活動写真」は、鑑賞者の知覚をゆさぶり、日常を支える認識に危機を生じさせてしまう。

『指紋』において「R・N」を悩ませた殺人事件は、「活動写真」と同質の知覚体験として描かれる「阿片」の「魔睡の夢」の中で生じていることは重要である。夢から覚醒した後、「R・N」は、「夢のなかで見たと、殆んどそつくりで、ただ形だけは全く縮小されて、一人の人間が呻きながら倒れて居る」ことを知るのだ。この事態は、「R・N」に「現実と夢幻」との境界の崩壊、ひいては自我崩壊として体感されている。

「R・N」の自我崩壊は、「魔睡の夢」の中で、映像として形象化されている。「魔睡の夢」は、「湖水」の風景で始まる。やがて、「湖水を前景にして自然を十二倍した巨大さで或る古城が現れ」る。その「古城」からは、「湖水」に向かって長い橋が延びており、橋の上では無数の「騎士」による進軍が続いている。

この「魔睡の夢」では、二人の人物が焦点化されることになる。一人は、「城壁の内部をずんずん透して湖水に面して現れ」た、「武装をした騎士」であり、もう一人は、「生きて眠つて居るのだか死んで居るのだか、何れにせよ、全く身動きもせずに横はつて居る一人の人間が、瀞んだ水面に、水の表面に、恰も陸に上げてある船のやうにぽつくりと浮んで居る」という人物である。この二人が遭遇し、次のような事件が発生する。

騎士も、陸上の船のやうに全部浮上つて居る男も、他の風景と同じく、非常に大きい。その水にぽつくりと浮んだ男と、兜をつけた騎士との、少くとも長さ一間以上もある横顔は、鮮やかな月の光を浴びて、私の眼下へはつきりと浮び出して居る。突然、騎士の槍が非常に長く突き出された。何か爆発する音がすると一緒に、水の面に浮上つて居た男の脇腹から、血が滾々と溢れ出て、聖母の衣服のやうに碧かつた水の面一面へ、滲み渡ると湖水は一面に真赤になつた。

この「魔睡の夢」の再現では、〈境界の崩壊〉というテーマが繰り返されている。まず、「魔睡の夢」の舞台としての「湖水」が挙げられる。「湖水」は、定型を持たずに流動する〈水〉が、形象化された場といえよう。さらに、「湖水」には〈越境〉の形象である長い橋が架かり、橋の上では絶えることない無数の流れとして「進軍」が続いている。さらに、殺人者である「武装をした騎士」は、「城壁の内部をずんずん透して」登場し、殺害される人物の方は、そもそも「生きて眠つて居るのだか死んで居るのだか」分からない、生と死の〈境界〉が曖昧な存在なのである。また、その人物が「騎士」に刺されて流す血も、「血が滾々と溢れ出て、聖母の衣服のやうに碧かつた水の面一面へ、滲み渡ると湖水は一面に真赤になつた」というように、留まるところを知らず流れていくのであり、〈水〉の属性を持つものとして描かれているのだ。

テクストが再現する殺人の瞬間は、この「魔睡の夢」が唯一のものである。このことから、『指紋』において、殺人という出来事は、なによりも「R・N」自身の自我崩壊を決定付ける出来事として描き出されていると考えることができよう。

その上で、注目したいのは、『指紋』というテクストでは、この「R・N」の自我崩壊に、特定の名称が与えられているということである。「R・N」は、殺人という出来事に直面して、次のような疑惑を抱くことになる。

長崎の阿片窟でも、私自身は無意識ではあつたとは言へ実際にあの死骸であつた男を殺した者は私自身ではなかつたかと思ふやうになり出した。

この「R・N」の言葉から、「R・N」は、自我の境界が崩壊した状態を、「無意識」と名付けていることが分かる。「現実と夢幻」の境界を崩壊させる幻覚体験は、「無意識」の世界の彷徨とされているのだ。

したがって、「R・N」にとって「活動写真」鑑賞は、「阿片」の服用と同様に、「無意識」の領域に降り立つ行為であったということになる。「R・N」が「活動写真」を眺めるとき、フィルムと「魔睡の夢」の世界とは連続する。

大映しになつた男の――あの運転手ジヨンソンの顔が、女賊ロザリオの巨きな笑顔の横で、ひよいと我々の方へふり向いた瞬間であつた。私はその男、目の前の画のなかの逆光線を浴びた男の顔は、あの私の夢のなかの月光を浴びた騎士の顔に寸分違はないことを直覚的に見た。それればかりか、それは上海の阿片窟で度々見た顔だつたことさへ、一時に思ひ出された。

この「魔睡の夢」の中の「騎士」と同一人物とされる「ジヨンソン」が、「ウヰリアム・ウヰルスン」という名前を与えられていることには、重要な意味がある。「ウヰリアム・ウヰルスン」とは、ポー『ウィリアム・ウィルソン』の主人公の名前である。したがって、『指紋』では、〈「R・N」は殺人者なのか〉という問いを解決するに際して、二人のウィルソン、つまり〈分身〉が登場するポーの小説を引用し、真犯人の名前としているのである。

なぜ、『指紋』において、「R・N」の遭遇した事件の犯人の名が、「ウヰリアム・ウヰルスン」とされるのだろうか。この問題に関して、佐藤春夫が『指紋』執筆の際に、谷崎潤一郎の影響を強く受けたことが重要な手がかりとなる。

「『指紋』の頃」[*10]では、「その頃僕は殆んど何にも書いてゐなかつたが、谷崎潤一郎が僕に何か書かせようと頻に鞭撻してゐてくれた」結果、『指紋』を書くことができたと述べられている。当時ポーを読みふけっていた谷崎が「中央公論」の編集者から「探偵小説」執筆の依頼を受け、それを引き受けるに当たって佐藤春夫を一緒に推挙したお陰で、「秘密と開放号」誌上に谷崎の『二人の芸術家の話』と並んで『指紋』が掲載される運びとなったのだという。この「『指紋』の頃」というエッセイからは、『指紋』が、谷崎の存在なくしては書かれ得なかったという状況が明らかになる。

また、実際に『指紋』というテクストにおいても、谷崎の影響が色濃く現れている。谷崎の『二人の芸術家の話』は、全く同じ才能を持つ二人の画家が、作品創作をめぐって相争うという、〈分身〉のストーリーを備えている。さらに、『二人の芸術家の話』では、自身の〈分身〉を前にした画家の葛藤は、「自分の離魂体に悩まされた井リアム、井ルソンの感じた脅威と同じ」であったと語られているのだ。

したがって、『指紋』における『ウィリアム・ウィルソン』の引用は、『二人の芸術家の話』を執筆していた谷崎潤一郎を経由したものだと考えられるだろう。佐藤春夫は、谷崎から『ウィリアム・ウィルソン』という〈分身〉のストーリーを紹介され、自身の作品にも組み込んだのではないか。『指紋』において、〈「R・N」は殺人者なのか〉という問いに答え、殺人者に「ウヰリアム・ウヰルスン」という名前を与えたとき、殺人者は「R・N」であって「R・N」ではない人物として、つまり〈分身〉という存在として立ち現れることを、佐藤春夫は知っていたといえよう。[*11]

その上で、さらに本論では、『指紋』の殺人者「ウヰリアム・ウヰルスン」とは、「R・N」の「無意識」の領域を担う人物であると考えたい。「R・N」は、「阿片」によって自我を崩壊させ、「無意識」の世界に呑み込まれていく。『指紋』における殺人とは、「無意識」の力の放出なのであり、「R・N」の〈謎解き〉によって名指される「ウヰリアム・ウヰルスン」という人物は、「R・N」の意識では捉えることのできない「R・N」自身であるといえよう。このように考えたとき、『指紋』における「R・N」の〈謎解き〉の奇妙さが明らかになる。

「R・N」は、「活動写真」に映し出された「指紋」を手がかりにして、「魔睡の夢」に現れた殺人者を特定した。「R・N」にとって、「活動写真」と「魔睡の夢」の世界は連続的であり、「活動写真」に映し出された「指紋」を特定するという行為は、意識では統御できない「無意識」の領域である「魔睡の夢」を、再-意識化する試みといえる。

既に検討したように、「指紋」による犯人の特定とは、個人の〈同一性〉を前提とする近代社会の警察権力によって培われた捜査法だった。しかし、「R・N」が「指紋」の探索という方法を用いるとき、それが個人の〈同一性〉を確定する身振りでありながら、「指紋」によって個人の〈同一性〉が崩壊してしまうのだ。

「R・N」が見出した「指紋」は、「R・N」の「無意識」世界を担う「ウヰリアム・ウヰルスン」のものであった。この「指紋」の発見で生じているのは、「R・N」という一人の人間の内で繰り広げられていた〈心〉のドラマを、二人の人物に振り分けるという出来事だろう。「探偵」としての「R・N」と、犯人である「ウヰリアム・ウヰルスン」とは、二つの異なる身体でありながら、一人の人間の〈心〉を分かち持つ者なのであり、この点においてこそ、『指紋』を〈分身小説〉として見る視点が成立する。

「R・N」の〈謎解き〉は、個人の〈同一性〉を確定する身振りでありながら、実際には、近代的な〈同一性〉という概念を解体するのだ。〈謎解き〉の結果、提示されるのは、近代的な〈同一性〉の概念に当てはめることのできない〈自己＝他者〉関係なのである。

そして、「R・N」の〈謎解き〉において生じるこの事態は、「私」による〈謎解き〉においても繰り返されてしまう。「私」の〈謎解き〉は、「R・Nは気が違つたのではあるまいか」という問いをめぐっていた。この問いは、「実を言へばR・Nだつて狂人ではなかつたのだ」という帰結を見る。しかし、「私」の妻の側から見れば、「R・N」を正気とする「私」という人間は既に「狂人」なのだ。妻は、「私」に向かって、「気違ひは伝染するものでせうか」という言葉を放つ。妻にとっては、「R・N」は疑いの余地もなく「狂人」であり、「私」は「R・N」に同化してしまった存在となるのだ。

「私」は〈謎解き〉を通じて「R・N」に同化するのであり、「私」の〈謎解き〉は、「R・N」の〈謎解き〉を模倣したものとなっているといえよう。〈謎解き〉を通して「R・N」と「私」は二つの異なる身体でありながら一つの〈心〉を分かち持つ者となる。『指紋』における「R・N」と「私」の〈謎解き〉は、近代的な〈同一性〉の概念を破壊してしまうのである。

4　〈機械の眼〉への欲望

『指紋』の〈謎解き〉において、個人の〈同一性〉を確定することが目指されながら、結果的に、近代的な〈同一性〉の概念の崩壊がもたらされていた。この逆説的な事態は、なぜ生じてしまうのだろうか。

その原因として、『指紋』は、〈見ること〉の欲望に憑かれたテクストであるということが挙げられる。「R・N」は、「目の窪の三つある髑髏」という別名を持つ「マドロスのゼエムス」から、「阿片」服用を教えられていた。「阿片」体験によってもたらされる視覚は、いわば、「ゼエムス」の第三の〈眼〉がとらえるものに相当するといえよう。

テクストでは、「活動写真は阿片の夢のなかの極く平凡なものに似て居る」と語られ、「阿片」による幻覚と、「活動写真」の映像とは、対象を拡大して映し出す点において、相同的なものとみなされていた。このことから、「ゼエムス」の第三の〈眼〉とは、映写機のレンズに相当するものと考えることができる。「R・N」は、「阿片」を服用することによって、「自然の風景を十二倍した位の巨大さ」に視覚を拡大させる、〈機械の眼〉を手に入れていたといえよう。

『指紋』の特異な点は、この「R・N」における〈機械の眼〉の獲得という事態が、「阿片」という薬物体験を越えて出現してしまうことなのである。「R・N」は、「阿片窟」で「魔睡の夢」から覚醒した後、殺人事件の証拠となる「指紋」の付いた時計を、犯行現場の近くで発見する。このとき、「R・N」は、「阿片」の力を借りずに、人間の能力を超えた視覚を手に入れている。


　目のとどいたところに一個の時計が見えるのである。それは壁のなかである。私は実際その時壁を通して物を見たのである。ありありと、白昼に眼前二尺のところにある現実よりももつとありありとそれを見た。

このとき、「R・N」の目は、地下室の「壁」を透かして、「壁」の向こうにある「時計」をとらえている。この「時計」について、「私」は、「彼が透視して探し出したといふ金の時計」と述べていることから、「R・N」の特殊な目の力は、「透視」と語られていることが分かる。注意したいのは、この「R・N」の視力の特質は、「阿片」の属性である〈境界の崩壊〉と相同的であるということなのだ。「阿片」には、〈境界の崩壊〉をもたらす〈水〉の働きが纏わり付いていた。また、「魔睡の夢」の中には、「武装をした騎士」が、まさしく「城壁の内部をずんずん透して」登場していたのである。

このような「阿片」の属性を参照すると、「R・N」の「透視」とは、「R・N」自身が、自己の視力を、「阿片」の力に同化させた事態であると考えることができるのである。「R・N」の目は、「阿片」の力に一体化することによって、地下室の「壁」の向こうを「透視」したのだ。

さらに、「阿片」の力に同化した「R・N」の目は、「活動写真」の映写機とも一体化を果たす。「R・N」は、「透視」によって手に入れた「時計」の「蓋のうら」に、殺人者のものとおぼしき「指紋」が残されていることに気づき、その「指紋」を眺め続けているうちに、奇妙な視力を獲得するのだ。

時計の蓋のうらにあるものはたしかに私のものとは違つて居た。さうして私の眼は時計に印せられた指紋を、それの一つ一つの渦の巻き方を、拡大鏡で眺め暮して居るうちに、全く悉く記憶してしまつたほどである。私の視神経そのものへその指紋が圧されたやうなものであつた。

ここで述べられている「私の視神経そのものへその指紋が圧された」という出来事は、「R・N」の目が、記録の保存体と化した事態とみなすことができる。「R・N」の目は、「R・N」の身体の一部であることを超えて記録装置となる。そして、「R・N」の目は、単に記録を保存するだけでなく、それを再現する機能をも発揮するのだ。「女賊ロザリオ」のフィルムを眺めていた「R・N」は、次のような感覚に襲われる。

大映しになつて指紋が現れたのは、私はそれを一瞥するや、それはフヰルムから幕の上へ映写されたのではなく、私自身の眼底に予め刻みつけられて居たあの金時計の蓋の裏にある指紋の印象が、何かの作用でその幕の上に、これだけに拡大して映し出されたのではないかと疑はれたほど、それほど同一なものであつた。

このとき、「R・N」の目は、映写機のレンズと一体化しているといえるだろう。「R・N」の目は、保存していた「金時計の蓋の裏にある指紋」の記録を取り出し、それをスクリーン上に「拡大して映し出」したのである。

『指紋』のなかで、「R・N」は、〈機械の眼〉に同化した存在として語られている。このような「R・N」の〈機械の眼〉への志向性は、「私のところには拡大鏡もある。私の屋根裏にはフヰルムを映す目的で私が工夫した幻燈もある」として、「R・N」自身が〈機械の眼〉を欲望し、所有していることからもうかがえる。「R・N」は、〈機械の眼〉を欲望するあまり、自らが〈機械の眼〉の所有者となってしまうのだ。

『指紋』において、この〈機械の眼〉への志向性は、「R・N」に限定されるわけではない。語り手の「私」もまた、「R・N」と同様に、「私は拡大鏡でも見た。幻燈にうつして較べても見た」というように、〈機械の眼〉を通して「指紋」を眺めているうちに、自らもまた、〈機械の眼〉の所有者となってしまうのだ。

「R・N」の事件捜査からしばらく時間を隔てたある日、「私」が郷里へ帰省するために汽船に乗っていると、「目の前には揺れて居る船室の天井一杯に、あの『女賊ロザリオ』のフヰルムのなかの指紋と金時計の蓋のうらの指紋とが、二つ全く同じ形に列んで、目に浮んで来た」という事態に遭遇するのである。このとき、「私」は、自身の目を〈機械の眼〉に同化させてレンズと化し、「船室の天井」をスクリーンとして、目が記録した像を投射しているのだ。

このように、『指紋』では、「目の窪が三つある髑髏」こと「マドロスのゼエムス」に始まって、「R・N」、そして「私」と、〈見ること〉の欲望に憑かれた人物が登場する。さらに、三番目の目を持たない「R・N」と「私」は、自らの視覚を〈機械の眼〉に同化させ、〈機械の目〉の体現者となるのである。この『指紋』というテクストに現れている、〈見ること〉をめぐる奇妙な特徴には、ある歴史的な背景が存在する。

トム・ガニングは、近代西欧において、「私はカメラである」というオブセッションが広く浸透し、それは、パリ法医学協会のメンバーが発表した「光学文法（オプトグラム）」という理論に顕著に現れていると指摘している。「光学文法（オプトグラム）」は、「手術によって殺人の被害者の網膜を取り出し、顕微鏡のもとでそれを精密に調査する」ものである。その前提となっているのは、被害者の網膜には、死亡する直前に目撃した犯人の像が刻印されており、「被害者の身体は写真装置となる」という理念である。このような理念は、やがて物語化されて、小説や映画のシナリオに繰り返し登場することになったという。[*12]

このようなオブセッションが席巻した背景として、トム・ガニングは、写真というテクノロジーを新たに個人管理のために用いようとしていた時代状況を挙げている。そのとき行われていたのは、「写真を個人に関する情報の記録的収蔵庫の中に位置づけ」るという試みであり、写真は、個人をデータ化するための材料となると同時に、「個人に関する情報」と現実の身体とを結びつける強力なインデックスとなっていったのである。

先に、近代西欧において、ベルティヨンらによって個人の〈同一性〉確定のための技術が生み出されていたことを確認したが、それらを支えていたのが、写真というテクノロジーだった。また、「指紋」とは、写真による個人の情報化―特定化のための強力なツールとなったのである。

『指紋』における〈機械の眼〉への欲望の背後にも、トム・ガニングが論じている歴史状況と同様の事態が存在しているといえるだろう。「R・N」と「私」は、「指紋」という情報によって個人を特定することを目指すあまり、自らの身体そのものが「指紋」をとらえるためのレンズに同一化してしまうのである。

テクストの「指紋」探索をめぐるこのような事態からは、個人の〈同一性〉を確定することによって個人を管理しようとする近代的権力に、困難さが内在していることが明らかになる。既に検討したように、近代的な個人の〈同一性〉は、写真を始めとするテクノロジーによって保証されようとしていた。しかし、新たなテクノロジーは、個人に対して、それ以前に存在していなかった新しい表象をもたらすことになる。[*13] この新たな表象に直面したとき、それを意味付けて秩序の中に組み入れることができなければ、個人は、自己の経験に〈同一性〉を与えることはできないのだ。

「活動写真」のテクノロジーによって実現された視覚は、「R・N」にとって、「阿片」の幻覚体験としての「魔睡の夢」に相当するものだった。そして、「魔睡の夢」とは、「R・N」の「無意識」の彷徨と語られていたのである。つまり、『指紋』では、「活動写真」というメディア体験によってもたらされた知覚の状態を「無意識」と名付けているといえよう。

このような「無意識」の捉え方は、フロイトが想定した「無意識」という概念と重なり合う。メアリー・アン・ドーンは、フロイト「マジック・メモについてのノート」[*14]の中での「無意識」の語られ方に注目し、その論において、意識は「一時的で、流動的、非永続的なもの」とされている一方で、「無意識」は、「無限に収容するばかりで決してなにものも失われず壊れもしないような場所」とみなされているとする。フロイトにとって、「無意識」とは、「記憶痕跡の保持もしくは表象化」を行う領域に相当するのだ。そして、この「記憶痕跡の保持もしくは表象化」という機能こそ、映画のフィルムの特徴であるとメアリー・アン・ドーンは指摘する。[*15]フロイトの「無意識」からは、映画という新たな表象に遭遇した個人が、その表象をそのまま内面化してしまうという危機的な状況が浮かび上がるという。[*16]

このメアリー・アン・ドーンの論を参照すると、「無意識」の働きを意識化するというフロイトの精神分析は、映画というテクノロジーによってもたらされた表象を、意識によって意味付けていく過程と相同的であるということになるだろう。

同様に、「魔睡の夢」の中で遭遇した殺人事件の犯人を、「活動写真」のフィルム上で発見するという「R・N」の〈謎解き〉も、「無意識」の働きを意識化し、秩序の中に位置づけようという試みであるとみなすことができる。しかし、そのとき「指紋」判定という方法を用いることによって、『指紋』は精神分析と袂を分かつのである。

「無意識」の世界を「指紋」によって意味付けようとする『指紋』の〈謎解き〉は、近代的権力が作り上げた個人の〈同一性〉という概念の脆弱さを露呈するのだ。近代的権力は、新たなテクノロジーを用いて個人の〈同一性〉を確定しようとした。しかし、その方法は、個人を身体のレベルで特定はするものの、〈心〉の領域を意味付けるものではない。新たなテクノロジーが生み出した表象は、個人の〈心〉を変質させたのであり、〈心〉は、近代的権力においては捕捉することのできない領域として残されたのだ。

『指紋』の〈謎解き〉では、近代的な〈同一性〉の確定方法が用いられながらも、その結果、〈同一性〉という概念自体が崩壊してしまう。『指紋』というテクストにおいて、個人の〈同一性〉を確定することによって個人を管理しようとする近代的権力の脆弱さが明らかになるのだ。『指紋』は、「探偵小説」というジャンルの定式が定まる以前に発表された、「探偵小説」の可能性を内包するテクストなのである。

注

＊1　「秘密と開放号」の紙面構成上の特徴については、十二章を参照。

＊2　「新青年」一九二九・三、『定本佐藤春夫全集』第二十巻、臨川書店、一九九一・一。

＊3　このとき、佐藤春夫が「本格的な探偵小説」として視野に入れていたのは、江戸川乱歩の作品だろう。乱歩の小説が「探偵小説」のカノンとなっていく過程は、吉田司雄「探偵小説という問題系――江戸川乱歩『幻影城』再読」（吉田司雄編著『探偵小説と日本近代』青弓社、二〇〇四・三）でまとめられている。また、一柳廣孝は、大正末期においてフロイトの精神分析を参照した言説が広まり、大正十四年の『D坂の殺人事件』等の発表として結実したと論じている（「心理学・精神分析と乱歩ミステリー」「国文学解釈と鑑賞別冊　江戸川乱歩と大衆の二十世紀」二〇〇四・八）。

＊4　「ボードレールにおける第二帝政期のパリ」『ボードレール　他五篇』岩波文庫、一九九四・三。また、「探偵小説」

というジャンルが近代の歴史状況と密接な関連を有していることは、内田隆三『探偵小説の社会学』（岩波書店、二〇〇一・一）でも論じられている。

＊5　明治期以降のポー受容の状況は、宮永孝『ポーと日本　その受容の歴史』（彩流社、二〇〇〇・五）を参照されたい。

＊6　言叢社、二〇〇三・一。

＊7　『尾行者たちの街角』世織書房、二〇〇〇・五。

＊8　メスメリズムと文学との関係については、マリア・M・タタール『魔の眼に魅されて』（国書刊行会、一九九四・三）、また、日本近代文学におけるメスメリズムの影響については、一柳廣孝『催眠術の日本近代』（青弓社、一九九七・一一）を参照されたい。

＊9　日本近代文学におけるスピリチュアリズムの影響については、一柳廣孝「〈科学〉の行方——漱石と心霊学をめぐって——」（「文学」一九九三・七）で考察されている。

＊10　＊2前掲書。

＊11　谷崎が『ウィリアム・ウィルソン』に傾倒していたことは、「秘密と開放号」が出版される一年前に発表したエッセイ「活動写真の現在と将来」（「新小説」一九一七・九）でも明らかになる。「活動写真の現在と将来」において、谷崎は、「活動写真」として作品化することで効果が発揮されるテクストとして、「ヰリアム、ヰルスン」を挙げている。また、このエッセイの中で、活動写真の表現上の効果に「大映し」があると述べていることも興味深い。『指紋』における「ウヰリアム・ウヰルスン」の引用と「大映し」の特権化には、「活動写真の現在と将来」の影響が見られるだろう。

ところで、渡邉正彦は、映画は見る者に「映像が分身である」という意識をもたらすと考察する。また、『指紋』には映画体験に基づく「分身」意識が色濃く現れており、「R・N」と「ウヰリアム・ウヰルスン」について、「彼らは別人で、かつ同一人物、つまり分身」であると述べている（『近代文学の分身像』角川選書、一九九九・二）。

＊12　「個人の身体を追跡する——写真、探偵、そして初期映画」長谷正人・中村秀之編訳『アンチ・スペクタクル』東京大学出版会、二〇〇三・六。
＊13　フリードリヒ・キットラー『グラモフォン　フィルム　タイプライター』筑摩書房、一九九九・四。
＊14　『自我論集』ちくま学芸文庫、一九九六・六所収。
＊15　「フロイト、マレー、そして映画——時間性、保存、読解可能性」＊12前掲書所収。
＊16　メアリー・アン・ドーンは、映画では「過剰なまでに対象が現前」するため、「読解可能性を保証してくれる区別や差異化」が無効になってしまうと述べている（＊12前掲書）。
※『指紋』引用は「中央公論　定期増刊　秘密と開放号」一九一八〈大正七年〉・七に拠る。

参考文献一覧

青木茂・酒井忠康校注『日本近代思想体系17　美術』岩波書店、一九八九年六月
青木茂『岩波近代日本の美術8　自然をうつす』岩波書店、一九九六年九月
青山誠子・川地美子編『シェイクスピア批評の現在』研究社出版、一九九三年三月
赤川学『セクシュアリティの歴史社会学』勁草書房、一九九四年四月
浅田隆・戸田民子編『漱石作品論集成　第九巻　行人』桜楓社、一九九一年二月
浅野智彦『自己への物語論的接近』勁草書房、二〇〇一年六月
天野郁夫『学歴の社会史』新潮社、一九九二年一一月
荒正人編『谷崎潤一郎研究』八木書店、一九七二年一一月
安藤宏『自意識の昭和文学――現象としての私』至文堂、一九九四年三月
イーグルトン，テリー『文学とは何か』大橋洋一訳、岩波書店、一九八五年一〇月
飯沢耕太郎『「芸術写真」とその時代』筑摩書房、一九八六年七月
飯沢耕太郎『日本写真史を歩く』新潮社、一九九二年一〇月
飯田祐子『彼らの物語』名古屋大学出版会、一九九八年六月
池内輝雄篇『日本文学研究資料新集21　志賀直哉』有精堂、一九九二年五月
石原千秋編『夏目漱石　反転するテクスト』有精堂、一九九〇年四月
石原千秋『反転する漱石』青土社、一九九七年一一月
石原千秋『漱石の記号学』講談社、一九九九年四月
石原千秋『テクストはまちがわない』筑摩書房、二〇〇四年三月
石原千秋『漱石と三人の読者』講談社現代新書、二〇〇四年一〇月
一柳廣孝『〈こっくりさん〉と〈千里眼〉』講談社、一九九四年八月
一柳廣孝『催眠術の日本近代』青弓社、一九九七年一一月

伊藤俊治『ジオラマ論』リブロポート、一九八六年九月
伊藤俊治『〈写真〉と〈絵画〉のアルケオロジー』白水社、一九八七年一二月
井上俊ほか編『岩波講座現代社会学　セクシュアリティの社会学』岩波書店、一九九六年二月
井上章一『美人論』朝日文芸文庫、一九九五年一二月
イリガライ・リュース『ひとつではない女の性』棚沢直子・小野ゆり子・中島公子訳、勁草書房、一九八七年一一月
内田隆三『探偵小説の社会学』岩波書店、二〇〇一年一月
江種満子『わたしの身体、わたしの言葉　ジェンダーで読む日本近代文学』翰林書房、二〇〇四年一〇月
エレンベルガー，アンリ『無意識の発見』上下巻、木村敏・中井久夫監訳、弘文堂、一九八〇年六月、九月
大岡昇平『小説家夏目漱石』筑摩書房、一九八八年五月
太田登・木股知史・萬田務編『漱石作品論集成　第六巻　それから』桜楓社、一九九一年九月
小倉脩三『夏目漱石　ウィリアム・ジェームズ受容の周辺』有精堂、一九八九年一一月
小田亮『性』三省堂、一九九六年四月
片岡豊・小森陽一編『漱石作品論集成　第二巻　坊つちやん・草枕』桜楓社、一九九〇年一二月
金子明雄・高橋修・吉田司雄編『ディスクールの帝国』新曜社、二〇〇〇年四月
亀井秀雄『感性の変革』講談社、一九八三年六月
柄谷行人『日本近代文学の起源』講談社、一九八〇年八月
柄谷行人『畏怖する人間』リブロポート、一九八七年七月
柄谷行人『漱石論集成』第三文明社、一九九二年九月
川村邦光『セクシュアリティの近代』講談社、一九九六年九月
北住敏夫『写生説の研究』角川書店、一九五三年三月
北村三子『青年と近代』世織書房、一九九八年一一月
キットラー，フリードリヒ『グラモフォン　フィルム　タイプライター』石光泰夫・石光輝子訳、筑摩書房、一九九九年四月
木下直之『写真画論』岩波書店、一九九六年四月
木股知史『〈イメージ〉の近代日本文学誌』双文社出版、一九八八年五月

木村直恵『〈青年〉の誕生』新曜社、一九九八年一一月
ギルマン，サンダー・L『健康と病　差異のイメージ』高山宏訳、ありな書房、一九九六年一二月
ギルマン，サンダー・L『フロイト・人種・ジェンダー』鈴木淑美訳、青土社、一九九七年一月
ギンズブルグ・カルロ『神話・寓意・徴候』竹山博秀訳、せりか書房、一九八八年一〇月
久保田淳ほか編『岩波講座日本文学史　第十一巻　変革期の文学　Ⅲ』岩波書店、一九九六年一〇月
熊坂敦子編『迷羊のゆくえ　漱石と近代』翰林書房、一九九六年六月
クレーリー，ジョナサン『観察者の系譜』遠藤知巳訳、十月社、一九九七年一一月
クレーリー，ジョナサン『知覚の宙吊り』岡田温司・大木美智子訳、平凡社、二〇〇五年八月
紅野敏郎編『論考　谷崎潤一郎』桜楓社、一九八〇年五月
小林康夫『表象の光学』未来社、二〇〇三年七月
駒尺喜美『漱石という人』思想の科学社、一九八七年一〇月
小森陽一『構造としての語り』新曜社、一九八八年四月
小森陽一『漱石をよみなおす』ちくま新書、一九九五年六月
小森陽一『出来事としての読むこと』東京大学出版会、一九九六年三月
酒井英行『漱石　その陰翳』有精堂、一九九〇年四月
佐々木英昭『「新しい女」の到来』名古屋大学出版会、一九九四年一〇月
佐藤泉『漱石　片付かない〈近代〉』日本放送出版協会、二〇〇二年一月
佐藤忠男『日本映画理論史』評論社、一九七七年二月
佐藤達哉・溝口元編著『通史　日本の心理学』北大路書房、一九九七年一一月
佐藤道信『明治国家と近代美術』吉川弘文館、一九九九年四月
ジェームズ，ウィリアム『心理学』上下巻、今田寛訳、岩波文庫、一九九二年一二月、一九九三年二月
ジジェク，スラヴォイ『快楽の転移』松浦俊輔・小野木明恵訳、青土社、一九九六年一月
下河辺美知子『歴史とトラウマ』作品社、二〇〇〇年三月
シャーフ，エアロン『写真の歴史』小沢秀匡訳、ＰＡＲＣＯ出版局、一九七九年一月

週刊朝日編『値段史年表』朝日新聞社、一九八八年六月
ジュネット，ジェラール『物語のディスクール』花輪光・和泉涼一訳、水声社、一九九一年一一月
ショウォールター，エレイン『性のアナーキー』富山太佳夫ほか共訳、みすず書房、二〇〇〇年五月
昭和文学研究会編『昭和文学の諸問題』笠間書院、一九七九年五月
鈴木晶『フロイト以後』講談社現代新書、一九九二年四月
セジウィック，イヴ・K『男同士の絆』上田早苗・亀澤美由紀訳、名古屋大学出版会、二〇〇一年二月
瀬沼茂樹『近代日本文学のなりたち』弘文堂書房、一九七一年四月
相馬庸郎『日本自然主義文学論』八木書店、一九七〇年一月
相馬庸郎『子規・虚子・碧梧桐』洋々社、一九八六年七月
ゾラ，エミール『実験小説論』河内清訳、白水社、一九三九年五月
ゾラ，エミール『制作』上下巻清水和正訳、岩波文庫、一九九九年九月
ダイクストラ，ブラム『倒錯の偶像』富士川義之訳、パピルス、一九九四年四月
タタール，M・マリア『魔の眼に魅されて』鈴木晶訳、国書刊行会、一九九四年三月
巽孝之『E・A・ポウを読む』岩波書店、一九九五年七月
玉井敬之・村田好哉編『漱石作品論集成　第五巻　三四郎』桜楓社、一九九一年一月
ダルモン，ピエール『医者と殺人者』鈴木秀治訳、新評論、一九九二年五月
坪井秀人編『偏見というまなざし』青弓社、二〇〇一年四月
ディディ＝ユベルマン，J『アウラ・ヒステリカ』谷川多佳子・和田ゆりえ訳、リブロポート、一九九〇年九月
永井聖剛『自然主義のレトリック』双文社出版、二〇〇八年二月
永井良和『探偵の社会史（1）　尾行者たちの街角』世織書房、二〇〇〇年五月
中山和子『漱石・女性・ジェンダー』翰林書房、二〇〇三年一二月
中山和子『差異の近代』翰林書房、二〇〇四年六月
西村清和『視線の物語・写真の哲学』講談社、一九九七年六月
日本比較文学会編『比較文学――日本文学を中心として』矢島書房、一九五三年一〇月

日本文学研究資料刊行会編『自然主義文学』有精堂、一九七五年八月
野口武彦『谷崎潤一郎論』中央公論社、一九七三年八月
芳賀徹『絵画の領分』朝日新聞社、一九九〇年一〇月
蓮實重彦『夏目漱石論』青土社、一九七八年一〇月
蓮實重彦『表層批評宣言』筑摩書房、一九七九年一一月
長谷正人・中村秀之編訳『アンチ・スペクタクル』東京大学出版会、二〇〇三年六月
バトラー、ジュディス『ジェンダー・トラブル』竹村和子訳、青土社、一九九九年三月
バルト、ロラン『記号学の冒険』花輪光訳、みすず書房、一九八八年九月
平川祐弘・平岡敏夫・竹盛天雄編『講座　森鷗外　第二巻　鷗外の作品』新曜社、一九九七年五月
フーコー、ミシェル『性の歴史　Ｉ』渡辺守章訳、新潮社、一九八六年九月
フーコー、ミシェルほか『自己のテクノロジー』田村俶・雲和子訳、岩波書店、一九九九年九月
フォスター、Ｅ・Ｍ『小説とは何か』米田一彦訳、ダヴィッド社、一九六九年一月
福田光治ほか編『欧米作家と日本近代文学　第二巻　フランス篇』教育出版センター、一九七四年一〇月
藤井淑禎『不如帰の時代』名古屋大学出版会、一九九〇年三月
藤井淑禎『小説の考古学へ』名古屋大学出版会、二〇〇一年二月
藤井淑禎編「国文学解釈と鑑賞別冊　江戸川乱歩と大衆の二十世紀」至文堂、二〇〇四年八月
藤森清『語りの近代』有精堂、一九九六年四月
フロイト、ジークムント『自我論集』竹田青嗣編・中山元訳、ちくま学芸文庫、一九九六年六月
フロイト、ジークムント『フロイト著作集』第一巻〜第十一巻、井村恒郎ほか編、人文書院、一九六八年一二月〜一九八四年九月
ベルナール、クロード『実験医学序説』三浦岱栄訳、岩波文庫、一九三八年一二月
ベンヤミン、ヴァルター『ボードレール　他五篇』野村修訳、岩波文庫、一九九四年三月
ボニゼール、パスカル『歪形するフレーム』梅本洋一訳、勁草書房、一九九九年一一月
本田和子『女学生の系譜』青土社、一九九〇年一二月
前田愛『近代日本の文学空間』新曜社、一九八三年六月

前田愛『文学テクスト入門』筑摩書房、一九八八年三月
松井貴子『写生の変容』明治書院、二〇〇二年二月
松浦寿輝『平面論』岩波書店、一九九四年四月
松浦寿輝『表象と倒錯』筑摩書房、二〇〇一年三月
三島寛『辻潤　芸術と病理』金剛出版社、一九七〇年四月
三谷邦明編『近代小説の〈語り〉と〈言説〉』有精堂、一九九六年六月
ミッチェル，W・J・T『イコノロジー』鈴木聡・藤巻明訳、勁草書房、一九九二年一二月
港千尋『記憶』講談社、一九九六年一二月
宮永孝『ポーと日本　その受容の歴史』彩流社、二〇〇〇年五月
モッセ，ジョージ・L『ナショナリズムとセクシュアリティ』佐藤卓己・佐藤八寿子訳、柏書房、一九九六年一一月
尹相仁『漱石と世紀末』岩波書店、一九九四年二月
ヨコタ村上孝之『性のプロトコル』新曜社、一九九七年一一月
芳川泰久『漱石論』河出書房新社、一九八六年七月
吉田精一編『日本近代文学の比較文学的研究』清水弘文堂書房、一九七一年四月
吉田精一『近代文芸評論史　明治篇』至文堂、一九七五年二月
吉田精一『自然主義の研究』上下巻、東京堂、一九五五年一一月、一九五八年一月
吉田司雄編著『探偵小説と日本近代』青弓社、二〇〇四年三月
ラカン，ジャック『エクリ』Ⅰ〜Ⅲ、宮本忠雄ほか共訳、弘文堂、一九七二年五月〜一九八一年五月
李孝徳『表象空間の近代』新曜社、一九九六年二月
ル・ボン，ギュスターヴ『群集心理』桜井成夫訳、講談社学術文庫、一九九三年九月
レッシング，G・E『ラオコオン』斎藤栄治訳、岩波文庫、一九七〇年一月
和田敦彦『読むということ』ひつじ書房、一九九七年一〇月
和田謹吾『増補自然主義文学論』文泉堂、一九六六年一月
渡辺公三『司法的同一性の誕生』言叢社、二〇〇三年二月

渡部直己『リアリズムの構造』論創社、一九八八年九月
渡邊正彦『近代文学の分身像』角川書店、一九九九年二月

初出一覧

（以下にそれぞれの章に収録した論文の原題と初出誌を示す。本書にまとめるに際して加筆修整を行った。）

はじめに　書き下ろし

第一部

第一章「『はやり唄』における描写の欲望」（「成城国文学」20、二〇〇四・三）

第二章　書き下ろし

第三章　日本近代文学会　二〇〇一年度　秋季大会学会発表「まなざしの規則――『ホト、ギス』の「写生」実践における〈視点〉の機能」（於　名古屋大学　二〇〇一・一〇・二七）に基づく

第四章「記憶の想起という問題――寺田寅彦の「小説」におけるプロットの方法」（「日本文学」No.622、二〇〇五・四）

第二部

第五章　書き下ろし

第六章「『蒲団』における観察の技法」（「成城国文学」17、二〇〇一・三）

第七章「プロットと欲望のパラダイム――『蒲団』における『事件』をめぐる語り」（「日本近代文学」第64集、二〇〇一・五）

第八章　「ヰタ・セクスアリス」と男色の問題系」（「日本文学」No.545、一九九八・一一）

第九章　「表象する〈青年〉たち――『三四郎』『青年』」（「日本近代文学」第71集、二〇〇四・一〇）

第三部

第九章　書き下ろし

第十章「新しい男」の身体――『それから』の可能性」（「成城国文学」14、一九九八・三）

第十一章「歇私的里者のディスクール――『行人』の〈語り〉と〈構成〉」（「漱石研究」15、二〇〇二・一〇）

第十二章「大正七年の『探偵小説』――『中央公論　秘密と開放』号の言説分析を通して」（「芦屋市谷崎潤一郎記念館ニュース」31、二〇〇〇・六）

「谷崎潤一郎『二人の芸術家の話』における〈天才〉の位相」（「国語と国文学」No.83-1、二〇〇六・一）

第十三章「『探偵小説』以前――佐藤春夫『指紋』における〈謎解き〉の枠組み」（「日本近代文学」第74集、二〇〇六・五）

あとがき

小説という装置を解体し、そのからくりを白日の下にさらしたい。そして、装置を動かしているもの、装置に宿る生命体を見極めたい。そんな欲望がこの本の根底にある。小説とは、書き手の意図も読者の読みも超えて独自の意味を生成させる、その意味では自立した自動装置であり、あまたの文学理論は、いずれも小説の意味生成の運動を生け捕りにすることを目指していると言えるだろう。そのなかから選び取ったのは精神分析批評である。

精神分析批評は、フロイトのテクストを読み解いたジャック・ラカンの方法をモデルにしつつ、さらにラカンのテクストを読み解き、読み替えていくという過程のなかにある、生成変動する理論である。その名立たる理論家には、ショシャナ・フェルマン、バーバラ・ジョンソン、メアリ・アン・ドーンといった女性がいる。彼女たちのテクストは、フロイト―ラカンという偉大なる〈父〉の教えを受けながら彼らの力を脱臼させる戦略に満ち満ちている。そもそもフロイトの精神分析が、ヒステリーの女性たち、そして〈女性化〉した男性たちの身体から湧き出す言葉を読み解くことから始まったという事態を振り返ってみれば、精神分析批評とは言葉とジェンダーを壊乱するラディカルな読みの過程そのものといえるだろう。精神分析は、そして精神分析批評は、言葉が生み出される、まさにその瞬間を捕捉しようとする。言葉を生み出す力、それが無意識なのである。

文学理論とは小説を読むための道具であり、したがって、道具である以上、硬直した物差しを当てはめるように杓子定規に使うのではなく、対象と使い手に応じて繕いながら使っていくものであると私は思っている。対象と使い手について、それを歴史性と言いかえるもできる。小説は、そして小説の読み手と文学理論は、それぞれが固有の歴史的な文脈のなかに置かれている。その固有の文脈に迫ることを目指して無意識の歴史性の考察を試みた。小説のからくりを解き明かしながら無意識の歴史性を探求することは、同時に近代の制度が作り上げ、今や自明のものとして自然化された〈現実〉を相対化することにもつながるだろう。

文学研究に対する論者としての私の立ち位置について言及しておくと、日本近代文学研究では、作家作品論、テクスト論、文化研究といったようにトレンドが移り変わっており、文学をどのように論じるのか、さらに何を文学とみなすのかが争点となってきた。私自身は、トレンドの変化を〈力〉をめぐるパラダイムの変動としてとらえている。作家作品論では、「作家の意図」という〈一つの意味〉、つまり〈唯一の力〉というモデルが参照され、文学作品を「引用の織物」としてのテクストとみなすテクスト論においては〈多様な力〉が、文化研究では〈闘争する力〉という枠組みが前提となる。この本では〈身体を捕捉する力〉という観点から文学をとらえており、したがってテクスト論と文化研究を視野に入れつつ、加えて再現表象の歴史性を問う表象研究からも示唆を得ている。さらに、ジェンダー論、セクシュアリティ論にも触発されて、精神分析批評の下に、結果的にさまざま理論枠組みを横断する試みとなった。

この本は、二〇〇六年、成城大学大学院文学研究科に博士学位請求論文として提出した「日本近代文学における〈無意識〉の構成」に基づいている。各論は、主に大学院の博士課程在籍中に学会誌に発表した論文を加筆修正したものであるが、第十章の『それから』論の原型は修士論文にあり、したがって、私が大学院の修士課程から博士課程に所属していたほぼ一〇年間の思考と言語化の結果ということになる。私が長いこと大学に残り続け、小説と無意識について考えなければならなかったのは、〈共通語としての言葉〉を習得できず、言葉にならない〈自分語〉に固着するという〈症状〉を抱えていたからだと思っている。論文を書くという行為は〈自分語〉を手放して言葉を手に入れる道のりでもあり、精神分析でいうところの「去勢」の過程であったのだ。

その導き手としてめぐり会ったのは〈一人の父〉ならぬ二人の恩師である。私は修士課程を明治大学大学院文学研究科で過ごした。指導教授の中山和子先生によって日本近代文学研究の扉が開かれ、フェミニズムとジェンダースタディーズの洗礼が授けられた。中山先生は〈可憐な〉という形容詞がふさわしい魅力的な方で、柔らかい口調で話される言葉には、しかしはっとする鋭さが込められていて、その威力にいつも震撼したものだった。「あなたは男性の言葉を獲得しようとしている」という中山先生の言葉の衝撃が修士論文の出発点となった。定年退職された今でも、茅野の山荘から、時折、温かい人柄がにじみつつも鋭い閃きを見せる言葉が綴られた葉書を頂いている。お礼を申し上げたい。そして、いつまでもお元気でいらっしゃるよう心よりお祈りしている。

中山先生が退職され、博士課程の行き場を失ったところを成城大学大学院文学研究科に迎え入れて下さったのは石原千秋先生である。石原先生のご指導がなければ、私は自分の思考を言語化することはできなかった。石原先生は、いつも全力で向かい合って下さり、先生について語ろうとすると〈スポ根もの〉の比喩が出てきてしまうほどである。山本鈴美香の古典的名作『エースをねらえ』のコーチ宗方仁のような……と言ってしまうと私のファザコンぶりが露呈するので慎みたいが、この本を出版することができたのも石原先生のお力添えあってのことで、本のまとめ方までご指導頂き、私の遅々として進まぬ仕事ぶりに「いつ本ができるのか」と心配して下さる姿に、「家庭科の宿題をこっそり直してくれるお母さん」みたいな……と思ったことが新たな発見であった。博士課程以来、今日まで石原先生への敬愛と畏怖と感謝とが私の研究を支えている。

そして、中山ゼミと石原ゼミで一緒に議論を闘わせた仲間に。中山ゼミでケンカを習い、石原ゼミで技を磨いた幸福な日々から、対話というものの力を知ることができた。また、中山ゼミで一緒だった深津謙一郎さんには、今回、校正をお手伝い頂いた。謝意を表したい。

研究会、学会で出会った方々、そして授業を通して出会った学生にも感謝したい。研究会や学会によって他者に向けて言葉を語ることの困難さを体感し、言葉と論理を鍛え上げられた。授業においても〈どのように語るのか〉の模索は続いており、語ることは聞き手の存在によって支えられるということを日々実感している。

輸林書房の今井肇さん、今井静江さんには大変にお世話になった。雑誌「漱石研究」の出版社であり院生時代からの憧れだった翰林書房から本を出すことができたのは嬉しく感慨深い。特に、一向に進まぬ仕事が一区切りするたびに、今井静江さんにお目に掛かって相談がてらおしゃべりをする時間は楽しい幸福なひとときだった。お礼を申し上げたい。

生方智子

二〇〇九年九月二八日

索　引

【著者略歴】
生方智子（うぶかた・ともこ）
1967年、東京都生まれ。成城大学大学院文学研究科博士課程修了。博士（文学）。日本近代文学専攻。
現在、立正大学専任講師。

精神分析以前
無意識の日本近代文学

発行日	2009年11月20日 初版第一刷
著　者	生方智子
発行人	今井　肇
発行所	翰林書房
	〒101-0051 東京都千代田区神田神保町1-14
	電 話 03-3294-0588
	FAX 03-3294-0278
	http://www.kanrin.co.jp/
	Eメール●kanrin@nifty.com
装　釘	中川　淳
印刷・製本	総印

落丁・乱丁本はお取替えいたします

ISBN978-4-87737-286-6